국어과 선생님이 뽑은

채만식
단편선

국어과 선생님이 뽑은

지은이 **채만식** | 엮은이 **dskimp2000**

채만식
단편선 레디메이드 인생 외 · 8편

book&book

일제강점기와 해방 이후의 현실을 풍자하고 비판하는 작품을 남긴 소설가이며 극작가인 채만식은 1902년 7월 21일 전라북도 옥구군 군내면 동상리(現 군산시 임피면 읍내리)에서 부농인 아버지 채규판과 어머니 조우섭 사이에서 육 남매 중 다섯째로 태어났다. 그의 본관은 평강(平康)이며 호는 백릉(白菱)이다.

1914년 임피공립보통학교(4년제)를 졸업하고 향리에서 서당을 다니며 한문을 배운 후 1918년 경성 중앙고등보통학교에 입학하고 1920년 삼학년 재학 중 집안에서 정해준 당시 스무 살의 규수 은선홍과 결혼하고 1922년 중앙고등보통학교(4년제)를 졸업한 후 일본 와세다대학 부속 제1 와세다 고등학원 문과에 입학하고 축구선수로 활약했다.

1923년 일본의 관동 대지진 때 한국인들의 집단학살을 피해서 학업을 다 마치지 못하고 귀국 후 가세가 기울자 일 년의 장기 결석으로 퇴학 처분을 맞았다. 그는 귀국 후 고향으로 가지 않고 경성에 머물며 처녀작 〈과도기〉를 탈고했다.

1924년 강화 사립학교 교원으로 취업하고 춘원 이광수의 추천으로 단편 〈세 길로〉를 〈조선문단〉에 발표하여 문단에 데뷔한다. 1925년 동아일보에 입사해서 정치부 기자로 활동하다 이음 해 동아일보를 사직한 후 낙향해서 무정부주의와 사회주의에 심취하고 문학에 몰두한다. 초기 채만식 작품의 경향은 카프계열 경향파 문학과 유사한 점이 있어 동반자 작가로 불리었다.

1931년 다시 서울로 올라와 개벽사에 입사한 후 평론가 함일돈, 현인 이갑기 등과 동반자 작가에 관한 논쟁을 벌이고 1933년 〈조선일보〉에 장편 〈인형의 집을 나와서〉를 연재하고 개벽사를 그만둔 후 조선일보로 직장을 옮기고 희곡 〈인테리와 빈대떡〉을 발표했다.

1934년 그의 대표작이라 할 수 있으며 어느 정도 자기의 모습이 투영된 자전적 소설로 평가받는 인텔리 계층 실직자의 모습을 풍자적으로 묘사한 〈레디메이드 인생〉을 〈신동아〉에 발표한 이후부터 작품 집필과 활발히 문예활동을 펼치다 카프 2차 사건으로 일시적 작품활동을 중지한다.

1936년 일본 제국주의 식민지 정책이 강화되고 자본주의가 본격화되는 현실에서 그는 조선일보를 그만두고 개성으로 거처를 옮긴 후 본격적인 전업 작가의 길로 뛰어들어 열정적인 창작열과 리얼리즘 정신으로 일본에 국권을 강탈당한 이후 광복할 때까지 우리나라의 부정적 사회의식과 현실을 예리하게 비판하고 형상화한 소설들을 많이 발표하고 당시 식민지 상황에서 궁핍한 농촌의 실상, 지식인의 고뇌, 도시 하층민의 몰락, 8.15 광복 후 시대적 역사적 혼란상 등을 풍자적 해학적으로 표현한 작품들을 연이어 발표했다. 특히 민족의 운명과 농촌의 현실을 부정적인 시선으로 풍자한 〈보리방아〉의 연재가 조선총독부의 검열로 중단되기도 하고 뒤에 발표한 〈어머니〉 또한 검열 때문에 〈여자의 일생〉으로 고쳐서 발표해야 했다

또한 1937년 일본 제국주의 치하 하층민들의 현실이 잘 반영된 부조리한 사회상을 냉소적으로 바라보는 통속적인 소재를 다룬 소설 〈탁류〉를 10월부터 이듬해 5월까지 조선일보에 연재한 후에 단행본으로 출판되어 인기를 끌고 재판을 상재(上梓)하지만 조선총독부로부터 재판 금지처분을 받는다.

그리고 이듬해 1938년 역설적 풍자 기법이 돋보이는 가족사 소설인 1930년대 당시 사회의 모순과 중산계층 윤 직원 영감의 5대에 걸친 인물들의 삶을 풍자한 〈태평천하〉를 〈조광〉에 연재해 작가적 위치를 굳건히 했다.

그 후 우연한 계기로 '개성 독서회 사건'에 연루된 그는 일경에게 체포되어 압력과 회유에 굴복해 친일 단체인 조선 문인 보국회에 가입하고 풀려난 후 소설과 시를 통해 징병과 지원병에 대해 선전과 선동에 가담하고 조선연맹이 주관하는 예술 관계자 연성회, 보도 특별 정신대, 생산지 증산 위문 파견 등 조선 문인보국회 평의원으로 친일 활동에 참여하고 그해 매일신보에 발표한 〈금(金)의 정열〉이 완전한 통속소설이라는 평가를 받는다. 그 후 친일부역작가라는 오명을 받고 발표한 〈아름다운 새벽〉과 〈여인전기〉도 친일 작품으로 평가받는다.

1940년 개성을 떠나 안양으로 이주한 그는 1945년 8.15 광복이 되자 다시 서울로 거처를 옮기고 작품활동에 매진하여 〈미스터 방〉, 〈논 이야기〉, 〈맹순사〉, 〈허생전〉 등 해방 후 세태를

풍자한 이백구십여 편의 장편 · 단편 · 희곡 · 평론 · 수필 등 그의 주옥같은 작품들을 발표하고 1947년 익산으로 낙향하여 다음 해 1948년 〈민족의 죄인〉이라는 자전적 소설을 발표해 자기의 친일 행각과 행적을 반성하고 인정한 후 절필을 선언하고 세월을 술로 보내다 폐결핵이 심해진다.

얼마 후 채만식은 자기의 임종이 가깝다는 예감이 들자 시인 장영창에게 '죽을 때나마 한 번 머리맡에 원고용지를 수북이 쌓아 보고 싶다'는 말과 원고지 스무 권만 보내 달라는 편지를 보낸 후 1950년 6월 11일 사십구 세의 나이로 전라북도 익산시 마동에서 세상을 떠났다. 그의 유해는 가족들의 장례로 군산시 임피면 선영에 안장되었다.

일제강점기 식민지 상황의 부조리한 현실과 8.15 광복 후 한국 사회의 역사적 시대적 상황을 다양한 각도에서 바라보고, 풍자하고, 비판함으로써 혼란스러운 당시 사회를 직시하는 새로운 접근 방식을 제시하고 새 시대를 열어갈 희망과 자각과 독립을 촉구하는 전라도 지방의 방언을 생동감 있게 구사한 한국 근대 리얼리즘 문학의 대가로 꼽히는 채만식이 남긴 작품으로는 장편 〈탁류(1937)〉, 〈태평천하(1938)〉, 〈금(金)의 정열(1939)〉, 〈아름다운 새벽(1942)〉, 〈어머니(1943)〉, 〈여인전기(1944)〉, 단편 〈레디메이드 인생(1934)〉, 〈치숙(1938)〉, 〈쑥국새(1938)〉, 〈패배자의 무덤(1939)〉, 〈논 이야기(1946)〉, 〈미스터 방(1946)〉, 〈맹순사(1946)〉, 〈허생전(1946)〉, 희곡 〈제향날(1937)〉, 〈당랑의 전설(1940)〉 등 다수의 작품이 있다.

1. 일제강점기 불안한 사회를 배경으로 지식인의 불우한 삶을 풍자한 소설과 여성들의 비극적인 삶과 죽음을 풍자하고 비판한 한국 문학사에 큰 발자취를 남기고 근대 리얼리즘 문학의 대가로 꼽히는 소설가, 극작가, 수필가인 채만식의 문학세계를 펼친 1923년부터 1949년까지 발표한 대표 작품 아홉 편을 선별하여 논술과 수능을 준비하는 학생들과 청소년이 쉽게 읽을 수 있게 《국어과 선생님이 뽑은 채만식 단편선》으로 새롭게 출간했다.

2. 이 책에 수록된 작품들의 맞춤법은 2002년 국립국어원에서 펴낸 한글 맞춤법과 외래어 표기법을 따르는 것을 원칙으로 하며 가급적 작자 특유의 문체나 방언 및 외래어 등은 출전에 표기한 방식으로 수록하였음을 밝혀두는 바이다.

|차례|

작것이 웨 죽어삐렸어!……
가만히 있으면 갠찮을 틴디……
방정맞게 웨 죽어삐리여!…… 작것이!

레디메이드 인생

1

"뭐 어디 빈자리가 있어야지."

K사장은 안락의자에 푹신 파묻힌 몸을 뒤로 벌떡 젖히며 하품을 하듯이 시원찮게 대답을 한다.

두 팔을 쭉 내뻗고 기지개라도 한번 쓰고 싶은 것을 겨우 참는 눈치다.

이 K사장과 둥근 탁자를 사이에 두고 공손히 마주 앉아 얼굴에는 '나는 선배인 선생님을 극히 존경하고 앙모합니다' 하는 비굴한 미소를 띠고 있는 구변 없는 구변을 다하여 직업 동냥의 구걸(口乞) 문구를 기다랗게 늘어놓던 P…… P는 그러나 취직 운동에 백전백패(百戰百敗)의 노졸(老卒)인지라 K씨의 힘 아니 드는 한마디의 거절에도 새삼스럽게 실망도 아니 한다. 대답이 그렇게 나왔으니 이제 더 졸라도 별수가 없는 것이지만 허실 삼아 한마디 더 해보는 것이다.

"글쎄올시다, 그러시다면 지금 당장 어떻게 해주십사고 무리

하게 조를 수야 있겠습니까마는…… 그러면 이 담에 결원이 있다든지 하면 그때는 꼭…….”

이렇게 말하고 P는 지금까지 외면하였던 얼굴을 돌리어 K사장을 조심성 있게 바라보았다. 그러나 K사장은 우선 고개를 좌우로 두어 번 흔들고는 여전히 하품 섞인 대답을 한다.

“결원이 그렇게 나나 어데…… 그리고 간혹가다가 결원이 난다더래도 유력한 후보자가 몇십 명씩 밀려 있어서…….”

P는 아무 말도 아니 하고 고개를 숙였다. 이제는 영영 틀어진 것이다. 안녕히 계십시오, 하고 일어서는 것밖에는 별수가 없다.

별수가 없이 되었으니 ‘네 그렇습니까’ 하고 선선히 일어서야 할 것이지만 지금까지 은근히 모시고 있던 태도에 비하여 그것이 너무 낯이 간지러운 표변임을 알기 때문에 실망이나 하는 체하고 잠시 더 앉아 있는 것이다.

“거 참 큰일들 났어.”

K사장은 P가 낙심해하는 것을 보고 별로 밑천이 들지 아니하는 일이라서 알뜰히 걱정을 나누어 준다.

“저렇게 좋은 청년들이 일거리가 없어서 저렇게들 애를 쓰니.”

P는 속으로 코똥을 ‘흥’하고 뀌었으나 아무 대답도 아니 하였다. K사장은 P가 이미 더 조르지 아니하리라고 안심한지라 먼저 하품 섞어 ‘빈자리가 있어야지’ 하던 시원찮은 태도는 버리고 그가 늘 흉중에 묻어 두었다가 청년들에게 한바탕씩 해 들려 주는 훈화를 꺼낸다.

"그렇지만 내가 늘 말하는 것인데…… 저렇게 취직만 하려고 애를 쓸 게 아니야. 도회지에서 월급 생활을 하려고 할 것만이 아니라 농촌으로 돌아가서……."

"농촌으로 돌아가서 무얼 합니까?"

P는 말 중동을 갈라 불쑥 반문하였다. 그는 기왕 취직 운동은 글러진 것이니 속 시원하게 시비라도 해보고 싶은 것이다.

"허! 저게 다 모르는 소리야…… 조선은 농업국이요, 농민이 전인구의 팔 할이나 되니까 조선 문제는 즉 농촌문제라고 볼 수가 있는데, 아 지금 농촌에서 할 일이 오죽이나 많다구?"

"저는 그 말씀 잘못 알아듣겠는데요. 저희 같은 사람이 농촌에 가서 할 일이 있을 것 같잖습니다."

"그럴 리가 있나! 가령 응…… 저……."

K사장은 끝내 대답을 하지 못한다. 그것은 무리가 아니다.

그가 구직하러 오는 지식 청년들에게 농촌으로 돌아가 농촌 사업을 하라는 것과(다음에 또 꺼내는 일거리를 만들라는 것은) 결코 현실에서 출발한 이론적 근거가 있는 것이 아니었었다. 그저 지식계급의 구직 꾼이 넘치는 것을 보고 막연히 '농촌으로 돌아가라', '일을 만들어라'라고 해왔을 따름이다. 따라서 거기에 대한 구체적 플랜이 있는 것도 아니었었던 것이다. 한편으로는 한 행셋거리로, 또 한편으로는 구직 꾼 격퇴의 수단으로 자룡이 헌 창 쓰듯 썼을 뿐이지…… 그리하여 그동안까지는 대개는 그 막연한 설교를 들은성 만성하고 물러가는 것이 그들의 행티였었는데 오늘 이 P에게만은 그렇지가 아니하여 불가불 구체적 설명을 해주어야 하게 말머리가 돌아선 것이다. 그래서 그는 떠듬떠듬 생각해 가면서 생각나는 대로 주워섬기는 것이다.

"가령 응…… 저…… 문맹퇴치운동도 있지. 농민의 구 할은 언문도 모른단 말이야! 그리고 생활개선 운동도 좋고…… 헌신적으로."

"헌신적으로요?"

"그렇지…… 할 테면 헌신적으로 해야지."

"무얼 먹고 헌신적으로 그런 사업을 합니까……? 먹을 것이 있어서 그런 농촌사업이라도 할 신세라면 이렇게 취직을 못 해서 애를 쓰겠습니까?"

"허! 그게 안 된 생각이야…… 자기가 먹고살 재산이 있으면서 사회를 위해서 일도 아니하고 번들번들 논다는 것은 그것은 타락된 생각이야."

P는 K사장이 억담을 내세우는 것을 보고 속으로 싱그레 웃었다.

"그렇지만 지금 조선 농촌에서는 문맹 퇴치니 생활개선이니 합네 하고 손끝이 하얀 대학이나 전문학교 졸업생들이 모여오는 것을 그다지 반겨하기는커녕 머릿살을 앓을 것입니다. 농민이 우매하다든지 문화가 뒤떨어졌다든지 또 생활이 비참한 것의 근본 원인이 기역 니은을 모른다든가 생활개선을 할 줄 몰라서 그런 것이 아니니까요. 그리고 조선의 지식 청년들이 모두 그런 인도주의자가 되어집니까?"

"되면 되지 안 될 건 무어야?"

"그건 인도주의란 그것이 한 개 공상이니까 그렇겠지요."

"허허 ……그러면 P군은 ××주의잔가?"

"되다가 찌부러진 찌스러깁니다. 철저한 ××주의자라면 이렇게 선생님한테 와서 취직 운동도 아니 합니다."

"못써! 그렇게 과격한 사상으로 기울어서야 쓰나…… 정 농촌으로 돌아가기가 싫거든 서울서라도 몇 사람 맘 맞는 사람이 모여서 무슨 일을── 조국에 신문이 모자라니 신문을 하나 경영하든지 또 조그맣게 하자면 잡지 같은 것도 좋고 또 영리사업도 좋고…… 그러면 취직 운동하는 것보담 훨씬 낫잖은가?"

"좋을 줄이야 압니다만 누가 돈을 내 놉니까?"

"그거야 성의 있게 하면 자연 돈도 생기는 거지."

P는 엉터리없는 수작을 더 하기가 싫어 웬만큼 말을 끊고 일어섰다.

속에 있는 말을 어느 정도까지 활활 해준 것이 시원은 하나 또 취직이 글렀구나 생각하니 입안에서 쓴 침이 고여 나온다.

복도에서 편집국장 C를 만났다. P는 C와 각별히 사이가 가까운 터이었다.

"사장 만나러 왔소?"

C가 묻는 것이다.

"아──니."

P는 거짓말을 하였다. 그는 지금 K사장을 만나 거절당한 이야기를 하기가 어쩐지 창피하기도 할 뿐 아니라 또 전부터 C더러 K사장에게 자기의 취직 운동을 부탁해 왔던 터인데 직접 이렇게 찾아와서 만났다고 하기가 혐의쩍기도 하여 시치미를 뚝 뗀 것이다.

"아주 단념하오."

C는 자기에게 부탁한 취직 운동을 단념하란 말이다. 그러면 벌써 C가 K사장에게 이야기를 하였고 그 결과 일이 틀어진 것을 P는 모르고 와서 헛노릇을 한바탕 한 것이다. P는 먼저 C를 만나 보지 아니하고 K사장을 만난 것을 후회하였다. C는 잠깐 멈췄던 말을 계속한다.

"어제 아침에 사장더러 P군의 사정이 퍽 난처하니 어떻게 생각해봐 주면 좋겠다고 여러 말을 했다가 코 떼었소. 신문사가 구제기관이 아닌데 남의 사정 난처한 것을 어떻게 하라느냐고 그럽디다…… 하기야 그게 옳은 말이지만."

신문사가 구제기관이 아니라고 한다는 그 말이 P의 머리에는 침 끝으로 찌르는 것같이 정신이 들게 울리었다.

'흥! 망할 자식들!'

P는 혼잣말로 이렇게 투덜거리며 C와 작별도 아니 하고 밖으로 니와 버렸다.

2

P는 광화문 네거리의 기념비각(紀念碑閣) 옆에서 발길을 멈추고 망설였다. 어디로 갈까 하는 것이다.

봄 하늘이 맑게 개었다. 햇볕이 살이 올라 포근히 온몸을 싸고돈다. 덕석 같은 겨울 외투를 벗어 버리고 말쑥말쑥하게 새로 지은 경쾌한 춘추복의 젊은이들이 봄볕처럼 명랑하게 오고 가고 한다.

멋장이로 차린 여자들의 목도리가 나비같이 보드랍게 나부낀

다. 그 오동보동한 비단 다리를 바라다보노라니 P는 전에 먹던 치킨커틀릿 생각이 났다.

창을 활활 열어젖힌 전차 속의 봄 사람들을 보니 P도 전차를 잡아타고 교외나 나가고 싶었다. 그러나 크림 맛을 못 본 지 몇 달이 된 낡은 구두, 구기적거린 동복 바지, 양편 포뒤이 오뉴월 쇠불알같이 축 처진 양복저고리, 땟국 묻은 와이샤쓰와 배배꼬인 넥타이, 엿장수가 이 전 어치 주마던 낡은 모자, 이렇게 아래로부터 훑어 올려 보며 생각하니 교외의 산보는커녕 얼른 돌아가서 차라리 이불을 뒤쓰고 드러눕고만 싶었다.

마침 기념비각 앞에 자동차 하나가 머무르더니 서양 사람 내외가 내린다. 그들은 사내가 설명을 하고 여자가 듣고 하면서 기념비각을 앞뒤로 구경한다. 여자는 사진까지 찍는다.

대원군이 만일 이 꼴을 본다면…… 이렇게 생각하매 P는 저절로 미소가 입가에 떠올랐다.

3

대원군은 한말(韓末)의 '돈키호테'였다. 그는 바가지를 쓰고 벼락을 막으려 하였다. 바가지는 여지없이 부스러졌다. 역사는 조선이라는 조그마한 땅덩이나마 너무 오래 뒤떨어뜨려놓지 아니하였다.

갑신정변(甲申政變)에 싹이 트기 시작하여가지고 한일합방의 급격한 역사 변천을 거쳐 자유주의의 사조는 기미년에 비로소 확실한 걸음을 내어 디디었다.

자유주의의 새로운 깃발을 내어 걸은 '시민(市民)'의 기세는 등등하였다.

'양반? 흥! 누구는 발이 하나길래 너희만 양발(반)이라느냐?'

'법률의 앞에서는 만인이 평등이다.'

'돈…… 돈이 있으면 무어든지 할 수 있다.'

신흥 부르죠아지는 민주주의의 간판을 이용하여 노동자, 농민의 등을 어루만지고 경제적으로 유력한 봉건귀족과 악수를 하는 동시에 지식계급을 대량으로 주문하였다.

유자천금이 불여교자일권서(遺子千金不如敎子一卷書)라는 봉건시대의 진리가 자유주의의 세례를 받아 일단의 더 발전된 얼굴로 민중을 열광시켰다.

'배워라. 글을 배워라…… 지식만 있으면 누구나 양반이 되고 잘살 수가 있다.'

이러한 정열의 외침이 방방곡곡에서 소스라쳐 일어났다.

신문과 잡지가 붓이 닳도록 향학열을 고취하고 피가 끓는 지사(志士)들이 향촌으로 돌아다니며 세 치의 혀를 놀려 권학(勸學)을 부르짖었다.

'배워라. 배워야 한다. 상놈도 배우면 양반이 된다.'

'가르쳐라! 논밭을 팔고 집을 팔아서라도 가르쳐라. 그나마도 못 하면 고학이라도 해야 한다.'

'공자왈 맹자왈은 이미 시대가 늦었다. 상투를 깎고 신학문을 배워라.'

재등(齋藤) 총독이 문화정치의 간판을 내어 걸고 골골이 학교를 증설하였다. 보통학교의 교장이 감발을 하고 촌으로 돌아다니며 입학을 권유하였다.

생도에게는 월사금을 받기는커녕 교과서와 학용품을 대어 주었다.

민간의 유지는 돈을 걷어 학교를 세웠다. 민립대학도 생기려다가 말았었다. 청년회에서 야학을 설시하였다. '갈돕회'가 생겨 갈돕만주 외우는 소리가 서울에 신풍경을 이루었고 일반은 고학생을 존경하였다.

여학생이라는 새 숙어가 생기고 신여성이라는 새 여인이 생기어났다.

이와 같이 조선의 관민이 일치되어 민중의 지식 정도를 높이는 데 진력을 하였다. 즉 그들 관민이 일치하여 계획한 조선의 문화 정도는 급속도로 높아 갔다.

그리하여 민중의 지식보급에 애쓴 보람은 나타났다.

면서기를 공급하고 순사를 공급하고 군청 고원을 공급하고 간이 농업학교 출신의 농사 개량 기수(技手)를 공급하였다.

은행원이 생기고 회사 사원이 생겼다. 학교 교원이 생기고 교회의 목사가 생겼다. 신문기자가 생기고 잡지기자가 생겼다. 민중의 지식 정도가 높았으니 신문 잡지 독자가 부쩍 늘고 의사와 변호사의 벌이가 윤택하여졌다.

소설가가 원고료를 얻어먹고 미술가가 그림을 팔아먹고 음악가가 광대의 천호(賤號)에서 벗어났다.

인쇄소와 책장사가 세월을 만나고 양복점 구둣방이 늘비하여졌다.

연애 결혼에 목사님의 부수입이 생기고 문화주택을 짓느라고 청부업자가 부자가 되었다. 그리하여 부르죠아지는 '가보'를 잡고 공부한 일부의 지식 꾼은 진주(다섯 끗)를 잡았다.

그러나 노동자와 농민은 무대를 잡았다. 그들에게는 조선 문화의 향상이나 민족적 발전이나가 도리어 무거운 짐을 지어 주었을지언정 덜어주지는 아니하였다. 그들은 배[梨]주고 속 얻어먹은 셈이다. (원문 20여 자 탈락)

인테리…… 인테리 중에도 아무런 손끝의 기술이 없이 대학이나 전문학교의 졸업증서 한 장을, 또는 그 조그마한 보통 상식을 가진 직업 없는 인테리…… 해마다 천여 명씩 늘어 가는 인테리…… 뱀을 본 것은 이들 인테리다.

부르죠아지의 모든 기관이 포화상태가 되어 더 수요가 아니느니 그들은 결국 꼬임을 받아 나무에 올라갔다가 흔들리우는 셈이다. 개밥의 도토리다.

인테리가 아니었으면 차라리 (원문 7~8자 탈락) 노동자가 되었을 것인데 인테리인지라 그 속에는 들어갔다가도 도로 달아나오는 것이 구십구 프로다. 그 나머지는 모두 어깨가 축 처진 무직 인테리요 무기력한 문화 예비군 속에서 푸른 한숨만 쉬는 초상집의 주인 없는 개들이다. 레디메이드 인생이다.

4

"제길——"

P는 혼자 두덜거리며 지금까지 서 있던 기념비각 옆을 떠났다. (원문 80여 자 탈락) P는 자기 자신이고 세상의 모든 일이

고 모두 짜증이 나고 원수스러웠다.

광화문 큰 거리를 총독부 쪽으로 어슬어슬 걸어가노라니 그의 그림자가 짤막하게 앞에 누워 간다.

P는 그 자기 그림자를 콱 밟고 싶었다. 그러나 발을 내어 디디면 그림자도 그만큼 앞으로 더 나가곤 한다. 이 그림자와 자기 자신에서 그리고 그림자를 밟으려는 자기 자신과 앞으로 달아나는 그림자에서 P는 자기의 이중인격의 모순상(相)을 발견하였다.

동십자각 옆에까지 온 P는 그 건너편 담배 가게 앞으로 갔다.

"담배 한 갑 주시오."

하고 돈을 꺼내려니까 담배 가게 주인이,

"네, 마꼬입니까?"

묻는다.

P는 담배 가게 주인을 한번 거들떠보고 다시 자기의 행색을 내려 훑어보다가 심술이 번쩍 났다.

그래서 잔돈으로 꺼내려는 것을 일부러 일 원짜리로 꺼내려는데 담배 가게 주인은 벌써 마꼬 한 갑 위에다 성냥을 받쳐 내어민다.

"해태 주어요."

P는 돈을 들이밀면서 볼멘소리를 질렀다. 그러나 담배 가게 주인은 그저 무신경하게

"네——"

하고는 마꼬를 해태로 바꾸어주고 팔십오 전을 거슬러 준다.

P는 저편이 무렴해 하지 아니하는 것이 더욱 얄미웠다.

그는 해태 한 개를 꺼내어 붙여 물고 다시 전찻길을 건너 개천가로 해서 올라갔다. 인제는 포켓 속에 남은 것이 꼭 삼 원하고 동전 몇 푼이다. 엊그제 겨울 외투를 사 원에 잡혀서 생긴 것이다.

방세와 전깃불 값이 두 달 치나 밀렸다. 삼 원은 방세 한 달치를 주고 일 원에서 전등 삯 한 달 치를 주고도 싶었으나 그리고 나면 그 나머지로 설렁탕이나 호떡을 사 먹어도 하루밖에는 못 지낸다. 그래 그대로 넣어 두고 한 이틀 지내는 동안에 일 원이 거진 달아났던 판인데 공연한 객기를 부리느라고 당치도 아니한 해태를 샀기 때문에 이제는 일 원 돈은 완전히 달아나고 삼 원만 남은 것이다.

P는 포켓 속에 손을 넣고 잔돈과 지폐를 섞어 삼 원 남은 돈을 만지작거렸다. 그러면서 왼편 손으로는 손가락을 꼽아 가며 삼 원을 곱쟁이 쳐보았다.

육 원, 십이 원, 이십사 원, 사십팔 원, 구십육 원, 백구십이 원, 팔 원 모자라는 이백 원…… 사백 원, 팔백 원, 일천육백 원, 삼천이백 원, 육천사백 원, 일만이천팔백 원. 팔백 원은 떼어 버리고 이만사천 원, 사만팔천 원, 구만육천 원, 십구만이천 원, 삼십팔만사천 원, 칠십육만팔천 원, 일백오십삼만육천 원…… 삼 원을 열여덟 번만 곱집으면 일백오십삼만 원이 된다. 일백오십삼만 원, 그놈이 있으면…… 이렇게 생각하매 어깨가 으쓱해졌다.

삼 원의 열여덟 곱쟁이가 일백오십만 원이니 퍽 쉬운 일이다.

그놈만 있으면 백만 원을 들여서 오십 전짜리 십육 페이지 신문을 하나 했으면 우선 K사장의 엉엉 우는 꼴을 볼 수가 있을 것이다.

그러나 아쉬운 대로 십오만 원만 있어도, 일만오천 원 아니 일천오백 원만 있어도, 아니 일백오십 원만 있어도, 십오 원만 있어도 우선 방세와 전등 삯을 주고 한 달은 살아가겠다.

P는 한숨을 내쉬었다. 한 달? 한 달만 살고 나면 그담은 어떻게 하나?…… 그래도 몇백 원은 있어야지, 아니 몇만 원은……

P는 늘 하는 버릇으로 이런 터무니없는 공상을 되풀이하였다. 그는 최근 이러한 공상을 하면서부터 취직을 시들하게 여겼다.

취직이 된댔자 사오십 원이나 오륙십 원의 월급이다. 그것을 가지고 빠듯빠듯 살아간들 무슨 아기자기한 재미가 있을 턱도 없는 것이다.

가령 근실히 해서 월괘저금(月掛貯金) 같은 것도 하고 집도 장만하고 여편네도 생기고 사장이나 중역들의 눈에 들어 지위도 부장쯤으로는 올라가고 그리하여 생활의 근거도 안정이 되고 하면 지금 같은 곤란은 당하지 아니하겠지만 그러나 P에게는 아직도 젊은 때의 야심이 있어 그러한 고식된 안정이나 명색 없는 생활은 도리어 피하고 싶었던 것이다. 좀 더 남의 눈에 띄며 좀 더 재미있고 그리고 자유로운 생활……

물론 그는 지금이라도 누가 한 달에 삼십 원만 줄 테니 와서 일을 해달라면 마치 주린 개가 고기를 보고 덤비듯이 덮어놓고 덤벼들 것이다. 그러나 속으로는 그와 딴판으로 배포를 부리고 있는 것이다.

P가 삼청동으로 올라가느라고 건춘문 앞까지 이르렀을 때에 저편에서 말쑥하게 봄치장을 한 여자 하나가 마주 내려왔다.

역시 삼청동 근처에 사는 여자인지 P와는 가끔 마주치는 여자다.

P는 그 여자와 만날 때마다 일부러 눈여겨보지 아니하는 체는 하면서도 실상은 고비 샅샅 관찰을 하였고 그리고 속으로는 연애라도 좀 했으면 하던 터이었다. 무엇보다도 동그스름한 얼굴에 이목구비가 모두 모지지 아니하고 얼굴의 윤곽이 둥글듯이 모가 나지 아니한 것, 그래서 맘자리도 그렇게 동글려니 하는 것이 P의 마음을 끈 것이다.

그 여자는 자주 만나는 이 협수룩한 양복쟁이——P를 먼빛으로도 알아보았는지 처녀다운 조심스런 몸매로 길을 가로 비켜 가까이 왔다.

P는 고개를 꼿꼿이 쳐들고 앞만 쳐다보면서도 속으로는 '저 여자가 지금 내 옆으로 다가와서 조그만 소리로 정답게 구애(求愛)를 한다면? 사뭇 들이 안긴다면…… 어쩔꼬?'

이런 생각을 하면서 히죽이 웃는데 여자는 벌써 지나쳐 버렸다.

'흥! 어쩌긴 무얼 어째? ……이년아, 일없다는데 왜 이래! 하고 발길로 칵 차 내던지지' 하고 P는 어깨를 으쓱하였다.

삼청동 꼭대기에 있는 집——집이 아니라 삭 월세로 든 행랑방——에 돌아왔다. 객지에 혼자 있으니 웬만하면 하숙에 있을 것이로되 방값이 밀리고 그것에 졸릴 것이 무서워 P는 방을 얻어 가지고 있던 것이다.

먹는 것이야 수중에 돈이 있는 때에 따라 호떡도 설렁탕도 백화점의 런치도, 그렇잖고 몇 끼씩 굶기도 하여 대중이 없었다.

볕 구경을 잘 못 해서 겨울에도 곰팡이 슬고 이불을 며칠씩 그대로 펴두는 방바닥에서는 먼지가 풀신풀신 올랐다.

하도 어설퍼 앉으려고도 아니 하고 방 가운데 우두커니 서서 있노라니까 안방문 여닫는 소리가 들리며 주인 노파가 나와서 캑 하고 기침을 한다. P는 또 방세 졸릴 일이 아득하였다.

그러나 노파는 방세보다도 우선 편지 한 장을 들이밀어 준다. 고향의 형에게서 온 것이다.

편지를 뜯어 읽고 난 P는 말가웃[一斗半]이나 되게 한숨을 푸내쉬었다. 그리고는 편지를 박박 찢어 버렸다.

5

편지의 요건은 P의 아들에 관한 것이다.

P에게는 연전에 갈린 아내와의 사이에 생긴 창선이라는 아들이 있다. 금년에 아홉 살이다.

아내와 갈릴 때에 저편에서 다만 어린애만이라도 주었으면 그것을 데리고 길러 가는 재미로 혼자 사는 세상에 낙을 붙이겠다고 사정하였다. 그리고 적어도 중학까지는 마치게 하겠다는 것이었다.

그렇게 했으면 P도 한 짐을 덜었을 것이다. 그러나 그는 듣지 아니하였다.

어릴 적부터 소박데기 어미의 손에서 아비의 원망과 푸념을 들어가면서 자란 자식은 자란 뒤에 그 아비에게 호감을 가지지 못한다. P는 자식을 꼭 찾고 싶은 것은 아니나 아무튼 장성하면 아비라고 찾아올 터인데 그때에 P는 이미 늙고 자식은 팔팔하게 젊은 놈이 옛날에 제 어미를 소박한 아비라서 아니꼽게 군다면 그것은 차마 못 당할 노릇이다.

이러한 생각으로 P는 창선이를 내주지 아니한 것이다. 그러나 빼앗아 놓고 보니 이제 겨우 너댓 살밖에 아니 먹은 것을 자기 손으로 어찌할 수가 없다. 그리하여 할 수 없이 어렵사리 지내는 그 형에게 맡겨 놓고 다시 서울로 올라온 것이다. 보통학교에 다닐 나이가 되면 서울로 데려오겠다고 해두고.

P의 형은 작년에 조카를 보통학교에 입학시켰다. 그러나 극빈 축에 드는 집안인지라 몇 푼 아니 되는 월사금과 학비를 대지 못하여 중도에 퇴학시켰다. 애초에 입학시킬 상의로 P에게 편지를 했을 때에 P는 공부 같은 것은 시켜 봤자 소용이 없으니 차라리 뼈가 보드라운 때부터 생일〔勞動〕을 시키라고 하였다. P의 형은 그러나 백부(伯父)의 도리로나 집안의 체면으로나 창선이를 생일을 시킬 수가 없었다. 차라리 자기 손에 두어 헐벗기고 헐입히면서 공부도 시키지 못하느니 제 아비인 P더러 데려가라고 작년부터 편지를 하던 터이다.

금년도 입학 시기가 당하매 P의 형은 P에게 누차 편지를 하였다. 금년에 입학을 시키지 못하면 명년에는 학령이 초과되어 들여 주지 아니할 것이니 어서 데려다가 공부를 시키라는 것이다.

그 어린것이 굶기를 먹듯 하고 재주는 있으면서 남의 집 아이들이 학교에 다니는 것을 부러워하는 꼴은 차마 애처로워 볼 수가 없다. 차라리 이 꼴 저 꼴 보지 않는 것이 속이나 편하겠다.

이번 편지에는 이러한 구절이 있고 끝에 가서, '여비가 몇 원 변통되면 차를 태우고 전보를 칠 테니 정거장에 나와 데려가거라. 나도 웬만하면 객지에 혼자 있는 너에게 어린 자식을 떠맡기듯이 보내겠느냐마는 잘못하다가 그것을 굶겨 죽이겠기에 생각다 못해 단행하는 것이다.'

이러한 말이 씌어 있었다.

P는 박박 찢은 편지를 돌돌 뭉쳐 방구석에 내던지고 한숨을 푸 내쉬었다.

이제는 자식을 데리고 있기가 피할 수 없이 되었는데 어떻게 했으면 좋을까 하는 것이다. 그는 형이 원망스럽고 아니꼬웠다.

굳이 제 아비를 따라 보낸다는 것이 아니라 부득부득 공부를 시키려는 것 때문이다. 기왕 서울로 보내나 시골서 데리고 있으나 고생시키기는 일반이니 차라리 시골서 일찍부터 생일이나 시켰으면 P에게는 여러 가지로 좋은 것이었다.

'흥! 체면! 공부! 죽여도 인테리는 만들잖는다.'

P는 혼자 이렇게 두덜거렸다.

"집에서 온 편지유? 무슨 걱정이 생겼수?"

말거리를 찾지 못하여 머뭇거리고 섰던 안방 노인이 동정이나 하는 듯이 이렇게 묻는다.

"아——니요."

P는 마지못해 코대답을 하였다.

"필경 무슨 걱정이 생긴 게구려!"

노인은 자기의 말거리를 만들려고 아니라는 데도 이렇게 걱정을 내어놓는다.

"그게 모두 가난한 탓이지…… 저렇게 젊고 똑똑한 이가 저게 모두 가난한 탓이야! 어디 구실〔職業〕 자리 말한다더니 아직 아니 됐수?"

"네 아직……."

"거, 큰일 났구려! 어서 돼야 할 텐데…… 나두 꼭 죽겠수…… 이 늙은 것이…… 돈 좀 마련되잖았수?……"

"네 아직 좀……"

"저걸 어쩌나! 오늘은 물값이야 전깃불 값이야 사뭇 받으러 달려들 텐데!"

"며칠만 더 미루십시오. 설마하니 마나님이야 아니 드리겠습니까……"

"아무렴! 실수야 없을 줄 알지만 내가 하도 옹색하니깐 그러는 기지……"

P는 노인이 지껄이게 두어 두고 혼자 생각하였다. 전에 아는 집에서 셋방을 얻어들었을 때에는 두 달이고 석 달이고 세가 밀려도 조르는 법이 없었다.

밀려도 조르지 아니하는 아는 집…… 이것이 P는 도리어 미안해서 이곳으로 옮겨 온 것이다. 옮겨 와가지고 막상 졸림질을 당하니 미안해도 졸리지는 아니하던 옛집이 그리워지는 것이다.

노인이 문을 가로막고 서서 수다스런 소리로 더 지껄이려고 하는데 마침 P의 동무 M과 H가 찾아왔다.

"어디 나가나?"

M이 그러잖아도 벌씸한 코를 한 번 더 벌씸하고 사이 벌어진 앞니를 내어 보이며 싱긋 웃는다.

몸집은 M과 같이 통통하지만 키가 적어 M의 뒤에 섰던 H가 옆으로 나서며,

"안녕하시오."

하고 인사를 한다.

P는 싱긋이 웃었다. 이 M과 H는 같은 하숙에 있는데 두 사람은 곧잘 같이 돌아다닌다. 같이 가는 것을 나란히 세워 놓고 보면 하나는 키가 커서 우뚝하고 하나는 키가 작아서 납작 붙어 가는 것 같다.

얼굴도 M은 우들부들한 게 정객 타잎으로 생기었고——잘못하면 뻑싱 링에 내세워도 좋겠고——H는 안존한 게 사무원 타잎이다.

일상의 언행을 보아도 H는 무슨 이야기가 자기 전문인 법률에 관한 것에 다다르면 육법전서의 조목을 따르르 외이면서 이렇고 저렇고 하다고 설명을 하고 M은 동경서 학생 ××에 제휴를 했던 만큼 그리고 전문이 정경과인만큼 좌익 진영에서 쓰는 어투가 그대로 나온다.

"여전히 모두 동색(冬色)이 창연하군!"

P는 두 사람의 특특한 겨울 양복을 보고 그리고 자기의 행색을 내려보며 웃었다.

M이 신을 벗고 들어와 먼지 앉은 책상 위에 걸터앉으며,

"춘래불사춘일세."

하고 한마디 외운다. H도 따라 들어와 한편에 앉으며 한마디

한다.

"아직 괜찮아…… 거리에서 보니까 동복 입은 사람이 많데……"

"괜찮기는 무어 괜찮아…… 우리가 길로 돌아다니니까 사방에서 아이구야! 소리가 들리데."

"왜?"

"봄이 발밑에서 짓밟히느라고."

"하하하하."

세 사람은 소리를 내어 웃었다.

"참 시험 본 것 어떻게 되었소?"

P는 H가 일전에 총독부에서 본 고원 채용 시험을 생각하고 물어보았다.

"말두 마시우…… 인제는 꼭 들어앉아 공부나 해가지고 변호사 시험이나 치겠소."

사람이 별로 변통성도 없고 그렇다고 여기저기 발련도 없어 취직이 여의하게 되지 못하는 것을 볼 때에 P는 가엾은 생각이 늘 들곤 하였다.

"가만있게…… 어서 변호사 시험만 패스하게. 그러면 인제 내가 백만 원짜리 주식회사를 조직해 가지고 자네를 법률 고문으로 모셔 옴세."

이것은 M이 늘 농삼아 하는 농담이다. M도 일 년 동안이나 취직 운동을 하면서 지냈건만 그는 되레 배포가 유하다. 조금 더 재빠르게 했으면 M은 벌써 취직이 되었을는지도 모르나 그는 타고난 배포와 그리고 남에게 아유구용을 하기 싫어하는 성질로 말하자면 취직 전선의 낙오자다.

별로 만나야 할 일도 없다. 그러나 제각기 혼자 있으면 우울해지니까 이렇게 서로 찾으며 자주 만나게 된다.

만나 앉아서 이야기라도 지껄이면 그동안만은 명랑하여진다. 지금 서울 안에 P니 M이니 H와 같이 매일 만나 하는 일 없이 돌아다니고 주머니 구석에 돈푼 있으면 서로 털어 선 술잔이나 먹고 하는 룸펜의 패가 수없이 많다.

무어나 일을 맡기었으면 불이 번쩍 일게 해낼 팔팔한 젊은 사람들이다. 그렇건만 그들은 몸을 비비 꼬고 있다.

아무 데도 용납지 못하는 사람들이다. ××적 ××에서 그들을 불러들이기에는 ××적 ××의 주관적 정세가 너무도 미약하다. 그것은 그들의 몇 부분이 동경서 학생으로 있을 시절에는 그 속에서 활발하게 ××을 계속하던 것이 조선에 나오면서 탈리되는 것으로 보아 그러한 해석을 내리지 아니할 수가 없다.

그렇다고 부르주아의 기성 문화기관에 들어가자니 그곳에서는 수요를 찾지 아니한다. 레디메이드로 된 존재들이니 아무 때라도 저편에서 필요해야만 몇씩 사들여 간다.

M이 마꼬를 꺼내 놓고 붙여 문다. P는 포켓 속에 들어 있는 해태를 차마 내놓기가 낯이 따가와 M의 마꼬를 집어 당겼다.
……(원문 6행 탈락)……

P는 설명을 시작한다. P 자신 그러한 장난 비슷한 공상은 하면서 일단 해보라고 하면 주저할 것이지만 어쨌거나 그랬으면 통쾌하리라는 것이다.

"먼첨 경무국에 들어가서 아주 까놓고 이야기를 한단 말이야.

우리가 지금 대상으로 하는 것은 총독부가 아니라 조선의 소위 민간 측 유지들이니까 간섭을 말아 달라고."

"그러면 관허(官許) 메—— 데—— 로구만."

"그래 관허도 좋아…… 그래가지고는 기에다가는 무어라고 쓰느냐 하면 '우리에게 향학열을 고취한 놈이 누구냐?'…… 어때?"

"좋—— 지."

"인테리에게 직업을 내라…… 이렇게 노래를 지어 부르거든."

……(원문 1행 탈락)……

"응…… 유지와 명사의 가면을 박탈시키라고—— 한 몇십 명이 그렇게 데모를 한단 말이야!"

"하하하하."

M은 이렇게 웃고 H는 시원찮은 핀잔을 준다.

"듣그럽소 여보…… 아, 글쎄 멀끔 멀끔한 양복쟁이들이 종로 네거리로 기를 받고 그렇게 다녀 봐! 애들이 와서 나 광고지한 장 주! 하잖나."

"하하하하."

"허허허허."

창밖에서 냉이 장수가 싸구려 소리를 외치고 지나간다. M이 그에 응하여,

"이크, 봄을 덤핑하는구나."

"흥, 경제학자라 다르군…… 참 우리 하숙에서는 채소를 좀 먹여 주어야지!"

"밥값을 잘 내보지."

“그도 그렇지만.”

“나는 석 달 치 밀렸네.”

“나도 그렇게 될걸.”

“그러니까 나처럼 이렇게 아——파트 생활을 해요.”

이것은 P의 말이다. 아파——트라고 말해 놓고 서글퍼서 허허 웃었다.

“조선식 아——파트! 그렇지만 우리가 아——파트 생활을 했다면 아마 두어 달 전에 굶어 죽었을걸.”

“나는 돈을 보면 초면 인사를 해야 되겠네…… 본 지가 하도 오래서 낯을 잊었어.”

“여보게.”

하고 M이 의젓하게 H를 달군다.

“돈 구경한 지 오래됐다지?”

“응.”

“존 수가 있네.”

“뭣?”

“자네 책 좀 삼사(三四)구락부에 보내세.”

“싫으이.”

“자네 돈 구경하고…… 구경하고 나서 그놈으로 한잔 먹고……”

“한잔 말이 났으니 말이지 요즘 같으면 술이나 실컷 먹고 주정이라도 했으면 속이 시원하겠네.”

“그러니까 말이야…… 가세. 가서 다섯 권 잽혀.”

“일없다.”

"내가 찾아 주지."

"흥."

"정말이야."

"싫어."

6

그날 밤——

P와 M은 H를 졸라 그의 법률책을 잡혀 돈 육 원을 만들어 가지고 나섰다.

선술집에 가서 엔간히 취하도록 먹은 뒤에 C라는 카페에 가서 술 두 병을 놓고 자정이 되도록 노닥거렸다.

그곳에서 나올 때는 육 원 돈이 이 원 남았다. 이 원의 처치를 생각하던 세 사람은 일제히 동관으로 가기로 하였다.

세 사람이 모두 다리가 비틀거렸다. 그중에도 P는 더욱 취하였다.

닐닐이 가락으로 들어박힌 갈보 집. 다 쓰러져 가는 초가집을 세 사람이 아는 집 들어서듯 쑥쑥 들어서니,

"들어오십시오."

"어서 오십시오."

라고 머리 딴 계집애와 배가 북통 같은 애 밴 계집이 마루로 나선다.

P가 무심결에 해태곽을 꺼내어 붙여 무니까 머리 딴 계집애가 P의 목을 얼싸안고 볼에다 입을 쪽 맞추더니,

"나도 하나."

하고 손을 벌린다. P는 기가 막혀 담배곽을 내미는데 H와 M
은 박수를 하며,

"부라보……"

하고 굉장하게 큰 소리로 외친다.

건넌방에 들어가 앉으니 마루에서 따그락따그락 소리가 난
다.

배부른 계집은 푸대접을 받고 머리 딴 계집애가 H와 M의 손
으로 옮아 다니면서 주물린다. 깩깩 소리를 지르고 엄살을 한
다. 말을 붙이고 대답을 주고받고 하는 것이 H와 M은 전에 한
번 와본 집인 듯하다.

술상이 들어왔다.

잔은 사발만 한 데 술주전자는 눈알만 하다. 술을 부어 놓으
니 M이 척 받아 놓고는 노래를 투정한다.

계집애는 그보다 더 약아서 제가 그 술을 쪽 들이마시고는 빈
잔만 M의 입에 대어 준다.

P는 개숫물같이 밍밍한 술을 두어 잔 받아먹는 동안에 비위
가 콱 거슬려서 진정하느라고 드러누웠다.

H가 계집애를 무릎에 올려놓고 신이 나게 노래를 부른다. 물
론 고저도 장단도 맞지 아니하는 노래다.

M이 애 밴 계집을 실컷 시달려 주다가 머리 딴 계집애를 빼
앗아 가더니 귀에 대고 무어라고 속삭거린다. 그러면서 둘이서
연해 P를 건너다보며 싱긋벙긋 웃는다.

조금 있다가 계집애가 P에게로 오더니 귀에다 입을 대고 속

삭인다.

"저이가 나더러 당신하고 오늘 저녁…… 응, 어때?"

"그래라."

P는 불쑥 성난 것처럼 대답했다.

"아이! 싱거워!"

계집애는 P를 한번 꼬집어 주고 다시 M에게로 달아났다.

M에게로 가서 또 무어라고 속삭거리더니 재차 와가지고는 귓속말을 한다.

"자고 가, 응."

"그래 글쎄."

"꼭."

"응."

"정말."

"응."

술은 네 주전자가 들어왔는데 세 사람 손님은 두서너 잔씩밖에 아니 먹었다. 그 나머지는 다 저희가 먹었다. 계집애가 술이 곤주가 되게 취해 가지고 해롱해롱 까분다.

술값을 치르는 것을 보고 P도 따라 일어섰다. M이 몸뚱이로 슬쩍 밀어서 방 안으로 들여보내고 뒤에서 계집애가 양복 뒷깃을 잡아당긴다.

"그래라, 자고 간다."

P는 방 가운데 벌떡 드러누웠다.

"너희 집이 어디냐?"

계집애가 옆에 와서 앉는 것을 보고 P가 물었다.

"××도 ××."

"언제 왔니?"

"작년에."

P는 몸을 일으켰다. 또 속이 왈칵 뒤집혀 좀 더 진정하려고 하는 생각인데 계집애가 콱 밀어뜨린다.

"나이 몇 살이냐?"

"열여덟."

"부모는?"

"부모가 있으면 여기서 이 짓을 해?"

"왜 이 짓이 나쁘냐?"

"흥…… 나도 사람이야."

"에꾸! 나는 네가 신선인 줄 알았더니 인제 보니까 사람이로구나!"

"듣그리!"

계집애는 눈을 쭉 흘기고는 갑자기 웃으면서 P의 목을 끌어안는다.

"자고 가, 응."

"우리 마누라한테 자볼기 맞고 쫓겨난다."

"그러면 나한테 와서 나하고 살지…… 여기 내 빚 팔십 원만 물어 주면……"

"팔십 원이냐?"

"응."

"가겠다."

P는 또 일어나려는 것을 계집이 껴안고 놓지 아니한다.

"자고 가…… 내가 반했어."

"아서라."

"정말!"

"놓아."

"아니야, 안 놓아. 자고 가요 응…… 자고…… 나 돈 좀 주어."

"돈? 내가 돈이 있어 보이니?"

"돈소리가 절렁절렁 나는데?"

미상불 P의 포켓 속에는 아까부터 잔돈 소리가 가끔 잘랑거렸다.

"자고 나 돈 조……금 주고 가 응."

"얼마나?"

"암만도 좋아…… 오십 전도, 아니 이십 전도."

계집애의 말이 떨어지기도 전에 P는 불에 데인 것같이 벌떡 일어섰다. 일이시면서 그는 포켓 속에 손을 넣고 있는 대로 돈을 움켜쥐어 방바닥에 홱 내던졌다. 일 원짜리 지전 두 장과 백통전이 방바닥에 요란스럽게 흐트러진다.

"앗다, 돈!"

내던지고는 P는 뛰어나왔다. 그의 눈에는 눈물이 고였다.

7

P는 정조(貞操)적으로 순진한 사나이가 아니다.

열네 살 때에 소꿉질 같은 장가를 갔고 그 뒤 동경 가서 있을 동안에 거기 여자와 살림도 하였다.

조선에 돌아와 직업을 가지고 있는 사이에 기생과 사귀어 한동안 죽을 둥 살 둥 모르게 지내기도 하였다.

그 밖에도 정을 두어 지낸 여자가 두엇 더 있다. 그러나 삼십이 되도록 지금까지 유곽을 가거나 은근짜 집을 가거나 동관의 색주가 집에 가서 잠자리를 한 일은 없다.

그것은 P의 괴벽이다. 어떠한 여자를 물론하고 그가 정이 들지 아니한 여자이면 절대로 관계를 아니 한다는 것이다.

그 대신 한번 P의 눈에 들고 따라서 정이 들면 아무것도 돌아보지 아니하고 심각한 열정에 맡기어 완전히 그 여자를 움켜쥐어 버리며 또한 그 여자에게 전부를 내주어 버린다. 그리하여 그는 늘 All or nothing(올 오어 나씽)을 말한다.

이것이 처세 상 퍽 이롭지 못한 것을 P도 잘 안다. 또 공연한 승벽이요 고집인 줄 알건만 그는 그것을 고치지 못한다.

이날 밤에도 그는 그 계집애를 조금도 어떻게 하겠다는 생각은 나지 아니하였다.

술 취한 끝에 속이 괴로우니까 진정을 하자는 판인데 '오십 전, 아니 이십 전도 좋아'하는 소리에 버쩍 흥분이 된 것이다.

너무도 인간이 단작스럽고 악착스러운 것 같았다. P가 노상 보고 듣는 세상이 돈을 중간에 놓고 악착스럽게 으르렁으르렁하는 것임을 모르는 바는 아니나 정조 대가로 일금 이십 전을 요구하는 것은 처음 보았다.

P는 그러한 여자가 정조를 파는 데 무신경한 것도 잘 알고 있으며 따라서 그것이 비도덕이니 어쩌니 하는 것도 아니다.

그의 관점과 해석은 그런 것보다 더 나아간 입장에 있었다.

그러나 '이십 전만 주어도……' 소리에는 이것저것 생각하고 헤아릴 나위도 없었다. 더럽고 얄미우면서 눈물이 고였다. 삼 원쯤 되는 전 재산을 털어 내던지고 정신없이 뛰어나온 것이다.

술 취한 P를 혼자 남겨 둔 H와 M은 골목에 기다리고 서서 있었다. P가 뛰어나오는 것을 보고 그들은 우선 농을 건넨다.

"한턱하오."

"장가간 턱 하게."

P는 고개를 흔들었다. 그리고 멍하니 서서 생각을 하였다.

다분의 가면 밑에서 꿈틀거리는 인도주의에 몹시 증오를 느끼는 P는 이날 밤 자기의 행동을 어떻게 해석할지 몰라 괴로와하였다.

내일을 굶어야 할 그 돈이지만 돈이 아까운 것이 아니다. 정조 값으로 이십 전을 주어도 좋다는데 왜 정조는 퇴하고 돈만 있는 대로 다 털어 주었는가? 왜 눈에 눈물은 고였는가?

8

P는 머리가 띵하고 속이 뉘엿거리어 정신을 차릴 수가 없었다. 그는 두 친구에게 인사도 변변히 하지 아니하고 코를 베인 듯이 삼청동으로 올라왔다. 어서 바삐 좀 드러눕고만 싶었던 것이다.

아무리 방구들은 차고 지저분하게 늘어놓았어도 제 처소는 반가운 것이다. 더구나 몸이 괴로울 때는——

P는 누더기 양복이나마 벗으려고도 아니 하고 그대로 펴두었

던 이부자리 속에 몸을 파묻었다. 드러누우니 취기가 새삼스레 더하여 영영 옷 벗을 생각도 잊어버리고 그대로 잠이 들었다.

얼마를 자고 났는지 괴로와 부대끼다 못하여 잠이 깨었을 때는 목이 타는 듯이 말랐다.

물은 없다. 물이 없어 못 먹느니라 생각하니 목은 더 말랐다.

밤은 어느 때나 되었는지 짐작할 수가 없다. 전등은 그대로 켜져 있다. 밖에서는 사람 지나다니는 발자국소리도 들리지 아니한다. 전차 달리는 소리도 들리지 아니하고 가끔가다가 자동차의 경적이 딴 세상의 소리같이 감감하게 들리어 온다.

밤이 깊지 아니했으면 잠긴 안대문을 두드려 주인 노인에게라도 물을 청하겠지만 이 깊은 밤에 그리하기도 미안하다. 그것도 방세나 여일하게 내었을 제 말이지 얼굴 대하기를 이편에서 피하는 판에 차마 못 할 일이다.

물지게 장수의 삐득거리는 소리가 들리나 하고 귀를 기울였으나 감감히 소리가 없다.

목은 더욱더욱 말라 들어온다. 입술이 바싹 마르고 입안이 침기가 없고 목구멍이 바삭바삭 소리가 날 듯이 마르고 그리고는 창자 속까지 말라 내려가는 듯하다.

방금 미칠 듯하다.

눈앞에 용용하게 흘러가는 푸른 한강이 어릿어릿하고 쏴 쏟아지는 수통 꼭지가 보이는 듯하다.

P는 배고픈 고비는 많이 겪어 보았으나 이대도록 목마른 참은 당하기 처음이다.

배는 고프면 기운이 없이 착 가라앉을 뿐이었지만 목이 극도로 마름에는 금시 미치고 후덕 후덕 날뛸 것 같다.

일어나서 삼청동 꼭대기로 올라가면 산골짜기의 물도 있고 또 우물도 있기는 하다. 그러나 이 어두운 밤에 어디가 어딘지 보이지 아니할 테고 또 우물에는 두레박도 없을 것이다.

겨우겨우 참아 가며 몇 시간을 삐대었다. 실상 한 시간도 못 되는 동안이지만 P에게는 여러 시간인 듯만 싶었다.

그런 뒤에 겨우 물지게 소리를 듣고 그는 수통 있는 곳을 찾아 뛰어나갔다.

사정 이야기도 변변히 하지 아니하고 쏟아지는 수통 꼭지에 매어달리어 한 동이는 되리만치 냉수를 들이켰다. 물장수가 어이가 없어 물끄러미 치어다보고만 있다가 P의 끔벅하고 돌아서는 등 뒤에다 혀를 끌끌 찬다.

밥보다도 더 다급하게 그립던 물을 실컷 들이켜고 나니 찌뿌드하게 엉킨 듯 불쾌하던 취기(醉氣)도 적이 걷히고 정신이 말쑥하여졌다.

P는 새삼스레 양복을 벗어 던지고 다시 자리에 파묻혔다. 인제는 잠이 십 리나 달아나고 눈이 초랑초랑하여진다. 그러면서 어젯밤 일이 머리에 떠오른다.

그것은 마치 못 먹을 것을 먹은 것처럼 꺼림칙한 기억이다. 아무렇게나 씻어 넘겨 버리재도 그러나 머리 한구석에 박혀 가지고 사라지려 하지 아니하는 어룽[班點]과 같다. 어떻게 해서라도 시원스러운 해석을 내리고라야 마음이 놓일 것 같다.

정조 대가(貞操代價)로 일금 이십 전을 부르는 여자…… 방금 세상에는 한번 정조를 빼앗긴 것으로 목숨을 버려 자살하는 여자도 있다. 그러는 한편 '이십 전도 좋소' 하는 여자가 있다.

여자의 정조가 그것을 잃었다고 자살을 하도록 그다지도 고귀한 것이라면 '이십 전에도 팔겠소' 하는 여자가 눈을 멀끔 멀끔 뜨고 살아 있는 사실은 무엇으로 설명할 것인가? 또 정조를 '이십 전에도 팔겠소' 하는 여자가 있도록 그것이 아무렇지도 아니한 것이라면 그것을 한번 빼앗긴 때문에 생명을 내버리는 여자가 있는 것은 무엇으로 설명할 것인가? 이 두 여자가 모두 건전한 양심의 소유자라고 볼 수는 없다.

그러나 그 가운데 나무라기로 들면 차라리 정조를 빼앗긴 것으로 자살한 여자를 나무랄 것이지 '이십 전에 팔겠소' 하는 여자는 나무랄 수가 없다.

열여섯 살부터 시작하여 이래 삼 년이나 색주가 집으로 굴러다니는 여자다.

언제 누구에게 귀떨어진 도덕관념이나 정당한 인생관을 얻어들은 적이 없을 것이다.

술잔을 들고 앉아 한 잔이라도 오는 손님에게 더 먹이어 한 푼어치라도 주인의 수입을 도와주면 칭찬이 오니 그만이다.

"고년 어여쁘다. 나하고 ××."

하고 손님이 말하면 그에 좋아 비록 조발(早發)일지언정 생리적 만족을 얻는 한편 그야말로 단돈 이십 전이라도 벌면 그만이다.

옆에서 그것을 시키기는 할지언정 그것이 나쁘다고 가르쳐 주는 사람이 있을 턱이 없는 것이다.

사실 일반 매춘부가 정조적으로 양심을 가진 듯이 보인다는 것은 그 대부분이 되려 한 가식(假飾)에 지나지 못하는 것이다.

그것은 그들에게 있어서 일종의 정당성을 가진 노동인 것이다. 그러니까 그것을 보고 불쌍하다고 여기고 동정을 하는 것은 의문의 패은이다.

지금 세상은 정당한 성도덕(性道德)이 서 있는 때도 아니다.

그것은 한 세대에 여러 가지의 시대사조가 얼크러져 있는 때문이다. 그러니까 여자의 정조에 대하여도 일률적으로 선악과 시비를 가릴 수는 없는 것이다.

하룻밤 몸값으로 '이십 전도 좋소' 하는 여자, 그에게는 다른 사람이 갖는 성도덕도 없고 따라서 자신을 타락이래서 슬퍼하지도 아니한다.

그 여자 자신을 나무랄 필요도 없는 것이요 동정할 여지도 없는 것이다. 그 여자 자신은 결코 불쌍한 사람이 아니다.

예수의 사랑(?)도 아무리 그 사랑이 크고 넓다 했을지언정 그것은 '불쌍한 사람' '죄지은 사람'에게 미칠 수 있는 것이다.

'불쌍하지 아니한' '죄짓지 아니한' 동관의 색주가 계집애에게는 누구의 동정이나 사랑도 일없는 것이다.

'뭣? 관념적이라고?'

그렇다. 관념적이라도 할 수 없다. 그러나 그것은 그 여자의 주관을 객관화한 것이다.

……(원문 2행 탈락)……

또 그 병적 현실에 메스를 대는 것은 집단의 역사적 문제이지만 룸펜 인테리의 결벽과 흥분쯤으로는 문제가 되지 아니한다.

다만 취객이 삼 원 각수를 던져 주었으므로 해서 그 여자는 감격 없는 기쁨을 맛보았을 뿐일 것이다.

‘이게 웬 떡이냐…… 어제저녁에 꿈이 괜찮더니 이런 땡을 잡을 양으루 그랬구나…… 웬 얼간 망둥이냐.’

그 계집애는 응당 그렇게밖에는 더 생각되지 아니하였을 것이다. 그것이 결코 무리가 없는 당연한 일이다.

P는 여기까지 생각하고 입맛 쓴 고소를 띠었다.

‘흥! 되지 못하게…… 장님이 눈병 앓는 사람더러 불쌍하다고 한 셈인가.’

P는 돌아누우면서 혀를 끌끌 찼다.

9

일천구백삼십사 년의 이 세상에도 기적이 있다.

그것은 P가 굶어 죽지 아니한 것이다. 그는 최근 일주일 동안 돈이 생긴 데가 없다. 잡힐 것도 없었고 어디서 벌이한 적도 없다.

그렇다고 남의 집 문 앞에 가서 밥 한술 주시오 하고 구걸한 일도 없고 남의 것을 훔치지도 아니하였다.

그러나 그동안 굶어 죽지 아니하였다. 야위기는 하였지만 그래도 멀쩡하게 살아 있다. P와 같은 인생이 이 세상에 하나도 없이 싹 치워진다면 근로하는 사람이 조금은 편해질는지도 모른다.

P가 소 부르죠아지 축에 끼이는 인테리가 아니요 노동자였더라면 그동안 거지가 되었거나 비상 수단을 썼을 것이다. 그러나 그에게는 그러한 용기도 없다. 그러면서도 죽지 아니하고

살아 있다.

그렇지만 죽기보다도 더 귀찮은 일은 그를 잠시도 해방시켜 주지 아니한다.

그의 아들 창선이를 올려보낸다고 어제 편지가 왔고 오늘은 내일 아침에 경성역에 당도한다는 전보까지 왔다.

오정 때 전보를 받은 P는 갑자기 정신이 난 듯이 쩔쩔매고 돌아다니며 돈 마련을 하였다. 최소한도 이십 원은…… 하고 돌아다닌 것이 석양 때 겨우 십오 원이 변통되었다.

종로에서 풍로니 냄비니 양재기니 숟갈이니 무어니 해서 살림 나부랑이를 간단하게 장만하여 가지고 올라오는 길에 전에 잡지사에 있을 때 알은 ××인쇄소의 문선 과장을 찾아갔다.

월급도 일없고 다만 일만 가르쳐 주면 그만이니 어린아이 하나를 써 달라고 졸라댔다.

A라는 그 문선 과장은 요리조리 칭탈을 하던 끝에——그는 P가 누구 친한 사람의 집 어린애를 천거하는 줄 알았던 것이다——

"보통학교나 마쳤나요?"

하고 물었다.

"아——니요."

P는 솔직하게 대답하였다.

"나이 몇인데?"

"아홉 살."

"아홉 살?"

A는 놀라 반문을 하는 것이다.

"기왕 일을 배울 테면 아주 어려서부터 배워야지요."

"그래도 너무 어려서 원, 뉘 집 애요?"

"내 자식놈이랍니다."

P는 그래도 약간 얼굴이 붉어짐을 깨달았다. A는 이 말에 가장 놀라운 듯이 입만 벌리고 한참이나 P를 물끄러미 바라다본다.

"왜? 내 자식이라고 공장에 못 보내란 법 있답디까?"

"아니 정말 그래요?"

"정말 아니고?"

"괴——니 실없는 소리…… 자제라고 해야 들어줄 테니까 그러시지?"

"아니 그건 그렇잖어요. 내 자식놈야요."

"그럼 왜 공부를 시키잖구?"

"인쇄소 일 배우는 것도 공부지."

"그건 그렇지만 학교에 보내야지."

"학교에 보낼 처지도 못 되고 또 보낸댔자 사람 구실도 못 할 테니까……."

"거 참 모를 일이요. 우리 같은 놈은 이 짓을 해가면서도 자식을 공부시키느라고 애를 쓰는 데 되려 공부시킬 줄 아는 양반이 보통학교도 아니 마친 자제를 공장엘 보내요?"

"내가 학교 공부를 해본 나머지 그게 못 쓰겠으니까 자식은 딴 공부시키겠다는 것이지요."

"글쎄 정 그러시다면 내가 내 자식 진배없이 잘 데리고 있으면서 일이나 착실히 가르쳐 드리리다 마는 …… 원 너무 어린

데 애처럽잖아요?"

"애처러운 거야 애비 된 내가 더 하지요만 그것이 제게는 약
이니까……."

P는 당부와 치하를 하고 인쇄소를 나왔다. 한 짐 벗어 놓은 것
같이 몸이 가뜬하고 마음이 느긋하였다.

그는 집으로 올라가는 길에 싸전에 쌀 한 말을 부탁하고 호배
추도 몇 통 사들었다. 그렁저렁 오 원을 썼다.

십 원 남은 중에 주인 노인에게 육 원을 내어 주니 입이 귀밑
까지 째어진다. 그 끝에 P가 사 온 호배추를 내어 주며 김치를
담가 달라고 하니 선선히 응낙한다. 그리고 자식을 데리고 자취
를 하겠다니까 깍두기야 간장이야 된장 같은 것을 아까운 줄 모
르고 날라다 주고 한다.

10

이튿날 전에 없이 첫새벽에 일어난 P는 서투른 솜씨로 화로
밥을 지어 놓고 정거장으로 나갔다.

그의 형에게서 온 편지에 S라는 고향 사람이 서울 올라오는
길에 따라 보낸다고 했으니까 P는 창선이보다도 더 낯이 익은
S를 찾았다.

과연 차가 식식거리고 들어서매 인간을 뱉어 내놓는 찻간에서
S가 창선이를 데리고 두리번거리며 내려왔다.

어디서 생겼는지 새까만 고꾸라 양복을 입고 이화 표 붙은 학
생 모자를 쓰고 거기다가 보따리를 하나 지고 무엇 꾸린 것을

손에 들고 차에서 내리는 어린아이…… 저게 내 자식이니라 생각하니 P는 어쩐지 속으로 얼굴이 붉어지며 한편 가엾기도 하였다.

S가 두 손에 짐을 가득 들고 두리번거리다가 가까이 온 P를 보고 반겨 소리를 지른다. 창선이가 모자를 벗고 학교식으로 경례를 한다. 얼굴을 자세히 보니 너댓 살 적에 보던 것보다 더한층 저의 외가를 닮았다.

P는 그것이 몹시 불만하였다.

"그새 재미나 좋았나?"

S의 하는 첫인사다.

"뭘 그저 그렇지…… 괜한 산 짐을 지고 오느라고 애썼네."

P는 이렇게 인사 겸 치하를 하였다.

"원 천만에…… 그 애가 나이는 어려도 어떻게 속이 찼는지…… 너 늬 아버지 알아보겠니?"

S는 창선이를 돌아보며 웃는다. 창선이는 고개를 숙이고 수줍은지 아무 대답도 아니 한다.

P는 S와 창선이를 데리고 구름다리로 올라왔다.

"저희 외할머니가 저 양복이야 떡이야 모두 해가지고 자네 댁에까지 오셨더라네…… 오셔서 어제 떠나는데 정거장까지 나오셨는데 여러 가지 신신당부를 하시데…… 자네에게 전하라고."

S는 P가 그다지 듣고 싶지도 아니한 이야기를 뒤따라오며 늘어놓는다. 그의 가슴에는 옛날의 반감이 솟쳐 올랐다.

"별걱정 다 하던 게로군…… 내 자식 내가 어련히 할까 봐 쫓아다니면서 그래……"

"그래도 노인들이라 어디 그런가…… 객지에서 혼자 있는데 데리고 있기 정 불편하거든 당신께로 도루 보내게 하라고 그러시데……"

"그 집에 내 자식이 무슨 상관이 있어서 보내라는 거야?…… 보낼 테면 그때 데려왔을라구……"

P는 그것이 모두 그와 갈린 아내의 조종인 줄 알기 때문에 더구나 심정이 났다. 화가 나는 대로 하면 어린아이가 입고 온 양복도 벗겨 내던지고 싶었으나 꿀꺽 참았다.

11

일찍 맛보아 보지 못한 새살림을 P는 시작하였다.

창선이가 도착한 날 밤.

창선이는 아랫목에서 색색 잠을 자고 있다. 외롭게 꿈을 꾸고 있으려니 생각하매 전에 없던 애정이 솟아오르는 듯하였다.

이튿날 아침 일찍 창선이를 데리고 ××인쇄소에 가서 A에게 맡기고 안 내키는 발길을 돌이켜 나오는 P는 혼자 중얼거렸다.

"레디메이드 인생이 비로소 겨우 임자를 만나 팔리었구나."

출전 : 신동아(1934.5~7)

논 이야기

1

일인들이 토지와 그밖에 온갖 재산을 죄다 그대로 내어놓고 보따리 하나에 몸만 쫓기어가게 되었다는 이야기를 듣는 한 생원은 어깨가 우쭐하였다.

"거 보슈 송 생원. 인전 들, 내 생각 나시지?"

한 생원은 허연 탑삭부리에 묻힌 쪼글쪼글한 얼굴이 위아래 다섯 대밖에 안남은 누런 이빨과 함께 흐물흐물 웃는다.

"그러면 그렇지, 글쎄 놈들이 제아무리 영악하기로소니 논에다 너귀탱이 말뚝 박구섬 인도깨비처럼, 어여차 어여차, 땅을 떠가지구 갈 재주야 있을 이치가 있나요?"

한 생원은 참으로 일본이 항복을 하였고, 조선은 독립이 되었다는 그날——팔월 십오일 적보다도 신이 나는 소식이었다. 자기가 한 말〔豫言(예언)〕이 꿈결같이도 이렇게 와 들어맞다니…… 그리고 자기가 한 말〔豫言(예언)〕대로, 자기가 일인에게 팔가 넘긴 땅이 꿈결같이도 도로 자기의 것이 되게 되었다니…… 이런 세상에 신기하고 희한할 도리라고는 없었다.

조선이 독립이 되었다는 팔월 십오일, 그때는 한 생원은 섬뻑 만세를 부르고 싶은 생각이 나지 않았어도 이번에는 저절로 만세 소리가 나와지려고 하였다.

팔월 십오일 적에 마을에서는 젊은 사람들이 설도를 하여 태극기를 만들고, 닭을 추렴하고, 술을 사고 하여 놓고 조촐히 만세를 불렀다.

한 생원은 그 자리에 참례를 하지 아니하였다. 남들이 가서 만세를 부르자고 하였으나 한 생원은 조선이 독립이 되었다는 것이 별양 반가운 줄을 모르겠었다. 그저 덤덤할 뿐이었었다.

물론 일본이 항복을 하였으니 전쟁은 끝이 난 것이요, 전쟁이 끝이 났으니 벼 공출을 비롯하여 솔뿌리 공출이야, 마초 공출이야, 채소 공출이야, 가지가지의 그 억울하고 성가신 공출이 없어지고 말 것이었다.

또, 열여덟 살박이 손자놈 용길이가 징용에 뽑혀 나갈 염려가 없을 터이었다. 얼마나 한 생원은 일찌기 애비를 여의고 늙은 손으로 여지껏 길러 온 외톨 손자놈 용길이가 징용에 뽑히지 말게 하려고 구장과 면의 노무계 직원과 부락 담당 직원에게 굽은 허리를 굽실거리며 건사를 물고 하였던고. 굶는 끼니를 더 굶어 가면서 그들에게 쌀을 보내어 주기, 그들이 마을에 얼찐하면 부랴부랴 청해다 씨암탉 잡고 술대접하기, 한참 농사일이 몰릴 때라도 내 농사는 손이 늦어도 용길이를 시켜 그들의 논에 모 심고 김매어주고 하기. 이 노릇에 흰머리가 도로 검어질 지경이요 빚(債)은 고패가 넘도록 지고 하였다.

하던 것이 인제는 전쟁이 끝이 났으니 징용 이자는 싹 씻은 듯 없어질것. 마음 턱 놓고 두 발 쭉 뻗고 잠을 자도 좋았다. 이런 일을 생각하면 한 생원도 미상불 다행스럽지 아니한 것은 아니었다. 그러나 오직 그뿐이었다.

독립?

신통할 것이 없었다.

독립이 되기로서니 가난뱅이 농투성이가 별안간 나으리 주사 될 리 만무하였다. 가난뱅이 농투성이가 남의 세토(貰土, 소작) 얻어 비지땀 흘려가면서 일 년 농사지어 절반도 넘는 도지(小作料, 소작료) 물고 나머지로 굶으며 먹으며 연명이나 하여가기는 독립이 되거나 말거나 매양 일반일터이었다.

공출이야 징용이야 하여서 살기가 더럭 어려워지기는 전쟁이 나면서부터였었다. 전쟁이 나기 전에는 일 년 농사지어 작정한 도지 실수 않고 물면 모자라나따나 아무 시비와 성가심 없이 내 것 삼아 놓고 먹을 수가 있었다.

징용도 전쟁이 나기 전에는 없던 풍도였었다. 마음 놓고 일을 하였고 그것으로써 그만이었지 달리는 근심 걱정될 것이 없었다.

전쟁 사품에 생겨난 공출이니 징용이니 하는 것이 전쟁이 끝이 남으로써 없어진 다음에야 독립이 되기 전 일본 정치 밑에서도 남의 세토 얻어 도지 물고 나머지나 천신하는 가난뱅이 농투성이에서 벗어날 것이 없을진대 한갓 전쟁이 끝이 나서 공출과 징용이 없어진 것이 다행일 따름이지 독립이 되었다고 만세를 부르며 날뛰고 할 흥이 한 생원으로는 나는 것이 없었다.

일인에게 빼앗겼던 나라를 도로 찾고, 그래서 우리도 다시 나라가 있게 되었다는 이 잔주도 역시 한 생원에게는 시뿌듬한 것이었다. 한 생원은 나라를 도로 찾는다는 것은 구한국 시절로 다시 돌아가는 것으로밖에는 달리는 생각할 수가 없었다.

한 생원네는 한 생원의 아버지의 부진런으로 장만한 열서 마지기와 일곱 마지기의 두 자리 논이 있었다. 선대의 유업도 아니요, 공문서(空文書, 무등기) 땅을 거저 주운 것도 아니요, 버젓이 값을 내고 산 것이었다. 하되 그 돈은 체계나 돈놀이[高利貸金業, 고리대금업]로 모은 돈이 아니요, 품삯 받아 푼푼이 모으고 악의악식하면서 모은 돈이었다. 피와 땀이 어린 땅이었다.

그 피땀 어린 논 두 자리에서 열서 마지기를 한 생원네는 산지 겨우 오 년 만에 고을 원[郡守, 군수]에게 빼앗겨버렸다.

지금으로부터 오십 년 전, 갑오 을미 병신 하는 병신(丙申)년 한 생원의 나이 스물한 살 적이었다.

그 안 해 을미년 늦은 가을에 김아무[金某, 김모]라는 원이 동학란에 도망 뺀 원 대신으로 새로이 도임을 해와서 동학의 잔당을 비질하듯 잡아 죽였다.

피비린내 나는 살육이 이듬해 병신년 봄까지 계속되었고, 그러고 여름…… 인제는 다 지났거니 하여 겨우 안도를 한 참인데 한태수(한 생원의 아버지)가 원두막에서 동헌으로 붙잡혀 가 옥에 갇히었다. 혐의는 동학에 가담하였다는 것이었다.

한태수는 전혀 동학에 가담한 일이 없었다. 그의 말대로 하면 동학 근처에도 가보지 아니한 사람이었다.

옥에 가두어 놓고는 매일 끌어내다 실토를 하라고, 동류의 성명을 불라고 주리를 틀면서 문초를 하였다. 육십이 넘은 늙은 정강이가 살이 으끄러지고 뼈가 아스러졌다.

나중 가서야 어찌 될 값에 당장의 아픔을 견디다 못하여 동학에 가담하였노라고 자복을 하였다. 입에서 나오는 대로 아는 사람의 이름을 불렀다.

불리운 일곱 사람이 잡혀 들어와 같은 문초를 받았다. 처음에는 들 내 뻗었으나 원체 아픔을 이기지 못 하여 자복을 하였다.

남은 것은 처형을 하는 것뿐이었다.

하루는 이방이, 한태수의 안해와 아들(한 생원)을 불렀다.

이방은 모자더러 좌우간 살려낼 도리를 하여야 않느냐고 하였다.

모자는 엎드려 빌면서 제발 이방님 덕택에 목숨만 살려지이다고 하였다.

"꼭 한 가지 묘책이 있기는 있는데…… 그럼 내가 시키는 대로 할 테냐?"

"불 속이라도 뛰어 들어가겠습니다."

"논문서를 가져오느라. 사또께다 바쳐라."

"논문서를요?"

"아까우냐?"

"………"

"가장이나 애비의 목숨보다 논이 더 소중하냐?"

"그 땅이 다른 땅과도 달라서……"

"정히 그렇게 아깝거던 고만두는 것이고."

"논문서만 가져다 바치면, 정녕 모면을 할까요?"

"아니 될 노릇을 시킬까?"

"그럼 이 길로 나가서 가지고 오겠습니다."

"밤에 조용히 내아(內衙, 관사)로 오도록 하여라. 나도 와서 있을 테니. 그리고 네 논이 두 자리가 있겠다?"

"네."

"열서 마지기와 일곱 마지기."

"네."

"그 열서 마지기를 가지고 오느라."

"열서 마지기를요?"

"아까우냐?"

"………"

"아깝거들랑 고만두려무나."

"그걸 바치고 나면 소인네는 논 겨우 일곱 마지기를 가지고 수다한 권솔에 살이갈 빙도가……"

"당장 가장이나 애비의 목숨은 어데로 갔던지?"

"………"

"땅이야 다시 장만도 할 수가 있는 것이 아니냐?"

모자는 서로 돌아보면서 말하였다.

"바칩시다."

"바치자."

사흘 만에 한태수는 놓여나왔다. 다른 일곱 명도 이방이 각기 사이에 들어 각기 얼마씩의 땅을 바치고 놓여나왔다.

그 뒤 경술(庚戌)년에 일본이 조선을 합방하여 나라는 망하였다.

사람들이 나라 망한 것을 원통히 여길 때 한 생원은

"그깐 놈의 나라 시언히 잘 망했지."

하였다. 한 생원 같은 사람으로는 나라란 백성에게 고통이지 하나도 고마운 것이 아니었다. 또 꼭 있어야 할 요긴한 것도 아니었다.

그런 나라라는 것을 도로 찾았다고 하여 섬뻑 감격이 일지 아니한 것도 일변 의당한 노릇이라 할 것이었다.

논 스무 마지기에서 열서 마지기를 빼앗기고 나니 원통한 것도 원통한 것이지만 앞으로 일이 딱하였다. 논이나 겨우 일곱 마지기를 가지고는 어림도 없었다.

하릴없이 남의 세토를 얻어 그 보충을 하여야 하였다. 그러나 남의 세토는 도지를 물어야 하는 것이라 힘은 내 논을 지을 때와 마찬가지로 들면서도 가을에 가서 차지를 하기는 절반이 못 되는 것이었다. 그렇지만 그렇다고 남의 세토를 소작 아니할 수는 없었다.

이리하여 한 생원네는 나라 명색이 망하지 않고 내 나라로 있을 적부터 가난한 소작농이었다.

경술년 나라가 망하고 삼십육 년 동안 일본의 다스림 속에서도 같은 가난한 소작농이었다.

그리고 속담에 남의 불에 게 잡기로, 남의 덕에 나라를 도로 찾기는 하였다지만 한국 말년의 나라만을 여겨 그 나라가 오죽할 리 없고 여전히 남의 세토나 지어먹는 가난한 소작농이기는 일반일 것이라고 한 생원은 생각하던 것이었었다.

일본이 항복을 하던 바로 전의 삼사 년에 공출이야 징용이야 하면서 별안간 군색함과 불안이 생겼던 것이지 그 밖에는 나라가 망하여 없어지고서 일본의 속국 백성으로 사는 것이 경술년 이전 나라가 있어가지고 조선 백성으로 살 적보다 별양 못 할 것이 한 생원에게는 없었다. 여전히 남의 세토를 지어 절반 이상이나 도지를 물고 그 나머지를 천신하는 가난한 소작인이요, 순사나 일인이나 면서기들의 교만과 압박보다 못할 것도 없거니와 더할 것도 없었다.

독립이 된 이 앞으로도 그것이 천지개벽이 아닌 이상 가난한 농투성이가 느닷없이 부자 장자 될 이치가 없는 것이요 원·아전·토반이나 일본 놈 대신에 만만하고 가난한 농투성이를 핍박하는 '권세 있는 양반들'이 생겨날 것이요 할 것이매 빼앗겼던 나라를 도로 찾아 다시금 조선 백성이 되었다는 것이 조금도 신통하거나 반가울 것이 없었다.

원과 도반과 아전이 있어 토색질이나 하고, 붙잡아다 때리기도 하고, 교만이나 피우고, 하되 세미(稅米, 납세)는 국가의 이름으로 꼬박꼬박 받아 가면서 백성은 죽어야 모른 체를 하고 하는 나라의 백성으로도 살아 보았다.

천하 오랑캐, 애비와 자식이 맞담배질을 하고, 남매간에 혼인을 하고, 뱀을 먹고 하는 왜인들이 저희가 주인이랍시고서 교만을 부리고, 순사와 헌병은 칼바람에 조선 사람을 개 도야지 대접을 하고, 공출을 내어라 징용을 나가거라 야미를 하지 마라 하면서 볶아대고, 또 일본이 우리나라다 나는 일본 백성이다. 이런 도무지 그럴 마음이 우러나지를 않는 억지춘향이 노릇을 시키고 하는 나라의 백성으로도 살아 보았다.

결국 그러고 보니 나라라고 하는 것은 내 나라였건 남의 나라였건 있었댔자 백성에게 고통이나 주자는 것이지 유익하고 고마울 것은 조금도 없는 물건이었다. 따라서 앞으로도 새 나라는 말고 더한 것이라도 있어서 요긴할 것도 없어서 아쉬울 일도 없을 것이었다.

2

신해(辛亥)년…… 경술 합방 바로 이듬해였다. 한 생원은——젊을 때의 한덕문은——빼앗기고 남은 논 일곱 마지기를 불가불 팔아야 할 형편에 이르렀다.

칠팔 명이나 되는 권솔인데 내 논 일곱 마지기에다 남의 논이나 몇 마지기를 소작하여 가지고는 여간한 규모와 악의악식이 아니고서는 도저히 현상 유지를 하기가 어려웠다.

한덕문은 그 부친과는 달라 살림 규모가 없었다. 사람이 좀 허황하고 헤픈 편이었다.

부친 한태수가 죽고 대신 당가산(當家産, 집안 재산을 주관해서 맡아 관리함)을 한 지 불과 오륙 년에 한덕문은 힘에 넘치는 빚을 졌다.

이 빚은 단순히 살림에 보태느라고만 진 빚은 아니었다.

한덕문은 허황하고 헤픈 값을 하느라고 술과 노름을 쏠쏠히 좋아하였다.

일 년 농사를 지어야 일 년 가계가 번연히 모자라는데 거기다 술을 먹고 노름을 하니 늘어 가느니 빚 밖에는 있을 것이 없었다.

빚은 갚아야 되었다.

팔 것이라고는 논 일곱 마지기 그것뿐이었다.

한덕문이 빚을 이리 틀어막고 저리 틀어막고, 오늘로 밀고 내일로 밀고 하여 오던 끝에 마침내는 더 꼼짝을 할 도리가 없어 논을 팔기로 작정을 대었을 무렵에, 그러자 용말〔龍田, 용전〕 사는 일인 길천(吉川, 요시카와)이가 요새로 바싹 땅을 많이 사들인다는 소문이 들리었다. 그리고 값으로 말하여도 썩 좋은 상답이면 한 마지기(이백 평)에 스무 냥으로 스물닷 냥(이십 냥 이상 이십오 냥, 사 원 이상 오 원)까지 내고 아주 박토라도 열 냥(이 원) 안짝은 없다고 하였다.

땅마지기나 가진 인근의 다른 농민들도 다들 그러하였지만 한덕문은 그중에서도 귀가 반짝 뜨였다.

시세의 갑절이었다.

고래실논으로 개똥배미 상지상답이라야 한 마지기에 열 냥으로 열두어 냥(이 원, 이원 사오십 전)이요, 땅 나쁜 것은 기지개 써야 닷 냥(일 원)이었다.

'팔자!'

한덕문은 작정을 하였다.

일곱 마지기 논이 상지상답은 못 되어도 상답은 되니 잘하면 열 냥(이 원)은 받을 것. 열 냥이면 이칠십사 일백마흔 냥(이십 팔 원).

빚이 이럭저럭 한 오십 냥(십 원) 되니 그것을 갚고 나면 아흔 냥(십팔 원)이 남아. 아흔 냥을 가지고 도로 논을 장만해. 판

일곱 마지기만 한 토리의 논을 사더라도 아홉 마지기를 살 수가 있어.

결국 논 한번 팔고 사고하는 노름에 빚 오십 냥 거저 갚고도 논은 두 마지기가 늘어 아홉 마지기가 생기는 판이 아니냐.

이런 어수룩한 노름을 아니 하잘 며리〔까닭, 필요〕가 없는 것이었었다.

양친은 이미 다 없는 때요, 한덕문 그가 대주(大主, 호주)였으므로 혼자서 일을 결단하여도 간섭을 받을 일은 없었다.

곡우(穀雨) 머리의 어느 날 한덕문은 맨발짚신 풀 상투에 삿갓 쓰고 곰방대 물고 마을에서 십 리 상거의 용말 출입을 나갔다. 일인 길천이가 적실히 그렇게 후한 값으로 논을 사는지 진가를 알아보자 함이었다.

금강(錦江) 어귀의 항구 군산에서 시작되어 동북간방(東北間方)으로 임피읍(臨陂邑)을 지나 용말로 나온 행길이 용말 동쪽 변두리에서 솜리〔이리, 익산〕로 가는 길과 황등 장터〔黃登郡〕로 가는 길의 두 갈래 길로 갈리는 그 샅에 가 전주(全州)집이라는 주모가 업을 하고 있는 주막이 오도카니 호올로 놓여 있었다.

한덕문은 전주집과는 생소치 아니한 사이였다.

마당이자 바로 행길인 그 마당 앞에 섰는 한 그루의 실버들이 한창 푸르른 전주집네 주막 살진 봄볕이 드리운 마루에 나란히 걸터앉아 세상 물정 이야기, 피차간 살아가는 이야기, 훨씬 한담을 하던 끝에 한덕문이 지날 말처럼 넌지시 물었다.

"참, 저, 일인 길천이가 요새 땅을 많이 산다구?"

"많얼께 아니라 그 녀석이 아마 이 근처 일판을, 땅이라구 생긴 건 깡그리 쓸어 사자는 배폰가 봅디다!"

"헷소문은 아니루구먼?"

"달리 큰 배포가 있던지, 그렇잖으면 그 녀석이 상성〔發狂, 발광〕을 했던지."

"?……"

"한 서방 으런두 속내 아는 배, 이 근처 논이 물 걱정 가뭄 걱정 없구 한 마지기에 넉 섬은 먹는 논이라야 열 냥(이 원)이 상값 아니우? 그런 걸 글쎄 녀석은 스무 냥 스물댓 냥을 퍼주구 사는구랴. 제마석〔일두락〕에 일석(一石)두 못 먹는 자갈 바탕의 박토라두 논 명색이면 열 냥 안짝 잽히는 건 없구."

"허긴 값이나 그렇게 월등히 많이 내야 일인한테 논을 팔지 그렇잖구서야 누가."

"제엔장, 나두 진작에 논이나 시늉만 생긴 거라두 몇 섬지기 장만해 두었드라면 이런 판에 큰 횡잴 했지."

"그래, 많이들 와 파나?"

"대가릴 싸구 덤벼든답디다. 한 서방 으런두 논 좀 파시구랴? 이런 때 안 팔구 언제 팔우?"

"팔 논이 있나!"

이유와 조건의 어떠함을 물론하고 농민이 논을 판다는 것은 남의 앞에 심히 떳떳스럽지 못한 일이었다. 번연히 내일모레면 다 알게 될 값이라도 되도록 그런 기색을 숨기려고 드는 것이 통정이었다.

뚜벅뚜벅 말굽 소리가 나더니 말 탄 길천이가 주막 앞을 지난다. 언제나 그러하듯이 깜장 됫박모자〔중산모자〕에 깜장 복장

〔洋服(양복), 쓰메에리〕을 입고, 깜장 목 깊은 구두를 신고 허리에는 육혈포를 차고 하였다.

한덕문은 길에서 몇 차례 본 적이 있어 그가 길천인 줄을 안다.

"어디 갔다 와요?"

전주집이 웃으면서 알은체를 하는 것을 길천은 웃지도 않으면서

"웅, 조기. 우리 나쁜 사레미 자바리 갔소 왔소."

길천의 차인꾼이요 통역꾼이요 한 백남술이가 밧줄로 결박을 지은 촌 젊은 사람 하나를 앞참세우고 뒤미처 나타났다.

죄수(?)는 상투가 풀어지고 발기발기 찢긴 옷과 면상으로 피가 묻고 한 것으로 보아 한바탕 늑신 두들겨 맞은 것이 역력하였다.

"어디 갔다 오시우?"

전주집이 이번에는 백남술더러 인사로 묻는다.

백남술은 분연히

"남의 돈 집어먹구 도망 댕기는 놈은 죽어 싸지."

하면서 죄수에게 잔뜩 눈을 흘긴다.

그리고 나서 전주집더러

"댕겨오께시니 닭이나 한 마리 잡구 해 놓게나. 놈을 붙잡느라구 한 승강 했더니 목이 컬컬허이."

그느라고 잠깐 한눈을 파는 순간이었다. 죄수가 밧줄 한끝 붙잡힌 것을 홱 뿌리치면서 몸을 날려 쏜살같이 오던 길로 내뺀다.

"엇!"

백남술이 병신처럼 놀라다 이내 죄수의 뒤를 쫓는다.

길천이 탄 말이 두 앞발을 번쩍 들어 머리를 돌리면서 땅을 차고 달린다. 그러면서 길천의 손에서 육혈포가 땅…… 풀씬 연기가 나면서 재우쳐 땅……

죄수는 그러나 첫 한 방에 그대로 길바닥에 가 동그라진다. 같은 순간 버선발로 뛰어 내려간 전주집이 에구머니 비명을 지른다.

죄수는 백남술에게 박승 한끝을 다시 붙잡히어 일어난다. 길천은 피스톨 사격의 명인(名人)은 아니었었다.

일인에게 빚을 쓰는 것을 왜채(倭債)라고 하고, 이 젊은 친구는 왜채를 쓰고서 갚지 아니하고 몸을 피해 다니다가 붙잡힌 사람이었다.

길천은 백남술이가

'이 사람은 논이 몇 마지기가 있소.'

하고 조사 보고를 하면 서슴지 아니하고 왜채를 주곤 한다. 이 자도 항용 체계나 장변보다 헐하였다.

빚을 주는 데는 무른 것 같아도 받는 데는 무서웠다.

기한이 지나기를 기다려 채무자를 제집으로 데려다 감금을 하고 사형(私刑)으로써 빚 채근을 하였다.

부형이나 처자가 돈을 가지고 와서 빚을 갚는 날까지 감금과 사형을 늦추지 아니하였다.

논문서를 가지고 오는 자리는 '우대'를 하였다. 이자를 탕감하고 본전만 쳐서 논으로 받는 것이었다. 논이 있는 사람은 돈을 두어두고도 즐거이 논으로 갔고 하였다.

한덕문은 다시 끌려가고 있는 죄수의 뒷모양을 우두커니 바라다보면서

'제엔장, 양반 호랑이도 지질한데 우환 중에 왜놈 호랑이까지 들어와서 이 등쌀이니 갈수록 죽어나는 건 만만한 백성뿐이로구나.'

'쯧, 번연히 알면서 왜채를 쓰는 사람이 잘못이지 누구를 원망하나.'

'참새가 방앗간을 거저 지날까. 이왕 외상술이라도 한잔 먹고 일어설까, 어떡헐까?'

이런 생각을 하고 앉았는 차에 생각잖이 외가 편으로 아저씨뻘 되는 윤 첨지가 푸뜩 거기에 당도하였다. 윤 첨지는 황등 장터에서 제 논석지기나 지니고 탁신히 사는 농민이었다.

아저씨 웬일이시냐고. 조카 잘 있었더냐고. 항용 하는 인사가 끝난 후에 이 동네 사는 길천이라는 일인이 값을 후히 내고 땅을 사들인다는 소문이 있으니 적실하냐고 아까 한덕문이 전주집더러 묻던 말을 윤 첨지가 한덕문더러 물었다.

그렇단다는 한덕문의 대답에 윤 첨지는 이윽고 생각을 하고 있더니 혼잣말같이

"그럼 나두 이왕 궐(厥)한테다 팔아야 하겠군."

하다가 한덕문더러

"황등이까지 가서두 살까? 예서 이십 리나 되는데."

하고 묻는다.

"글쎄요…… 건데 논은 어째 파실 영으루?"

"허, 그거 온 참…… 저어 공주 한밭[大田(대전)]서 무안 목포(木浦)루 철로가 새루 나는데 그것이 계룡산 앞을 지나 연산(連山) · 팥거리([豆溪(두계)]루 해서 논메[論山(논산) · 江景(강경)]으루 나와 가지구 황등 장터를 지나게 된다네그려."

"그런데요?"

"그런데 철로가 난다 치면 그 십 리 안짝은 논을 죄 버리게 된다는 거야."

"어째서요?"

"차가 댕기는 바람에 땅이 울려 가지구 모를 심어두 뿌릴 제대루 잡지 못하구 해서 벼가 자라질 못한다네그려!"

"무슨 그럴 리가……"

"건 조카가 속을 몰라 하는 소리지. 속을 몰라 하는 소린 것이 나두 작년 정월에 공주 한밭엘 갔다 그놈 차가 철로 위루 달리는 걸 구경했지만, 아 그 쇳덩이루 만든 집채 더미 같은 시꺼먼 수레가 찻길 위루 벼락 치듯 달리는데 땅바닥이 사뭇 움죽움죽 하드라니깐! 여승 지동[地震(지진)]이야…… 그러니 땅이 그렇게 지동하듯 사철 들이 울리니 근처 논의 모가 뿌리를 잡을 것이며, 자라기를 할 것인가?"

"………"

듣고 보니 미상불 근리한 말이었다.

"몰랐으면 이거니와 알구두 그대루 있겠던가? 그래 좀 덜 받더래두 팔아 넘길 영으루 하구 있는데 소문을 들으니 길천이라는 손이 요새 값을 시세보담 갑절씩이나 내구 논을 산다네그려. 정녕 그렇다면 철로 조간[이유, 근거]이 아니라두 팔아가지구 딴 데루 가서 판 논 갑절 되는 논을 장만함직두 한 노릇인데 항차……"

"철로가 그렇게 난다는 건 아주 적실한가요?"

"말끔 다 칙량을 하구 말뚝을 박아 놓구 한걸……. 황등 장터 그 일판은 그래, 논들을 못 팔아 난리가 났다니까."

3

일인 길천이에게 일곱 마지기 논을 일백마흔 냥(이십팔 원)에 판 것과, 그중 쉰 냥(십 원)은 빚을 갚은 것, 이것까지는 한덕문의 예산대로 되었었다.

그러나 나머지 아흔 냥(십팔 원)으로 판 논 일곱 마지기보다 토리가 못하지 아니한 논으로 두 마지기가 더한 아홉 마지기를 삼으로써 빚 쉰 냥은 공으로 갚고, 그러고도 논이 두 마지기가 붙게 된다던 것은 완전히 허사가 되고 말았다.

아무도 한덕문에게 상담 한 마지기를 열 냥씩에 팔려는 사람은 없었다. 이왕 일인 길천이에게 팔면 그 갑절 스무 냥씩을 받는 고로 말이었다.

필경 돈 아흔 냥은 한덕문의 수중에서 한 반년 동안 구르는 동안 스실사실 다 없어지고 말았다.

이리하여 한덕문은 논 일곱 마지기로 겨우 빚 쉰 냥을 갚고는 아무것도 남은 것이 없이 손 싹싹 털고 나선 셈이었다.

친구가 있어 한덕문을 책하면서 물었다.

"어떡허자구 논을 판단 말인가?"

"인제 두구 보게나."

"무얼 두구 보아?"

"일인들이 다 쫓겨가면 그 땅 도로 내 것 되지 갈 데 있던가?"

"쫓겨 갈 놈이 논을 사겠나?"

"저 이놈들이 천지 운수를 안다든가?"

"자네는 아나?"

"두구 보래두 그래."

한덕문은 혼자 속으로는 아뿔싸, 논이라야 단지 그것뿐인 것을 팔고서 인제는 송곳 꽂을 땅도 없으니 이 노릇을 어찌한단 말이냐고 심히 후회하여 마지아니하였다.

그러면서도 남더러는 그렇게 배포 있이 장담을 탕탕하였다.

한덕문은 장차에 일인들이 쫓기어 가리라는 것을 확언할 아무런 근거도 가진 것이 없었다. 따라서 자신도 없었다. 오직 그는 논을 판 명예롭지 못함과 어리석음을 싸기 위하여 그런 희떠운 소리를 한 것일 따름이었다.

한덕문이 일인들이 다 쫓기어 가면 그 논이 도로 제 것이 될 터이라서 논을 팔았다고 한다더라, 이 소문이 한 입 두 입 퍼지자 듣는 사람마다 그의 희떠움을, 혹은 실없음을 웃었다.

하는 양을 보느라고 위정〔일부러〕

"자네 논 팔았다면서?"

한다 치면

"팔았지."

"어째서?"

"돈이 좀 아쉬워서."

"돈이 아쉽다고 논을 팔구서 어떡허자구?"

"일인들이 다 쫓겨가면 그 논 도루 내 것 되지 갈 데 있나?"

"일인들이 쫓겨간다든가?"

"그럼 백 년 살까?"

또 누구는 수작을 바꾸어

"일인들이 쫓겨간다지?"

한다 치면

"그럼!"

"언제쯤 쫓겨가는구?"

"건 쫓겨가는 때 보아야 알지."

"에구 요 맹추야, 요 허풍선이야. 우리나라 상강님을 쫓어내구 저이가 왕 노릇을 하는데 쫓겨가?"

"자넨 그럼 일인들이 안 쫓겨가구 영영 그대루 있으면 좋을 건 무언가?"

"좋기루 할 말이야 일러 무얼 하겠나만 우리 좋구푼 대루 세상일이 돼준다던가?"

"그래두 인제 내 말을 이를 때가 오너니."

"괜히 논 팔구섬 할 말 없거들랑 국으루 잠자꾸 가만히나 있어요."

"체에. 내 논 내가 팔아먹는데 죄 될 일 있나?"

"걸 누가 죄라니?"

"길천이한테 논 팔아먹은 놈이 한덕문이 하나뿐인감?"

"누가 논 판 걸 나무래? 희떤 장담을 하니깐 그리는 거지."

"희떤 장담인지 아닌지 두구 보잔 말야."

이로부터 한덕문은 그 말로 인하여 마을과 인근에서 아주 호가 났고 어느 겨를인지 그것이 한 속담(俗談)까지 되었다.

가령 어떤 엉뚱한 계획을 세운다든지 허랑한 일을 시작하여 놓고서는 천연스럽게 성공을 자신한다든지, 결과를 기다린다든지 하는 사람이 있다 치면

"흥, 한덕문이 길천이에게다 논 팔아먹던 대 났구나."

하고 비웃곤 하는 것이었었다.

그 호, 그 속담은 삼십오 년을 두고 전하여 내려왔다. 전하여 내려올 뿐만이 아니었다. 일본 제국주의의 조선에 있어서의 지반이 해가 갈수록 완고한 것이 되어감을 따라, 더우기 만주 사변 때부터 시작하여 중일 전쟁을 거쳐 태평양 전쟁으로 일이 거창하게 벌어진 결과 전쟁 수단으로서 조선의 가치는 안으로 밖으로, 적극적으로 소극적으로, 나날이 더 커감을 좇아 일본이 조선에다 박은 뿌리는 더욱 깊이 뻗어 들어가고 가지와 잎은 더욱 무성하여서 일본이 조선으로부터 물러간다는 것은 독립과 한가지로 나날이 더 잠꼬대 같은 생각이던 것처럼 되어 버려 감을 따라, 그래서 한덕문의 장담하던 (일인들이 다 쫓겨가면……) 이 말이 해가 가고 날이 갈수록 속절없이 무색하여감을 따라 그와 반비례하여 그 말의 속담으로서의 가치와 효과만이 멸하지 않고 찬란히 빛을 내었다.

바로 팔월 십사일 까지도 그러하였다. 팔월 십사일 까지도

'흥 한덕문이 길천이한테 논 팔아먹던 대 났구나.'

는 당당히 행세를 하였었다.

그랬던 것이 팔월 십오일에 일본이 항복을 하고 조선은 독립(

실상은 우선 해방)이 되고 하였다. 그리고 며칠 아니하여 '일인들이 토지와 그 밖 온갖 재산을 죄다 그대로 내어놓고 보따리 하나에 몸만 쫓기어 가게 되었다'는 데까지 이르렀다.

한 생원(한덕문)의

'일인들이 다 쫓겨가면……'

은 이리하여 부득불 빛이 화안하여지고 반대로

'한덕문이 길천이한테 논 팔아먹던 대 났구나.'

는 그만 얼굴이 벌개서 납작하고 말 수밖에 없었다.

4

"여보슈 송 생원?"

한 생원이 허연 탑삭부리에 묻힌 쪼글쪼글한 얼굴이 위아래 다섯 대밖에 안 남은 누런 이빨과 함께 흐물흐물 자꾸만 웃어지는 웃음을 언제까지고 거두지 못하면서, 그러다 별안간 송 생원의 팔을 잡아 흔들면서 아주 긴하게

"우리 독립 만세 한번 부르실까?"

"남 다아 부르고 난 댐에 건 불러 무얼 허우?"

송 생원은 한 생원과 달라 길천이한테 팔아먹은 논도 없으려니와, 따라서 일인들이 쫓기어 가더라도 도로 찾을 논도 없었다.

"송 생원, 접때 마을에서 만세를 부를 제 나가 부르셨던가?"

"난 그날 허리가 아파 꼼짝 못하구 누웠었는걸."

"나두 그날 고만 못 불렀어."

"아따 못 불렀으면 못 불렀지 늙은것들이 만세 좀 아니 불렀기루 귀양살이 보내겠수?"

"난 그래두 좀 섭섭해 그랬지요…… 그럼 송 생원 우리 술 한잔 자실까?"

"술이나 한잔 사주신다면."

"주막으루 나갑시다."

두 늙은이가 지팡이를 짚고 마을에 단 한 집밖에 없는 주막으로 나갔다.

"에구머니, 독립두 되구 볼 거야. 영감님들이 술을 다 자시러 오시구."

이십 년이나 여기서 주막을 하느라고 인제는 중늙은이가 된 주모 판쇠네가 손님을 환영이라기보다 다뿍 걱정스러한다.

"미리서 외상인 줄이나 알구 술 좀 주게나."

한 생원이 그러면서 술청으로 들어가 앉은 것을 송 생원도 따라 들어가 앉으면서 주모더러

"외상 두둑이 드리게. 수가 나섰다네."

"독립되는 운덤에 어느 고을 원님이나 한자리에 해 가시는 감?"

"원님을 걸 누가 성가시게, 흐흐……"

한 생원은 그러다 다시,

"거, 안주가 무어 좀 있나?"

"안주두 벤벤찮구 술두 막걸린 없구 소주뿐인 걸, 노인네들이 소주 잡숫구 어떡허시게."

"아따 오줌은 우리가 아니 싸리."

젊었을 적에는 동이 술을 사양치 아니하던 영감들이었다. 그러나 둘이가 다 내일모레가 칠십. 더구나 자주 자주는 술을 입에 대지 않던 차에 싱겁다고는 하지만 소주를 일고여덟 잔씩이나 하였으니 과음일 수밖에 없었다.

송 생원은 그대로 술청에 쓰러져 과연 소변을 저리기까지 하였다.

한 생원은 송 생원보다는 아직 기운이 조금은 좋은 덕에 정신을 놓거나 몸을 가누지 못할 지경은 아니었다.

"우리 논을 좀 보러 가야지, 우리 논을. 서른다섯 해 만에 우리 논을 보러 간단 말야, 흐흐흐."

비틀거리면서 한 생원은 술청으로부터 나온다.

주모 판쇠네가 성화가 나서

"방으루 들어가 누셨다 술 깨신 댐에 가세요. 노인네들 술 드렸다구 날 또 욕허게 됐구면."

"논 보러 가, 논. 길천이게다 판 우리 논. 흐흐흐 서른다섯 해만에 도루 찾은 우리 일곱 마지기 논, 흐흐흐."

"글쎄 논은 이 댐에 보러 가시면 어디루 가요?"

"날, 희떤 소리 한다구들 웃었지. 미친놈이라구 웃었지, 들. 흐흐. 서른다섯 해 만에 내 말이 들어맞일 줄을 누가 알았어? 흐흐흐."

말은 혀 꼬부라진 소리로 몸은 위태로이 비틀거리면서 한 생원은 지팡이를 휘젓고 밖으로 나간다. 나가다 동네 젊은 사람과 마주쳤다.

"아, 한 생원 웬일이세요?"

"논 보러 간다, 논. 흐흐흐. 너두 이녀석, 한덕문이 길천이한테 논 팔아먹던 대 났구나, 그런 소리 더러 했었지? 인제두 그런 소리가 나오까?"

"취하셨군요."

"나, 외상술 먹었지. 논 찾았은깐 또 팔아서 술값 갚으면 고만이지. 그럼 한 서른다섯 해 만에 또 내것 되겠지, 흐흐흐. 그렇지만 인전 안 팔지, 안 팔아. 우리 용길이 놈 물려줘야지, 우리 용길이 놈."

"참, 용길이 요새 있죠?"

"있지. 길천이한테 팔아먹었을까?"

"저, 읍내 사는 영남이가 산판(山坂) 하날 사서 벌목(伐木)을 하는데 이 동네 사람들더러 와 남구〔나무〕 비어주구 그 대신 우죽〔枝葉〕 가져가라구 하니 용길이두 며칠 보내서 땔나무나 좀 장만하시죠."

"걸 누가…… 논을 도루 찾았는데."

"논만 찾으면 땔나문 없어두 사시나요?"

"논두 없어두 서른다섯 해나 살지 않었느냐?"

"허허 참. 그러지 마시구 며칠 보내세요. 어서서 다 비어버려야 할 텐데 도무지 사람을 못 구해 그러니 절더러 부디 그럭허두룩 서둘러 달라구 영남이가 여간만 부탁을 해싸야죠. 아, 바루 동네서 가찹겠다. 져 나르기 수얼허구…… 요 위 가잿골 있는 길천 농장 멧갓이래요."

"무어?"

한 생원은 별안간 정신이 번쩍 나면서 대어든다.

"가잿골 있는 길천 농장 멧갓이라구?"

"네."

"네라니? 그 멧갓이…… 가마안자. 아니, 그 멧갓이 뉘 멧갓이길래?"

"길천 농장 멧갓 아녜요? 걸 영남이가 일인들이 이번에 거들이 나는 바람에 농장 산림 감독하던 강 서방한테 샀대요."

"하, 이런 도적놈들. 이런 천하 불한당 놈들. 그래, 지끔두 벌목을 하구 있더냐?"

"오늘버틈 시작했다나 봐요."

"하, 이런 천하 날불한당 놈들이."

한 생원은 천방지축으로 가잿골을 향하여 비틀걸음을 친다.

솔은 잘 자라지 않고 개간하여 밭을 만들자 하니 힘이 부치고 하여 이름만 멧갓이지 있으나 마나 한 멧갓 한자리가 있었다. 한 삼천 평 될까 말까, 그다지 크지도 못한 것이었었다.

이 멧갓을 한 생원은 길천이에게다 논을 팔던 이듬해지 그 이듬해지, 돈은 아쉽고 한판에 또한 어수룩이 비싼 값으로 팔아 넘겼었다.

길천은 그 멧갓에다 낙엽송을 심어 삼십여 년이 지난 지끔 와서는 아주 헌다한 산림이 되었다.

늙은이의 총기요, 논을 도로 찾게 되었다는 것에만 정신이 팔려 깜빡 멧갓 생각은 미처 아직 못하였던 모양이었다.

마침 전신주 감의 쪽쪽 곧은 낙엽송이 총총들이 섰다. 베기에 아까와 보이는 나무였다.

한 서넛이나가 한편에서부터 깡그리 베어 눕히고 일변 우죽을 치고 한다.

"이놈, 이 불한당 놈들. 이 멧갓 벌목한다는 놈이 어떤 놈이냐?"

비틀거리면서 고함을 치고 쫓아오는 한 생원을 사람들은 영문을 몰라 일하던 손을 멈추고 뻐언히 바라다보고 섰다.

"이놈 너루구나?"

한 생원은 영남이라는 읍내 사람 벌목 주인 앞으로 달려들면서 한 대 갈 듯이 지팡이를 둘러멘다.

명색이 읍내 사람이라서 촌 농투성이에게 무단히 해거를 당하면서 공수하거나 늙은이 대접을 하려고는 않는다.

"아니, 이 늙은이가 환장을 했나? 왜 그러는 거야, 왜."

"이놈, 네가 왜 이 멧갓을 손을 대느냐?"

"무슨 상관여?"

"어째 이놈아 상관이 없느냐?"

"뉘 멧갓이길래?"

"내 멧갓이다. 한덕문이 멧갓이다, 이놈아."

"허허, 내 별꼴 다 보니. 괜시리 술잔 들질렀거들랑. 고히 삭히진 아녀구서 나이깨 먹은 것이 왜 남 일하는 데 와서 이 행악야 행악이. 늙은인 다리뼉다구 부러지지 말란 법 있나?"

"오냐! 이놈, 날 죽여라. 너구 나구 죽자."

"대체 내력을 말을 해요. 무엇 때문에 이 야룐지 내력을 말을 해요."

"이 멧갓이 그새까진 길천이 것이라두 조선이 독립됐은깐 인전 내 것이란 말야, 이놈아."

"조선이 독립이 됐는데 어째 길천이 멧갓이 한덕문이 것이 되는구?"

"길천인, 일인들은 땅을 죄다 내놓구 간깐 그전 임자가 도루 차지하는 게 옳지, 무슨 말이냐?"

"오오, 이녁이 이 멧갓을 전에 길천이한테다 팔았다?"

"그래서."

"그랬으니깐, 일인들이 땅을 다 내놓구 가니깐 이녁은 팔았던 땅을 공짜루 도루 차지하겠다?"

"그래서."

"그 개 뭣 같은 소리 인전 엔간치 해 두구 어서 없어져 버려요. 난 뻐젓이 길천 농장 산림 관리인 강태식이한테 시퍼런 돈 이천 환 주구서 계약서 받구 샀어요. 강태식인 길천이가 해준 위임장 가지구 팔구. 돈 내구 산 사람이 임자지, 저 옛날 돈 받구 팔구 팔아먹은 사람이 임잘까?"

8·15 직후 낡은 법이 없어지고 새로운 영이 서기 전 혼란한 틈을 타서 잇속에 눈이 밝은 무리들이 일본인 농장이나 회사의 관리자와 부동이 되어가지고 일인의 재산을 부당 처분하여 배를 불린 일이 허다하였다. 이 산판 사건도 그런 것의 하나였다.

5

그 뒤 훨씬 지나서.

일인의 재산을 조선 사람에게 판다, 이런 소문이 들렸다.

사실이라고 한다면 한 생원은 그 논 일곱 마지기를 돈을 내고

사지 않고서는 도로 차지할 수가 없을 판이었다. 물론 한 생원에게는 그런 재력이 없거니와, 도대체 전의 임자가 있는데 그것을 아무나에게 판다는 것이 한 생원으로 보기에는 불합리한 처사였다.

한 생원은 분이 나서 두 주먹을 쥐고 구장에게로 쫓아갔다.

"그래 일인들이 죄다 내놓구 가는 것을 백성들더러 돈을 내구 사라구 마련을 했다면서?"

"아직 자세힌 모르겠어두 아마 그렇게 되기가 쉬우리라구들 하드군요."

해방 후에 새로 난 구장의 대답이었다.

"그런 놈의 법이 어딨단 말인가? 그래, 누가 그렇게 마련을 했는구?"

"나라에서 그랬을 테죠."

"나라."

"우리 조선 나라요."

"나라가 다 무어 말라비틀어진 거야? 나라 명색이 내게 무얼 해준 게 있길래 이번엔 일인이 내놓구 가는 내 땅을 저이가 팔아먹으려구 들어? 그게 나라야?"

"일인의 재산이 우리 조선 나라 재산이 되는 거야 당연한 일이죠."

"당연?"

"그렇죠."

"흥, 가만 둬두면 저절루 백성의 것이 될걸, 나라 명색은 가만히 앉았다 어디서 툭 튀어나와 가지구 걸 뺏어서 팔아먹어? 그

따위 행사가 어딨다든가?"

"한 생원은 그 논이랑 멧갓이랑 길천이한테 돈을 받구 파셨으니깐 임자로 말하면 길천이지 한 생원인가요?"

"암만 팔았어두 길천이가 내놓구 쫓겨 갔은깐 도루 내 것이 돼야 옳지 무슨 말야. 걸, 무슨 탁에 나라가 뺏을 영으루 들어?"

"한 생원한테 뺏는 게 아니라 길천이한테 뺏는 거랍니다."

"흥, 둘러다 대긴 잘들 허이. 공동묘지 가보게나. 핑계 없는 무덤 있던가? 지, 병신(丙申)년에 원놈〔군수〕김가가 우리 논 열두 마지기 뺏을 제두 핑겐 다 있었드라네."

"좌우간, 아직 그렇게 지레 염렬 하실 게 아니라 기대리구 있느라면 나라에서 다 억울치 않두룩 처단을 하겠죠."

"일없네. 난 오늘버틈 도루 나라 없는 백성이네. 제길 삼십육 년두 나라 없이 살아왔을려드냐. 아니 글쎄, 나라가 있으면 백성한테 무얼 좀 고마운 노릇을 해주어야 백성두 나라를 믿구 나라에다 마음을 붙이구 살지. 독립이 됐다면서 고작 그래 백성이 차지할 땅 뺏어서 팔아먹는 게 나라 명색야?"

그러고는 털고 일어서면서 혼잣말로

"독립됐다구 했을 제, 내 만세 안 부르기 잘했지."

출전:해방문학선집(1964.4.18)

치숙

 우리 아저씨 말이지요? 아따 저 거시키, 한참 당년에 무엇이
냐 그놈의 것, 사회주의라더냐 막걸이라더냐 그걸 하다 징역 살
고 나와서 폐병으로 시방 앓고 누웠는 우리 오촌 고모부 그 양
반……

 머, 말두 마시오. 대체 사람이 어쩌면 글쎄…… 내 원!

 신세 간데없지요.

 자, 십년 적공(공을 쌓음), 대학교까지 공부한 것 풀어 먹지도
못했지요, 좋은 청춘 어영부영 다 보냈지요, 신분에는 전과자라
는 붉은 도장 찍혔지요, 몸에는 몹쓸 병까지 들었지요, 이 신세
를 해가지골랑은 굴속 같은 오두막집 단간 셋방 구석에서 사시
장철 밤이나 낮이나 눈 따악 감고 드러누웠군요.

 재산이 어디 집 터전인들 있을 턱이 있나요. 서발 막대 내저
어야 짚 검불 하나 걸리는 것 없는 철빈(鐵貧, 더할 수 없이 가
난함)인데.

 우리 아주머니가, 그래도 그 아주머니가 어질고 얌전해서 그
알뜰한 남편 양반 받드느라 삯바느질이야, 남의 집 품빨래야,

화장품 장사야. 그 칙살스런 벌이를 해다가 겨우겨우 목구멍에 풀칠을 하지요.

어디루 대나 그 양반은 죽는 게 두루 좋은 일인데 죽지도 아니해요.

우리 아주머니가 불쌍해요. 아, 진작 한 나이라도 젊어서 팔자를 고치는 게 아니라 무슨 놈의 수난 후분(後分)을 바라고 있다가 고생을 하는지.

근 이십 년 소박을 당했지요.

이십 년을 섥은 청춘 한숨으로 보내고서 다이 늦게야 송장 여대치게 생긴 그 양반을 그래도 남편이라고 모셔다가는 병 수종 들으랴, 먹고살랴, 애가 진하고 다니는 걸 보면 참말 가엾어요.

그게 무슨 죄다짐이람? 팔자, 팔자 하지만 왜 팔자를 고치지를 못하고서 그래요. 우리 죄선(朝鮮) 구식 부인들은 다 문명을 못 하고 깨지를 못해서 그러지.

그 양반이 한시바삐 죽기나 했으면 우리 아주머니는 차라리 신세 편하리다.

심덕 좋겠다, 솜씨 얌전하겠다 하니 어디 가선들 제가 일신 못 가누고 편안히 못 지내요?

가만있자, 열여섯 살에 아저씨네 집으로 시집을 갔다니깐 그게 내가 세 살 적이니 꼬박 열여덟 해로군. 열여덟 해면 이십 년 아니요.

그때 우리 아저씨 양반은 나이 어리기도 했지만 공부를 한답시고 서울로 동경으로 십여 년이나 돌아다녔고 조끔 자라서 색시 재미를 알 만하니까는 누가 예쁘달까 봐 이혼하자고 아주머니를 친정으로 쫓고는 통히(도무지) 불고를 하고……

공부를 다 마치고 오더니만 그담에는 그놈의 짓에 들입다 발광해 다니면서 명색 학생 출신이라는 딴 여편네를 얻어 살았지요. 그 여편네는 나도 몇 번 보았지만 상판대기라고 별반 출 수도 없이 생겼습디다. 그 인물로 남의 첩이야? 일색 소박은 있어도 박색 소박은 없다더니, 사실 소박맞은 우리 아주머니가 그 여편네께다 대면 월등 예뻤다우.

그래 그 뒤에, 그 양반은 필경 붙들려 가서 오 년이나 전중이(징역살이 하는 사람)를 살았지요. 그동안에 아주머니는 시집이고 친정이고 모두 폭 망해서 의지가지없이 됐지요.

그러니 어떻게 해요? 자칫하면 굶어 죽을 판인데.

할 수 없이 얻어먹고 살기도 해야 하려니와 또 아저씨 나오는 것도 기다려야 한다고 나를 반연(絆緣) 삼아 서울로 올라왔더군요. 그게 그러니까 아저씨가 나오던 전해로군.

그때 내가 나이는 어려도 두루 날뛴 보람이 있어서 이내 구라다상네 식모로 들어갔지요.

그 무렵에 참 내가 아주머니더러 여러 번 권면(勸勉)을 했지요. 그러지 말고 개가(改嫁)를 가라고. 글쎄 어린 소견에도 보기에 퍽 딱하고 민망합디다.

계제에 마침 또 좋은 자리가 있었고요. 미네상이라고 미쓰꼬시 앞에서 바나나 다다끼우리〔投賣(투매)〕를 하는 인데 사람이 퍽 좋아요.

우리 집 다이쇼〔주인〕도 잘 알고 허는데 그이가 늘 나더러 죄선 오깜상하구 살았으면 좋겠다고 중매 서 달라고 그래쌌어요.

돈은 모아 둔 게 없어도 다아 벌어먹고 살 만하니까 그런 사람 만나서 살면 아주머니도 신세 편할 게 아니냐구요.

그런 걸 글쎄 몇 번 말해도 숭헌 소리 말라고 듣덜 않는 걸 어떡하나요.

아뭏든 그런 것 말고라도 참, 흰말(터무니없이 떠벌리는 말)이 아니라 이날 이때까지 내가 그 아주머니 뒤도 많이 보아주었다우. 또 나도 그럴 만한 은공이 없잖아 있구요.

내가 일곱 살에 부모를 잃었지요. 그러고 나서 의탁할 곳이 없이 됐는데 그때 마침 소박을 맞고 친정살이를 하는 그 아주머니가 나를 데려다가 길러 주었지요.

그때만 해도 그 집이 그다지 군색하게 지내진 않았으니깐요. 아주머니도 아주머니지만 종조할머니며 할아버지도 슬하에 딴 자손이 없어서 나를 퍽 귀여워하셨지요.

열두 살까지 그 집에서 자랐군요.

사 년이나마 보통학교도 다녔고.

아마 모르면 몰라도 그 집안에 그렇게 치패(致敗, 살림이 결딴남)하지만 않았으면 나도 그냥 붙어 있어서 시방쯤은 전문학교까지는 다녔으리다.

이런 은공이 있으니까 나도 그걸 저버리지 않고 그래서 내 깜냥에는 갚을 만치 갚느라고 갚은 셈이지요.

허기야 요새도 간혹 아주머니가 찾아와서 양식 없다는 사정을 더러 하군 하는데 실로 정말이지 좀 성가시기는 해요.

그러는 족족 그 수응을 하자면 내 일을 못 하겠는걸. 그래 대개 잘라 떼기는 하지요.

그렇지만 그 밖에 가령 양 명절 때면 고깃근이라도 사 보낸다든지, 또 오면 가면 들러 이야기 낱이라도 한다든지 그런 걸 결단코 범연히 하진 않으니까요.

아뭏든 그래서 아주머니는 꼬박 일 년 동안 구라다상네 집 오마니로 있으면서 월급 오 원씩 받는 걸 그대로 고스란히 저금을 하고 또 틈틈이 삯바느질을 맡아다가 조금씩 벌어 보태고 또 나올 무렵에 구라다상네 양주(兩主, 부부를 말함)가 퍽 기특하다고 돈 칠 원을 상급(賞給)으로 주고 그런 게 이럭저럭 돈 백 원이나 존존히 됐지요.

그 돈으로 방 한 간 얻고 살림 나부랭이도 조금 장만하고 그래 놓고서 마침 그 알량꼴량한 서방님이 뇌여 나오니까 그리루 모셔 들였지요.

뇌여 나오는 날 나도 가서 보았지만 가막소 문 앞에 막 나서자 아주머니가 기다리고 있으니까 그래도 눈물이 핑! 돌던데요.

전에 그렇게도 죽을 둥 살 둥 모르고 좋아하던 첩년은 꼴도 안 뵈구요. 남의 첩년이라껀 다아 그런 거지요 뭐.

우리 아저씨 양반은 혹시 그 여편네가 오지 않았나 하고 사방을 휘휘 둘러보던데요. 속이 그렇게 없다니까. 여편네는커녕 아주머니하구 나하구 그 외는 어리친 개새끼 한 마리 없드라.

그래 마악 자동차에 올라타려다가 피를 토했지요. 나중에 들었지만 가막소 안에서 달포 전부터 토혈을 했다나 봐요.

그래 다아 죽어 가는 반송장을 업어 오다시피 해다가 뉘어 놓고 그날부터 아주머니는 불철주야로 할 짓 못 할 짓 다 해가면서 부스대고 날뛴 덕에 병도 차차로 차도가 있고 그러더니 인제는 완구히 살아는 났지요. 뭐 참 시방은 용꼴인걸요, 용꼴.

부인네 정성이 무서운 겝디다.

꼬박 삼 년이군. 나 같으면 돌아가신 부모가 살아오신대도 그 짓 못해요.

자, 그러니 말이지요. 우리 아저씨라는 양반이 작히나 양심이 있고 다아 그럴 양이면, 어——허 내가 어서 바삐 몸이 충실해져서 어서 바삐 돈을 벌어다가 저 아내를 편안히 거느리고 이 은공과 전날의 죄를 갚아야 하겠구나…… 이런 맘을 먹어야 할 게 아니냐요?

아주머니의 은공을 갚자면 발에 흙이 묻을세라 업고 다녀도 참 못다 갚지요.

그러고 저러고 간에 자기도 이제는 속 차려야지요. 허기야 속을 차려서 무얼 하재도 전과자니까 관리나 또 회사 같은 데는 들어가지 못하겠지만. 그야 자기가 저지른 일인 걸 누구를 원망할 일도 아니고 그러니 막 벗어붙이고 노동이라도 해야지요.

대학교 출신이 막벌이 노동이라께 꼴 가관이지만 그래도 할수 없지, 머.

그런 걸 보고 가만히 나를 생각하면, 만약 우리 증조할아버지네 집안이 그렇게 치패를 안 해서 나도 전문학교나 대학교를 졸업을 했으면 혹시 우리 아저씨 모양이 됐을지도 모를 테니 차라리 공부 많이 않고서 이 길로 들어선 게 다행이다…… 이런 생각이 들어요.

사실 우리 아저씨 양반은 대학교까지 졸업하고도 인제는 기껏 해 먹을 게란 막벌이 노동밖에 없는데, 요 보통학교 사 년 겨우 다니고서도 시방 앞길이 환히 트인 내게다 대면 고쓰까이[小使]만도 못하지요.

아, 그런데 글쎄 막벌이 노동을 하고 어쩌고 하기는커녕 조금 바시시 살아날 만하니까 이 주책꾸러기 양반이 무슨 맘보를 먹는고 하니, 내 참 기가 막혀!

아—— 니, 그놈의 것하고는 무슨 대천지원수가 졌단 말인지, 어쨌다고 그걸 끝끝내 하지 못해서 그 발광인고?

그러나마 그게 밥이 생기는 노릇이란 말이지? 명예를 얻는 노릇이란 말이지? 필경은 붙잡혀 가서 징역 사는 놀음?

아마 그놈의 것이 아편하구 꼭같은가 봐요. 그러기에 한번 맛을 들이면 끊지를 못하지요.

그렇지만 실상 알고 보면 그게 그다지 재미가 난다거나 맛이 있다거나 그런 것도 아니드군 그래요. 부랑당패든데요. 하릴없이 부랑당팹니다.

저어 서양 어디선가 일하기 싫어하는 게름뱅이 몇 놈이 양지쪽에 모여 앉아서 놀고먹을 궁리를 했더라나요. 우리 집 다이쇼가 다아 자상하게 이야기를 해줍디다.

게—— 그 녀석들이 서로 구논을 하기를, 자, 이 세상에는 부자가 있고 가난한 사람이 있고 하니 그건 도무지 공평한 일이 아니다. 사람이란 건 이목구비하며 사지육신을 꼭 같이 타고났는데 누구는 부자로 잘살고 누구는 가난하다니 그게 될 말이냐. 그러니 부자가 가진 것을 우리 가난한 사람들하구 다 같이 고르게 나눠 먹어야 경우가 옳다.

야—— 그거 옳은 말이다. 야! 그 말 좋다. 자 나눠 먹자.

아, 이렇게 설도를 해가지고 우—— 하니 들고 일어났다는군요.

아—— 니, 그러니 그게 생 날부랑당놈의 짓이 아니고 무어요?

사람이란 것은 제가끔 분지복(타고난 복)이 있어서 기수(氣數)를 잘 타고나든지 부지런하면 부자가 되는 법이요, 복록을 못 타고나든지 게으른 놈은 가난하게 사는 법이요. 다아 이렇게 마련인데 그거야말루 공평한 천리인 것을 됩다 불공평하다께 될 말이요? 그리구서 억지로 남의 것을 뺏어 먹자고 들다니 그놈들이 부랑당이지 무어요.

짓이 부랑당 짓일 뿐만 아니라 또 만약에 그러기로 들면 게으른 놈은 점점 더 게으름만 부리고 쫓아다니면서 부자 사람네가 가진 것만 뺏아 먹을 테니 이 세상은 통으로 도적놈의 판이 될 게 아니오? 그나마 부자 사람네가 모아 둔 걸 다아 뺏기고 더는 못 먹어 내는 날이면 그때는 이 세상 망하는 날이 아니요?

제마다 남이 농사지어 놓으면 그걸 뺏아 먹으려고 일 않고 번둥번둥 놀 것이고 남이 옷감 짜놓으면 그걸 뺏아다가 입으려고 번둥번둥 놀 것이고 그럴 테니 대체 곡식이며 옷감이며 그런 것이 다아 어디서 나올 데가 있어야지요. 세상 망할밖에!

글쎄 그놈의 짓이 그렇게 세상 망쳐 놓을 장본인 줄은 모르고서 가난한 놈들—— 그중에도 일하기 싫은 게으름뱅이들이 위선 당장 부잣집 사람네 것을 뺏아먹는다니까 거기 혹해가지굴랑 너두 나두 와—— 하니 참섭을 했다는구료.

바로 저 '아라사'가 그랬대요.

그래서 아니나 다를까 농군들이 곡식을 안 만들기 때문에 사람이 수만 명씩 굶어 죽는다는구료. 빠안한 이치지 뭐.

위선 먹기는 곶감이 달다고 그 지랄들을 했다가 잘코사니야!

아 그런데 그 못된 놈의 풍습이 삽시간에 동서양 각국 안 간 데 없이 퍼져 가지골랑 한동안 내지에도 마구 굉장히 드세게 돌아다녔고 내지가 그러니까 멋도 모르는 죄선 영감상들도 덩달아서 그 숭내를 냈다나요. 그렇지만 시방은 그새 나라에서 엄하게 밝히고 금하고 한 덕에 많이 머츰해졌고 그런 마음 먹는 사람은 별반 없다나 봐요.

그럴 게지 글쎄. 아, 해서 좋을 양이면야 나라에선들 왜 금하며 무슨 원수가 졌다고 붙잡아다가 징역을 살리나요.

좋고 유익한 것이면 나라에서 도리어 장려하고, 잘할라치면 상급도 주고 그러잖아요.

활동사진이며 스모며 만자이(일본의 전통 민담)며 또 왓쇼왓쇼(일본의 마을 축제)랄지 세이레이 낭아시(일본의 불교 행사)랄지 라디오 체조랄지 이런 건 다아 유익한 것이니까 나라에서 설도도 하고 그리잖아요.

나라라는 게 무언데? 그런 걸 다아 잘 분간해서 이럴 건 이러고 저럴 건 저러라고 지시하고 그 덕에 백성들을 제시끔 제 분수대로 편안히 살두룩 애써주는 게 나라 아니요?

그놈의 것 사회주의만 하더라도 나라에서 금하들 않고 저희가 하는 대루 두어 두었어 보아? 시방쯤 세상이 무엇이 됐을지……

다른 사람들도 낭패 본 사람이 많았겠지만 위선 나만 하더라도 글쎄 어쩔 뻔했어! 아무 일도 다 틀리고 뒤죽박죽이지.

내 이상과 계획은 이렇거든요.

우리 집 다이쇼가 나를 자별히 귀여워하고 신용을 하니깐 인제 한 십 년만 더 있으면 한밑천 들여서 따루 장사를 시켜 줄 눈치거든요.

그러거들랑 그것을 언덕 삼아가지고 나는 삼십 년 동안 예순 살 환갑까지만 장사를 해서 꼭 십만 원을 모을 작정이지요. 십만 원이면 죄선 부자로 쳐도 천석꾼이니 머, 떵떵거리고 살 게 아니라구요.

그리고 우리 다이쇼도 한 말이 있고 하니까 나는 내지인 규수한테로 장가를 들래요. 다이쇼가 다 알아서 얌전한 자리를 골라 중매까지 서 준다고 그랬어요. 내지 여자가 참 좋지요.

나는 죄선 여자는 거저 주어도 싫어요.

구식 여자는 얌전은 해도 무식해서 내지인하구 교제하는 데 안 됐고, 신식 여자는 식자가 들었다는 게 건방져서 못 쓰고 도무지 그래서 죄선 여자는 신식이고 구식이고 다아 제에발이야요.

내지 여자가 참 좋지 머. 인물이 개개 일짜로 예쁘겠다, 얌전하겠다, 상냥하겠다, 지식이 있어도 건방지지 않겠다, 조음이나 좋아!

그리고 내지 여자한테 장가만 드는 게 아니라 성명도 내지인 성명으로 갈고, 집도 내지인 집에서 살고, 옷도 내지 옷을 입고 밥도 내지 식으로 먹고, 아이들도 내지인 이름을 지어서 내지인 학교에 보내고……

내지인 학교래야지 죄선 학교는 너절해서 아이를 버려 놓기나 꼭 알맞지요.

그리고 나도 죄선말은 싹 걷어치우고 국어만 쓰고요.

이렇게 다아 생활 법식부텀도 내지인처럼 해야만 돈도 내지인 처럼 잘 모으게 되거든요.

내 이상이며 계획은 이래서 이십만 원짜리 큰 부자가 바루 내 다뵈고 그리루 난 길이 환하게 트이고 해서 나는 시방 열심으로 길을 가고 있는데 글쎄 그 미쳐 살기 든 놈들이 세상 망쳐버릴 사회주의를 하려 드니 내가 소름이 끼칠 게 아니라구요? 말만 들어도 끔찍하지!

세상이 망해서 뒤집히면 그래 나는 어쩌란 말인구? 아무것도 다아 허사가 될 테니 그런 억울할 데가 있드람?

머 참 우리 집 다이쇼 말이 일일이 지당해요. 여느 절도나 강도나 사기나 그런 죄는 도적이면 도적을 해가는 그 당장, 그 돈만 축을 내니까 오히려 죄가 가볍지만 그놈의 것 사회주의인지 지랄인지는 온 세상을 뒤죽박죽을 만들어 놓고 나라를 통째로 소란하게 하니까 도저히 용서할 수가 없대요.

용서라니! 나 같으면 그런 놈들은 모조리 쓸어다가 마구 그저 그냥……

그런 일을 생각하면 털어놓고 말이지 우리 아저씬가 그 양반도 여간 불측스리 뵈들 않아요. 사실 아주머니만 아니면 내가 무슨 천주학이라고 나쁜 병까지 않는 그 양반을 찾아다니나요. 죽는대도 코도 안 풀어 붙일걸.

그러나마 전자의 죄상을 다아 회개를 하고 못된 마음을 씻어 버렸을 제 말이지, 머 흰 개 꼬리 삼 년이라더냐, 종시 그 모양인걸요.

그러니깐 그게 밉살머리스러워서 더러 들렀다가 혹시 마주 앉아도 위정 뼈끝 저린 소리나 내쏘아 주고 말을 따잡아 가지굴랑 꼼짝 못 하게시리 몰아세주곤 하지요.

저번에도 한번 혼을 단단히 내주었지요. 아, 그랬더니 아주머니더러 한다는 소리가 그 녀석 사람 버렸더라고, 아무짝에고 못 쓰게 길이 들었더라고 그러더라나요.

내 원, 그 소리 듣고 어처구니가 없어서!

대체 사람도 유만부동이지 그 아저씨가 날더러 사람 버렸느니 아무짝에도 못 쓰게 길이 들었느니 하더라니, 원 입이 몇 개나 되면 그런 소리가 나오는 구멍도 있누?

죄선 벙어리가 다아 말을 해도 나 같으면 할 말 없겠더구면서두, 하면 다 말인 줄 아나 봐?

이를테면 그게 명색 훈계 비슷한 거렷다? 내게다가 맞대 놓고 그런 소리를 하다가는 되잽혀서 혼이 날 테니까 슬며시 아주머니더러 일르란 요량이던 게지?

기가 막혀서…… 하느님이 사람의 콧구멍 두 개로 마련하기 참 다행이야.

글쎄 아무려면 내가 자기처럼 다아 공부는 못하고 남의 집 고조〔사환〕 노릇으로 반또〔경비원〕 노릇으로 이렇게 굴러먹을 값시 이래 보여도 표창을 두 번이나 받은 모범 점원이요, 남들이 똑똑하고 재주 있고 얌전하다고 칭찬이 놀랍고 앞길이 환히 트인 유망한 청년인데 그래 자기 눈에는 내가 버린 놈이고 아무짝에도 못 쓰게 길이 든 놈으로 보였단 말이지?

하하, 오옳지! 거 참 그렇겠군. 자기는 자기 하는 짓이 옳으니까 나의 하는 짓은 다아 글렀단 말이렷다.

그러니까 나도 자기처럼 그놈의 것 사회주의인지 급살맞을 것인지나 하다가 징역이나 살고 전과자나 되고 폐병이나 앓고 다아 그랬더라면 사람 버리지도 않고 아무짝에도 못 쓰게 길든 놈도 아니고 그럴 뻔했군그래!

흥! 참……

제 밑 구린 줄 모르고서 남더러 어쩌구저쩌구한다는 게 꼭 우리 아저씨 그 양반을 두고 일른 말인가 봐.

그날도 실상 이랬더라우. 혼을 내주었더니 아주머니더러 그런 소리를 하더란 그날 말이요.

그날이 마침 내가 쉬는 날이길래 아주머니더러 할 이야기도 있고 해서 아침결에 좀 들렀더니 아주머니는 남의 혼인집으로 바느질을 해주러 갔다고 없고 아저씨 양반만 여전히 아랫목에 가서 드러누웠어요.

그런데 보니깐 어디서 모두 뒤져냈는지 머리맡에다가 헌 언문 잡지를 수북이 싸 놓고는 그걸 뒤져요.

그래 나도 심심 삼아 한 권 집어 들고 떠들어 보았더니 머 읽을 맛이 나야지요.

대체 죄선 사람들은 잡지 하나를 해도 어찌 모두 그 꼬락서니로 해 놓는지.

사진도 없지요, 망가〔漫畫(만화)〕도 없지요.

그리구는 맨판 까닭스런 한문 글자로다가 처박아 놓으니 그걸 누구더러 보란 말인고?

더구나 우리 같은 놈은 언문도 그런대루 뜯어보기는 보아도 읽기에 여간만 폐롭지가 않아요.

그러니 어려운 언문하고 까다로운 한문하고를 섞어서 쓴 글을 뜻을 몰라 못 보지요. 언문으로만 쓴 것은 소설 나부랭인데 읽기가 힘이 들 뿐 아니라 또 죠선 사람이 쓴 소설이란 건 재미가 있어야죠. 나는 죠선 신문이나 죠선 잡지하구는 담쌓고 남된 지 오랜걸요.

잡지야 머 〈낑구〉나 〈쇼녕구라부〉 덮어 먹을 잡지가 있나요. 참 좋아요.

한문 글자마다 가나를 달아 놓았으니 어떤 대문을 척 펴들어도 술술 내리읽고 뜻을 횅하니 알 수가 있지요.

그리고 어떤 대문을 읽어도 유익한 교훈이나 재미나는 소설이지요.

소설 참 재미있어요. 그중에도 기꾸찌 깡(키쿠치 칸) 소설……어쩌면 그렇게도 아기자기하고도 달콤하고도 재미가 있는지. 그리고 요시카와 에이지(吉川英治), 그의 소설은 진찐바라바라〔찬바라〕하는 지다이모노〔時代物(시대물)〕인데 마구 어깻바람이 나구요.

소설이 모두 그렇게 재미가 있지요, 망가가 많지요, 사진이 많지요, 그리구도 값은 조음 헐하나요. 십오 전이면 바루 고 전달치를 사 볼 수 있고 보고 나서는 오 전에 도루 파는데요.

잡지도 기왕 할려거든 그렇게나 해야지 죠선 사람들은 제엔장 큰소리는 곧잘 하더구만서두 잡지 하나 반반한 거 못 맨들어 내니!

그날도 글쎄 잡지가 그 꼴이라 애여 글은 볼 멋도 없고 해서 혹시 망가나 사진이라도 있을까 하고 책장을 후루루 넹기느라니깐 마침 아저씨 이름이 있겠다요! 하두 신통해서 쓰윽 펴들고 보았더니 제목이 첫 줄은 경제·사회…… 무엇 어쩌구 잔 주를 달아 놨겠지요.

그것만 보아도 벌써 그럴듯해요. 경제는 아저씨가 대학교에서 경제를 배웠다니까 경제 속은 잘 알 것이고, 또 사회는 그것 역시 사회주의를 했으니까 그 속도 잘 알 것이고, 그러니까 경제하고 사회주의하고 어떻게 서루 관계가 되는 것이며 어느 편이 옳다는 것이며 그런 소리를 썼을 게 분명해요.

머, 보나 안 보나 속이야 빠안하지요. 대학교까지 가설랑 경제를 배우고도 돈 모을 생각은 않고서 사회주의만 하고 다닌 양반이라 경제가 그르고 사회주의가 옳다고 우겨댔을 게니깐요.

아무렇든 아저씨가 쓴 글이라는 게 신기해서 좀 보아볼 양으로 쓰윽 훑어봤지요. 그러나 웬걸 읽어 먹을 재주가 있나요.

글자는 아주 어려운 자만 아니면 대강 알기는 알겠는데 붙여 보아야 대체 무슨 뜻인지를 알 수가 있어야지요.

속이 상하길래 읽어 보자던 건 작파하고서 아저씨를 좀 따잡고 몰아셀 양으로 그 대목을 차악 펴놨지요.

"아저씨?"

"왜 그러니?"

"아저씨가 여기다가 경제 무어라구 쓰구 또, 사회 무어라구 썼는데 그러면 그게 경제를 하란 뜻이요 사회주의를 하란 뜻이요?"

"뭐?"

못 알아듣고 뚜렷뚜렷해요. 자기가 쓰고도 오래돼서 다아 잊어버렸거나 혹시 내가 말을 너무 까다롭게 내기 때문에 섬뻑 대답이 안 나왔거나 그랬겠지요. 그래 다시 조곤조곤 따졌지요.

"아저씨! 경제라 껏은 돈 모아서 부자 되라는 거 아니요? 그런데 사회주의라 껏은 모아 둔 부자 사람의 돈을 뺏아 쓰는 거 아니요?"

"이 애가 시방!"

"아——니, 들어 보세요."

"너, 그런 경제학 그런 사회주의 어디서 배웠니?"

"배우나마나 경제라 껀 돈 많이 벌어서 애껴 쓰구 나머지 모아 두는 게 경제 아니요?"

"그건 보통 경제한다는 뜻으로 쓰는 경제고, 경제학이니 경제적이니 하는 건 또 다르다."

"다른 게 무어요? 경제는, 돈 모으는 것이고 그러니까 경제학이면 돈 모으는 학문이지요."

"아니란다. 혹시 이재학(理財學)이라면 돈 모으는 학문이라고 해도 근리(近理)할지 모르지만 경제학은 그런 게 아니란다."

"아——니 그렇다면 아저씨 대학교 잘못 다녔소. 경제 못 하는 경제학 공부를 오 년이나 했으니 그거 무어란 말이요? 아저씨가 대학교까지 다니면서 경제 공부를 하구두 왜 돈을 못 모으나 했더니 인제 보니까 공부를 잘못해서 그랬군요!"

"공부를 잘못했다? 허허, 그랬을는지도 모르겠다. 옳다, 네 말이 옳아!"

이거 봐요 글쎄. 단박 꼼짝 못하잖나. 암만 대학교를 다니고 속에는 육조를 배포했어도 그렇다니까 글쎄⋯⋯

"아저씨?"

"왜 그러니?"

"그러면 아저씨는 대학교를 다니면서 돈 모아 부자 되는 경제 공부를 한 게 아니라 모아 둔 부자 사람네 돈 뺏아 쓰는 사회주의 공부를 했으니 말이지요⋯⋯."

"너는 사회주의가 무얼루 알구서 그러냐?"

"내가 그까짓 걸 몰라요?"

한바탕 주욱 설명을 했지요.

내 얼굴만 물끄러미 올려다보고 누웠더니 피식 한번 웃어요. 그리고는 그 양반이 하는 소리겠다요.

"그게 사회주의냐? 불한당이지."

"아──니, 그럼 아저씨두 사회주의가 불한당인 줄은 아시는 구려?"

"내가 어째 사회주의가 불한당이랬니?"

"방금 그리잖았어요?"

"글쎄, 그건 사회주의가 아니라 불한당이란 그 말이다."

"거 보시우! 사회주의란 것은 그렇게 날부랑당이어요. 아저씨두 그렇다구 하면서 아니시래요?"

"이 애가 시방 입심 겨룸을 하재나!"

이거 봐요. 또 꼼짝 못하지요? 다아 이래요 글쎄⋯⋯

"아저씨?"

"왜 그러니?"

"아저씨두 맘 달리 잡수시요."

"건 어떻게 하는 말이야?"

"걱정 안 되시우?"

"날 같은 사람이 걱정이 무슨 걱정이냐? 나는 네가 걱정이더라."

"나는 머 버젓하게 요량이 있는걸요."

"어떻게?"

"이만저만한가요!"

또 한바탕 주욱 설명을 했지요. 이야기를 다 듣더니 그 양반 한다는 소리 좀 보아요.

"너두 딱한 사람이다!"

"왜요?"

"……"

"아——니, 어째서 딱하다구 그러시우?"

"……"

"네? 아저씨?"

"……"

"아저씨?"

"왜 그래?"

"내가 딱하다구 그러셨지요?"

"아니다. 나 혼자 한 말이다."

"그래두……"

"이애!"

"네?"

"사람이란 것은 누구를 물론허구 말이다, 아첨하는 것같이 더러운 게 없느니라."

"아첨이요?"

"저…… 위로는 제왕, 밑으로는 걸인, 그 모든 사람이 위선 시방 이 제도의 이 세상에서 말이다, 제가끔 제 분수대루 살아가는 데 있어서 말이다, 제 개성을 속여가면서꺼정 생활에다가 아첨하는 것같이 더러운 것이 없고, 그런 사람같이 가련한 사람은 없느니라. 사람이라껀 밥 두 그릇이 하필 밥 한 그릇보다 더 배가 부른 건 아니니까."

"그건 무슨 뜻인데요?"

"네가 일본인 여자와 결혼을 해서 성명까지 갈고 모든 생활 법도를 일본화하겠다는 것이 말이다."

"네, 그게 좋잖아요?"

"그것이 말이다, 진실로 깊은 교양이나 어진 지혜의 판단에서 우러나온 것이라면 그도 모를 노릇이겠지. 그렇지만 나는 보매 네가 그런다는 것은 다른 뜻으로 그러는 것 같다."

"다른 뜻이라니요?"

"네 주인의 비위를 맞추고 이웃의 비위를 맞추고 하자고……"

"그야 물론이지요! 다이쇼의 신용을 받아야 하고 이웃 내지인들하구도 좋게 지내야지요. 그래야 할 게 아니겠어요?"

"……"

"아저씨는 아직도 세상 물정을 모르시요. 나이는 나보담 많구 대학교 공부까지 했어도 일찌감치 고생살이를 한 나만큼 세상 물정은 모릅니다. 시방이 어느 세상인데 그러시우?"

"이애?"

"네?"

"네가 방금 세상 물정이랬지?"

"네."

"앞길이 환하니 틔었다구 그랬지?"

"네."

"환갑까지 십만 원 모은다구 그랬지?"

"네."

"네가 말하는 세상 물정하구 내가 말하려는 세상 물정하구 내용이 다르기도 하지만 세상 물정이란 건 그야말로 그리 만만한 게 아니다."

"네?"

"사람이라 껀 제아무리 날구 뛰어도 이 세상에 형적 없이 그러나 세차게 주욱 흘러가는 힘——그게 말하자면 세상 물정이겠는데——결국 그것의 지배하에서 그것을 따라가지 별수가 없는 거다."

"네?"

"쉽게 말하면 계획이나 기회를 아무리 억지루 만들어 놓아도 결과가 뜻대루는 안 된단 말이다."

"젠장, 아저씨두…… 요전 〈킹구〉라는 잡지에도 보니까 나폴레옹이라는 서양 영웅이 그랬답디다. 기회는 제가 만든다구, 그리고 불가능이란 말은 바보의 사전에서나 찾을 글자라구요. 아자꾸자꾸 계획하구 기회를 만들구 해서 분투노력해 나가면 이 세상일 안 되는 일이 어디 있나요? 한번 실패하거든 갑절 용기를 내가지구 다시 일어서지요. 칠전팔기 모르시요?"

"나폴레옹도 세상 물정에 순응할 때는 성공했어도 그것에 거슬리다가 실패를 했더란다. 너는 칠전팔기해서 성공한 몇 사람만 보았지 여덟 번 일어섰다가 아홉 번째 가서 영영 쓰러지구는 다시 일지 못한 숱한 사람이 있는 건 모르는구나?"

"그래두 인제 두구 보시우. 나는 천하 없어두 성공하구 말 테니…… 아저씨는 그래서 더구나 못써요? 일해 보기두 전에 안될 줄로 낙심 먼저 하구……"

"하늘은 꼭 올라가 보구래야만 높은 줄 아니?"

원 마지막 가서는 할 소리가 없으니깐 동에도 닿지 않는 비유를 가져다 둘러대는 걸 보아요. 그게 어디 당한 말인구? 안 올라가 보면 뭐 하늘 높은 줄 모를 천하 멍텅구리도 있을까?

그만해 두려다가 심심하기에 또 말을 시켰지요.

"아저씨?"

"왜 그래?"

"아저씨는 인제 몸 다 충실해지면 어떡허실려우?"

"무얼?"

"장차……"

"장차?"

"어떡허실 작정이세요?"

"작정이 새삼스럽게 무슨 작정이냐?"

"그럼 아저씨는 아무 작정 없이 살아가시우?"

"없기는?"

"있어요?"

"있잖구?"

"무언데요?"

"그새 지내 오던 대루……"

"그러면 저 거시키, 무엇이냐 도루 또 그걸……?"

"그렇겠지."

"아저씨?"

"……"

"아저씨?"

"왜 그래?"

"인제 그만두시우."

"그만두라구?"

"네."

"누가 심심소일루 그러는 줄 아느냐?"

"그렇잖구요?"

"……"

"아저씨?"

"…….“

"아저씨?"

"왜 그래?"

"아저씨 올해 몇이지요?"

"서른셋."

"그러니 인제는 그만큼 해두고 맘 잡아서 집안일 할 나이두 아니요?"

"집안일을 해서 무얼 하나?"

"그러기루 들면 그 짓은 해서 또 무얼 하나요?"

"무얼 하려구 하는 게 아니란다."

"그럼, 아무 희망이나 목적이 없으면서 그래요?"

"목적? 희망?"

"네."

"개인의 목적이나 희망은 문제가 다르니까…… 문제가 안 되니까……"

"원, 그런 법도 있나요?"

"법?"

"그럼요!"

"법이라!……"

"아저씨?"

"……"

"아저씨?"

"왜 그래?"

"아주머니가 고맙잖습디까?"

"고맙지."

"불쌍하지요?"

"불쌍? 그렇지, 불쌍하다면 불쌍한 사람이지!"

"그런 줄은 아시누만?"

"알지."

"알면서 그러시우."

"고생을 낙으로, 그 쓰라린 맛을 씹고 씹고 하면서 그것에서 단맛을 알아내는 사람도 있느니라. 사람도 있는 게 아니라 사람마다 무슨 일에고 진정과 정신을 꼬박 거기다가 만 쓰면 그렇게 되는 법이니라. 그러니까 그쯤 되면 그때는 고생이 낙이지. 너의 아주머니만 두고 보더라도 고생이 고생이면서 고생이 아니고 고생하는 게 낙이란다."

"그렇다고 아저씨는 그걸 다행히만 여기시우?"

"아——니."

"그러거들랑 아저씨두 아주머니한테 그 은공을 더러는 갚아야 옳을 게 아니요?"

"글쎄, 은공을 모르는 건 아니지만……"

"그러니 인제 병이나 확실히 다아 나신 뒤엘라컨……"

"바빠서 원……"

글쎄 이 한다는 소리 좀 보지요? 시치미 뚜욱 떼고 누워서 바쁘다는군요!

사람 속 차릴 여망 없어요. 그저 어디루 대나 손톱만치도 쓸모는 없고 남한테 사폐만 끼치고 세상에 해독만 끼칠 사람이니 머 하루바삐 죽어야 해요. 죽어야 하고 또 죽어서 마땅해요. 그런데 글쎄 죽지를 않고 꼼지락꼼지락 도루 살아나니 성화라구는, 내…….

출전:동아일보(1938.3.7)

미스터 방

주인과 나그네가 한가지로 술이 거나하니 취하였다. 주인은 미스터 방(方), 나그네는 주인의 고향 사람 백(白)주사.

주인 미스터 방은 술이 거나하여 감을 따라 그러지 않아도 이즈음 의기 자못 양양한 참인데 거기다 술까지 들어간 판이고 보니 가뜩이나 기운이 불끈불끈 솟고 하늘이 바로 돈짝만 한 것 같은 모양이었다.

"내 참, 뭐, 흰말이 아니라 참, 거칠 것 없어, 거칠 것. 흥, 어느 눔이 아, 어느 눔이 날 뭐라구 허며 날 괄시헐 눔이 어딨어, 지끔 이 천지에. 흥 참, 어림없지, 어림없어."

누가 옆에서 저를 무어라고를 하며 괄시를 한단 말인지 공연히 연방 그 툭 나온 눈방울을 부리부리, 왼편으로 삼십 도는 넉넉 삐뚤어진 코를 벌씸벌씸 해가면서 그래 쌓는 것이었었다.

"내 참, 이래 봬두, 응, 동양 삼국 물 다 먹어 본 방삼(方三)복이우. 청얼(淸語) 뭇 허나, 일얼(日語) 뭇 허나, 영어야 뭐 말할 것두 없구……"

하다가, 생각난 듯이 맥주컵을 들어 벌컥벌컥 단숨에 다 마신다. 그리고는 시꺼먼 손등으로 입술을 쓱, 손가락으로 김치 쪽을 늘름 한 점, 그러던 버릇이 미스터 방이요, 신사요, 방 선생으로도 불리어지는 시방도 무심중 절로 나와 손등으로 입술의 맥주 거품을 쓱 씻고 손가락으로 나조기 한 점을 집어다 우둑우둑 씹는다.

"술은 참, 맥주가 술입넨다······"

어느 놈이 만일 무어라고 시비를 하거나 괄시를 한다면 당장 그 나조기를 씹듯이 우둑우둑 잡아 씹기라도 할 듯이 괄괄하던 결기가, 그러다 별안간 어디로 가고서 이번엔 맥주 추앙이 나오던 것이다.

"술두 미국 사람네가 문명했죠. 죄선 사람은 안직두 멀었어."

"멀구말구. 아직두 멀었지."

쥐 상호의 대추씨만 한 얼굴에 앙상한 노랑 수염 백 주사가 병을 들어 주인의 빈 컵에다 따르면서 그렇게 맞장구를 쳐 보비위를 한다.

"아, 백상두 좀 드슈."

"난 과해."

"괜히 그리셔. 백상 주량을 다아 아는데. 만난 진 오랐어두."

"다아 젊었을 적 말이지, 지금은······"

"올에 참 몇이시지?"

"갑술생 마흔여덟 아닌가!"

"그럼 나버담 열한 살 위시군. 그래두 백상은 안 늙으신 심야. 허허허허."

"안 늙는 게 다 무언가. 머리 신 걸 보게!"

"건 조백이시지."

백 주사는 흔연히 수작을 하면서 내색은 아니 하나 어심엔 미스터 방이 괘씸하기 짝이 없었다. 향리의 예법으로 십 년 장이면 절하고 뵈어야 한다. 무릇 꿇고 앉아야 하고 말은 깍듯이 공대를 해야 한다. 그 앞에서 주초(酒草)가 당치 않고 막부득이한 경우면 모로 앉아 잔을 마셔야 한다. 그런 것을 마치 제 연갑 친구나 타관 나그네게나 하는 것처럼 백상이니, 술 드슈, 조백이시지 하고 말버릇이 고약해, 발 개키고 앉아서 정면하고 술을 먹어, 담배 뻐끔뻐끔 피워, 이런 괘씸할 도리가 없었다.

또 나이도 나이려니와 문벌이나 지체를 가지고 논한다면 이건 도저히 용서할 수 없는 일이었다.

이래 보여도 나는 삼 대조가 진사를 하였고(그 첩지가 시방도 버젓이 있다) 오 대조가 호조판서를 지냈고(족보에 그렇게 분명히 올라 있다) 칠 대조가 영의정을 지냈고(역시 족보에 그렇게 분명히 올라 있다) 이런 명문거족의 집안이었다. 또 내 십이 촌이 ××군수요, 그 십이 촌의 아들이 만주국 ××현 ××촌 촌장이요 하였다. 또 그리고 시방은 원수의 독립인지 막덕인지 때문에 다 그렇게 되었다지만 아무튼 두 달 전까지도 어느 놈 그 앞에서 기침 한번 크게 못 하던 백부장──훈팔(八)등에 ××경찰서 경제계 주임이던 백부장의 어르신네 이 백 주사가 아닌가. 두 달 전 그때만 같았어도,

'이놈!'

하고 호통을 하여 당장 물고를 내련만 그 좋은 세상이 어디로 가고 이 지경이란 말인지 몰랐다. 하여튼 그만치나 혼란스런 백

주사에다 대면 미스터 방의 근지야 아주 보잘것이 없었다.

미스터 방의 증조가 타관에서 떠들어 온 명색 없는 사람이었다. 그 조부가 고을의 아전을 다녔다. 그 아비가 짚신 장수였다. 칠십에 고로롱고로롱 아직도 살아 있지만 시방도 짚신 곱게 삼기로 고을에서 첫째가는 방 첨지가 바로 그였다. 그리고 이 방 삼복이는……

먹고 자고 꿍꿍 일하고 자식새끼 만들고 할 줄밖에는 모르는 상일꾼(農夫)였다. 그러나마 삼십을 바라보도록 남의 집 머슴살이로 이집 저집 살고 다니는 코 삐뚤이 삼복이었다. 물론 낫 놓고 기역 자도 못 그리는 판무식이었다.

상일꾼일 바엔 남의 세토(貰土, 소작) 마지기라도 얻어 제 농사를 짓는 것이 아니라 삼십을 바라보도록 남의 집 머슴살이만 하고 다니던 코 삐뚤이 삼복이가 하루아침 무슨 생각이 났던지 돈벌이를 간답시고 조석이 간데없는 부모에게다 처자식 떠맡기고는 훌쩍 일본으로 떠나 버렸다. 그것이 열두 해 전.

떠난 지 칠팔 년을 별반 신통한 벌이도 못 하는지 돈 한 푼 보내는 싹도 없더니 하루는 느닷없이 중국 상해에 와 있노라 기별이 전해져 왔다. 그리고는 감감소식이 없다가 삼 년 만에 푸뜩 고향엘 돌아왔다. 십여 년을, 저의 말마따나 동양 삼국 물 골고루 먹고 다녔으면서 별로이 때가 벗은 것도 없어 보이고 행색은 해어진 양복 누더기에 볼 꿰어진 구두짝을 꿰고 들어서는 모양이 군데군데 김질은 하였으나 빨아 다린 무명 고의적삼을 입고 고향을 떠날 적보다 차라리 초라한 것 같았다.

늙은 어미 아비와 젊은 가속이 뼈 품으로 버는 것을 얻어먹으며 굶으며 하면서 한 일 년 빈둥거리고 놀더니 적이 회심이 들었는지 이번엔 처자식 데리고 서울로 올라왔다.

서울로 올라와서는 현저동 비탈의 다 찌부러진 행랑방을 얻어 살면서 처음 일 년은 용산 있는 연합군 포로수용소엘 다니며 입에 풀칠을 하였고——이 동안 그는 상해에서 귀로 익힌 토막 영어가 조금 더 진보되었고.

다시 일 년이나는, 그것 역시 상해에서 익힌 것을 밑천 삼아 구두 직공으로 구둣방엘 다니며 그럭저럭 살았고. 그러다 일본이 싸움에 지느라고 구두를 너무 해트려 가죽이 동이 나서 구둣방이 너나없이 문을 닫는 바람에 할 수 없이 이번엔 궤짝 한 개 짊어지고 신기료장수로 나서고 말았다.

골목골목 돌아다니며, 혹은 종로 복판의 행길에 가 앉아 신기료장수를 하자니 자연 서울 온 고향 사람의 눈에 종종 뜨일밖에. 소식이 고향에 퍼지자 누구 한 사람 칭찬은 없고 저마다 빈정거리는 소리뿐이었다.

"일본으로, 청국으로, 십여 년 타국 바람 쏘이고 온 놈이 겨우 고거야?"

"부전자전이로구면. 아범은 짚신 장수, 자식은 구두 깁는 장수."

"아마 신발 명당에다 무덤을 썼든 감."

이렇듯 근지는 미천하고 속에 든 것 없고, 가랑이가 찢어지게 가난하고, 생화(生貨)라는 것이 고작 거리에 앉아 오는 사람 가는 사람 해어지고 고린내 나는 구두짝 꿰매어 주고 징 박아 주고 닦아 주고 하는 천업이고 하던 그 코 삐뚤이 삼복이었었다.

'흥, 개구리가 올챙이 적을 못 생각한다더니 발칙한 놈, 고
얀 놈.'

백 주사는 생각하자니 속으로 이렇게 분개스럽지 않을 수가
없었다.

그러나 일변으로는 그러던 코 삐뚤이 삼복이가 그야말로 선
영이 명당엘 들었단 말인지, 무슨 조화를 지녔단 말인지, 불과
몇 달 간에 이렇게 훌륭히 되고, 부자가 되고, 미스터 방인지
구리다 방인지가 되고 하여 가지고는 갖은 호강 다 하며 천하에
무설 것이 없고 기광이 나서 막 이러니 한편 생각하면 신기하기
도 하고 부럽기도 하고 또한 안타깝기도 하였다.

'사람의 운수란 참 모를 일이야.'

백 주사는 속으로 절절히 이렇게 탄복도 아니치 못하였다.

코 삐뚤이 삼복의 이 눈부신 발신은, 그러나 백 주사가 희한
히 여기는 것처럼 무슨 명당 바람이 났다거나 조화를 지녔다거
나 그런 신기한 곡절이 있는 바가 아니요, 지극히 간단하고도
수월한 것이었었다. 다못 몸에 지닌 재주 가운데 총기가 좀 좋
아서 일찍이 영어 마디나 익힌 것을 잊어버리지 아니하였다는
일종의 특수조건이 없던 바는 아니지만.

*

1945년 8월 15일, 역사적인 날.

이날도 신기료장수 방삼복은 종로의 공원 건너편 응달에 앉
아서, 구두 징을 박으면서, 해방의 날을 맞이하였다. 그러나 삼

복은 감격한 줄도 기쁜 줄도 모르겠었다. 지나가는 행인이 서로 모르던 사람끼리면서 덥쑥 서로 껴안고 기뻐하고 눈물을 흘리고 하는 것이 삼복은 속을 모르겠고 차라리 쑥스러 보일 따름이었다. 몰려 닫는 군중이 오히려 성가시고 만세 소리가 귀가 아파 이맛살이 지푸려질 지경이었다.

몰려다니고 만세를 부르고 하기에 미쳐 날뛰느라고 정신이 없어, 손님이 없어, 손님이 부쩍 줄었다.

"우랄질! 독립이 배부른가?"

이렇게 그는 두런거리면서 반감이 솟았다.

이삼일 지나면서부터야 삼복에게도 삼복에게다운 해방의 혜택이 나누어졌다.

십 전이나 십오 전에 박아 주던 징을 오십 전을 받아도 눈을 부라리는 순사를 볼 수가 없었다. 순사가 없어졌다면야 활개를 쳐가면서 무슨 짓을 하여도 상관이 없고 무서울 것이 없던 것이었었다.

"옳아, 그렇다면 독립도 할 만한 건가 보다."

삼복은 징 열 개를 박아 주고 오 원을 받아 넣으면서 이렇게 속으로 중얼거리기까지 하였다.

그러나 며칠이 못 가서 삼복은 다시금 해방을 저주하여야 하였다. 삼복이 저 혼자만 돈을 더 받으며, 더 받아 상관이 없는 것이 아니라 첫째 도가(都家)들이 제 맘대로 재룟값을 올리던 것이었었다. 징, 가죽, 고무, 실 모두가 오 곱 십 곱 비싸졌다. 그러니 신기료장수는 손님한테 아무리 비싸게 받는댔자 재료를 비싼 값으로 사야 하니 결국 도가만 살찌울 뿐이지 소득은 전과

크게 다를 것이 없었다.

"이런 옘병헐! 그눔에 경제겐 다 어디루 가 뒈졌어. 독립은 우라진다구 독립을 헌담."

석양 때 신기료 궤짝 어깨에 멘 채 홧김에 막걸리 청으로 들어가 서너 사발 들이켜고는 그는 이렇게 게걸거렸다.

그럭저럭 구월도 열흘이 되고 서울 거리에는 미국 병정이 꼬마 차와 함께 그득히 퍼졌다.

그 미국 병정들이 거리를 구경하면서 혹은 물건을 사려면서 말이 서로 통하지를 못하여 답답해하는 양을 보고 삼복은 무릎을 탁 쳤다.

그러나 슬플진저 땟국과 땀에 찌든 이 누더기를 걸치고는 가망이 없을 말이었다.

'무슨 도리가 없을까?'

반일을 궁리를 하다가 정오 때에야 한 줄기 서광을 얻었다.

총총히 집으로 돌아가 마누라를 시켜 구두 고치는 연장 일습과 재료 남은 것에다 이불이며 헌 옷가지 해서 한 짐을 동네 아는 가게에다 맡기고는 한 달 기한으로 돈 백 원을 서푼 변으로 취해 오게 하였다.

그 돈 백 원을 가지고 삼복은 흔한 넝마전으로 가서 백 원 돈이 꼭 차는 한도까지에 양복이란 명색 한 벌과 모자를 샀다. 신발은 부득이 안방 사람의 병정 구두 사 신은 것을 이다음 창갈이 거저 해주겠다는 조건으로 닷새만 제 것과 바꾸어 신기로 하였다.

이튿날 아침 느지감치 새로 장만한 헌 양복 헌 모자에 헌 구두로써 궤짝 멘 신기료장수보다는 제법 말쑥하여진 차림을 차리고 마악 나서려는데 간밤부터 통통 부어가지고는 시중도 말대꾸도 잘 아니 하던 애꾸쟁이 마누라가 와락 양복 뒷자락을 움켜쥐고 늘어진다.

"바른 대루 대요."

"이게 별안간 미쳤나?"

"요 망난아, 반해 가지군 이럭허구 찾아가는 고년이 어떤 년야? 응?"

"속을 모르거든 밥값을 내지 말랬어, 요 맹추야."

"날 죽이구 가지, 거전 못 가."

"이년아, 너 이랬단, 내 인제 둔 벌문 증말 첩 얻는다."

"오냐 잘한다. 날 죽여라, 날……"

"아, 이 우라 주리땔 앵길 년이……"

한주먹 보기 좋게 갈겨 넘어뜨리고는 찌부러진 오두막집을 나서 종로로 향을 잡았다.

노예도 노예 이전이면 상전을 선택할 자유를 가지는 수도 있다고.

삼복은 종로서 전차를 내려 동쪽으로 천천히 걸으면서 물색을 하였다. 생김새가 맘씨 좋아 보이고 여느 병정이 아니라 장교쯤 가는 이라야 할 것이었다.

청년회관 앞에서 담뱃대를 사고 있는 하나가 몸집이 부대하고, 여느 병정은 아닌 듯하고, 얼굴이 사뭇 선량하여 보이는 게 선뜻 마음에 들었다. 구경하는 체하고 넌지시 그 옆으로 가 섰다.

미국 장교는 담뱃대를 집어 들고 기물스러하면서 연방 들여다보다가 값이 얼마냐고,

"하우머치? 하우머치?"

하고 묻는다.

담뱃대 장수 영감은 삼십 원이라고 소래기만 지른다.

알아들을 턱이 없어 고개를 깨웃거리면서 다시금 하우머치만 찾는 것을 기회 좋을씨고라고 삼복이가 나직이,

"더티 원."

하여 주었다.

홱 돌려다 보더니,

"오, 캔 유 스피크?"

하면서 사뭇 그러안을 듯이 반가워하는 양이라니. 아스러지도록 손을 잡고 흔드는 데는 질색할 뻔하였다.

직업이 있느냐고 물었다. 방금 실직하였노라고 대답하였다.

그럼, 내 통역이 되어 주겠느냐고 물었다. 그러겠노라고 대답하였다.

이 자리에서 신기료장수 코 삐뚤이 삼복이 미스터 방으로 승차를 하여 S라는 미국 주둔군 소위의 통역이 되었다. 주급 십오 불(이백사십 원)가량의.

거진 매일같이 미스터 방은 S소위를 낮에는 거리의 구경으로, 밤이면 계집 있는 술집으로 인도하였다.

한번은 탑골공원의 사리탑을 구경하면서 얼마나 오랜 것이냐고 S소위가 물었다. 미스터 방은 언젠가 수천 년 된 것이란 말을 들었기 때문에 투사우전드 이얼스라고 대답하였다.

또 한번은 경회루를 구경하면서 무엇 하던 건물이냐고 물었다. 미스터 방은 서슴지 않고,

"킹 드링크 와인 앤드 댄스 앤드 싱, 위드 댄서."

라고 대답하였다. 임금이 기생 데리고 술 마시고 춤추고 노래 부르고 하던 집이란 뜻이었었다.

내가 보기엔 조선 여자의 옷이 퍽 아름답고 점잖스럽던데 어째서 양장들을 하는지 모르겠다고 S소위가 물었다. 미스터 방은 여자들이 서양 사람한테로 시집을 가고파서 그런다고 대답하였다.

서울역을 비롯하여 거리에 분뇨가 범람한 것을 보고 혹시 조선 가옥에는 변소가 없느냐고 S소위가 물었다. 미스터 방은 있기야 집집마다 다 있느니라고 대답하였다.

썩 좋은 조선 그림을 한 장 사고 싶다고 하여서 문지방 위에다 흔히들 붙이는 사슴이 불로초를 물고 신선이 앉았고 한 것을 오 원에 한 장 사주었다.

제일 재미있고 유명한 소설이 무엇이냐고 물어서 《추월색》이라고 대답하였고, 그럼 그것을 한 권 사고 싶다고 하여서 여러 날 사러 다니다 못해 동네 노마네 집에 치를 이 원에 사주었다. 이 밖에도 미스터 방은 S소위에게 조선을 소개한 공로가 여러 가지로 많으나 대강은 그러하였다.

그 공로에 정비례해서 미스터 방은 나날이 훌륭하여져 갔다. 8·15 이전에 어떤 은행의 중역의 사택이라던 지금의 이 집으로, 현저동 그 집에서 옮아오기는 S소위의 통역이 되는 사흘 후였었다. 위아래층을 다 양식 절반 일본식 절반으로 꾸민 호화스

런 저택이었다. 정원엔 때마침 단풍과 가을 화초가 아름다웠고 연못에선 잉어가 뛰놀고 하였다.

시방 주객이 앉아 술을 마시는 방은, 앞은 노대가 딸리고 햇볕 잘 들고 밝아서 여러 방 가운데 제일 좋은 방이었다. 그러나 방 안에는 벽에 그림 한 장 붙어 있는 바 아니요, 방에 알맞은 가구 한 벌 놓여 있는 바 아니요, 단지 방일 따름이어서 싱겁게 넓기만 하였다. 그렇지만 미스터 방은 실내의 장식 같은 것쯤 그다지 관심할 줄을 아직은 몰랐다.

처음엔 식모를 두었다. 그다음엔 침모를 두었다. 그다음엔 손 심부름할 계집아이를 두었다. 하루에도 방 선생을 찾는 이가 여러 패씩 있었다. 그들의 대개는 자동차를 타고 오고 인력거짜리도 흔치 않았다. 그렇게 찾아오는 그들은 결단코 빈손으로 오는 법이 드물었다. 좋은 양과자 상자 밑바닥에는 으레 따로이 뿌듯한 봉투가 들었곤 하였다.

미스터 방의, 신기료장수 코 뻬뚤이 삼복이로부터의 발신 경로란 이렇듯 심히 간단하고 순조로운 것이었었다.

✳

주인 미스터 방이 백 주사의 컵에다 술을 따르려고 병을 집어 들다가,

"오이, 기미코."

하고 아래층으로 대고 부른다.

"심부럼 갔어요."

애꾸쟁이 마누라의 꼬챙이 같은 대답.

"안주 어떻게 됐어?"

"글쎄, 안주 시키러 갔어요."

"증종 있지?"

"……"

층계 밟는 소리가 나더니 퍼머넌트한 머리가 나오고, 좁디좁은 이마에 이어서 애꾸눈이 나오고, 분 바른 얼굴이 나오고, 원피스 입은 커다란 젖통의 가슴이 나오고, 마지막 비단 양말 신은 두리기둥 같은 두 다리가 나오고 한다.

"서 주사가 이거 두구 갑디다."

들고 올라온 각봉투 한 장을 남편에게 건네어 준다.

"어디?"

그러면서 받아 봉을 뜯는다. 소절수 한 장이 나온다. 액면 만원 짜리다.

미스터 방은 성을 벌컥 내면서,

"겨우 둔 만 원야?"

하고 소절수를 다다미 바닥에다 홱 내던진다.

"내가 알우?"

"우랄질 자식, 어디 보자. 그래 전, 걸 십만 원에 불하 맡아다 백만 원 하난 냉겨 먹을 테문서 그래 겨우 둔 만 원야? 엠병헐 자식, 내가 엠피(MP)헌테 말 한마디문 전 어느 지경 갈지 모를 줄 모르구서."

"정종으루 가져와요?"

"내 말 한마디에 죽을 눔이 살아나구, 살 눔이 죽구 허는 줄을 모르구서. 흥, 이 자식 경 좀 쳐봐라…… 증종 따근허게 데와.
날두 산산허구 허니."

새로이 안주가 오고 따끈한 정종으로 술이 몇 잔 더 오락가락
하고 나서였다.

백 주사는 마침내, 진작부터 벼르던 이야기를 꺼내었다.

＊

백 주사의 아들 백선봉은 순사 임명장을 받아 쥐면서부터 시
작하여 8·15 그 전날까지 칠 년 동안 세 곳 주재소와 두 곳 경
찰서를 전근하여 다니면서 이백 석 추수의 토지와, 만 원짜리
저금통장과, 만 원어치가 넘는 옷이며 비단과, 역시 만 원 어치
가 넘는 여편네의 패물과를 장만하였다.

남들은 주린 창자를 졸라맬 때 그의 광에는 옥 같은 정백미가
몇 가마니씩 쌓였고 반년 일 년을 남들은 구경도 못 하는 고기
와 생선이 끼니마다 상에 오르지 않는 날이 없었다.

××경찰서의 경제계 주임으로 있던 마지막 이 년 동안은 더
욱더 호화판이었었다. 8·15 그날 밤, 군중이 그의 집을 습격하
였을 때에 쏟아져 나온 물건이 쌀 말고도,

광목 여섯 통

고무신 스물세 켤레

지카다비 여덟 켤레

빨랫비누 세 궤짝

양말 오십 타

정종 열세 병

설탕 한 부대

이렇게 있었더란다. 만 원어치 여편네의 패물과, 만 원어치의 옷감이며 비단과 만 원짜리 저금통장은 그만두고 말이었다.

물건 하나 없이 죄다 빼앗기고, 집과 세간은 조각도 못 쓰게 산산 다 부시고, 백선봉은 팔이 부러지고, 첩은 머리가 절반이나 뽑히고, 겨우겨우 목숨만 살아 본집으로 도망해 왔다.

일변 고을에서는 백 주사가 자식이 그런 짓을 해서 산 토지를 가지고 동네 사람한테 거만히 굴고, 작인들한테 팔 할 가까운 도지를 받고, 고리대금을 하고 하였대서 백선봉이 도망해 와 눕는 그날 밤 그의 본집인 백 주사의 집을 습격하였다.

집과 세간 죄다 부수고, 백선봉이 보낸 통제배급물자 숱한 것 죄다 빼앗기고, 가족들은 죽을 매를 맞고, 백선봉은 처가로, 백 주사는 서울로 각기 피신하여 목숨만 우선 보전하였다.

백 주사는 비싼 여관 밥을 사 먹으면서 울적히 거리를 오락가락, 어떻게 하면 이 분풀이를 할까, 어떻게 하면 빼앗긴 돈과 물건을 도로 다 찾을까 하고 궁리를 하던 것이나 아무런 묘책도 없었다.

그러자 오늘은 우연히 이 미스터 방을 만났다. 종로를 지향 없이 거니는데 지나가던 자동차가 스르르 멈추면서 서양 사람과 같이 탔던 신사 양반 하나가 내려서더니 어쩌다 눈이 마주치자,

"아, 백 주사 아니신가요?"

하고 반기는 것이었다.

자세히 보니 무어 길바닥에서 신기료장수를 한다던 코 삐뚤

이 삼복이가 분명하였다.

"자네가, 저, 저, 방, 방……"

"네, 삼복입니다."

"아, 건데, 자네가……"

"허, 살 때가 됐답니다."

그리고는 내 집으루 갑시다, 하고 잡아끄는 대로 끌리어 온 것이었었다.

의표 하며, 집하며, 식모에 침모에 계집 하인까지 부리면서 사는 것 하며, 신수가 훤히 트여 가지고 말도 제법 의젓하여진 것 같은 것이며, 진소위 개천에서 용이 났다고 할 것인지.

옛날의 영화가 꿈이 되고 일보에 몰락하여 가뜩이나 초상집 개처럼 초라한 자기가 또 한 번 어깨가 옴츠러듦을 느끼지 아니 치 못하였다. 그런데다 이 녀석이 언제 적 저라고 무엄스럽게 굴어 심히 불쾌하였고, 그래서 엔간히 자리를 털고 일어설 생각이 몇 번이나 나지 아니한 것도 아니었었다. 그러나 참았다.

보아하니 큰 세도를 부리는 것이 분명하였다. 잘만 하면 그 힘을 빌려 분풀이와 빼앗긴 재물을 도로 찾을 여망이 있을 듯싶었다. 분풀이를 하고 더구나 재물을 도로 찾고 하는 것이라면야 코 삐뚤이 삼복이는 말고 그보다 더한 놈한테라도 머리 숙이는 것쯤 상관할 바 아니었다.

*

"그러니, 여보게 미씨다 방……"

있는 말 없는 말 보태 가며 일장 경과 설명을 한 후에 백 주사는 끝을 맺기를,

"어쨌든지 그놈들을 말이네, 그놈들을 한 놈 냉기지 말구섬 죄다 붙잡아다가 말이네, 괴수 놈들일랑 목을 썰어 죽이구, 다른 놈들일랑 뼉다구가 부러지두룩 두들겨 주구. 꿇어앉히구 항복 받구. 그리구 빼앗긴 것 일일이 도루 다 찾구. 집허구 세간 쳐부신 것 말끔 다 물리구…… 그렇게만 해준다면, 내, 내, 재산 절반 노나 주문세, 절반. 응, 여보게 미씨다 방."

"염려 마슈."

미스터 방은 선뜻 쾌한 대답이었다.

"진정인가?"

"머, 지끔 당장이래두 내 입 한 번만 떨어진다 치면 기관총 들멘 엠피가 백 명이구 천 명이구 들끓어 내려가서 들이 쑥밭을 만들어 놉니다, 쑥밭을."

"고마우이!"

백 주사는 복수하여지는 광경을 서언히 연상하면서 미스터 방의 손목을 덤쑥 잡는다.

"백골난망이겠네."

"놈들을 깡그리 죽여 놀 테니, 보슈."

"자네라면야 어련하겠나."

"흰말이 아니라 참 이승만 박사두 내 말 한마디면 고만 다 제바리유."

미스터 방은 그리고는 냉수 그릇을 집어 한 모금 물고 꿀쩍꿀쩍 양치를 한다. 웬 버릇인지 하여간 그는 미스터 방이 된 뒤로

술을 먹으면서 양치하는 버릇이 생겼었다.

양치한 물을 처치하려고 휘휘 둘러보다 일어서서 노대로 성큼성큼 나간다. 노대는 현관 정통 위였었다.

미스터 방이 그 걸쭉한 양칫물을 노대 아래로 아낌없이 좍 배앝는 바로 그 순간이었다. 그 순간이 공교롭게도 마침 그를 찾으러 온 S소위가 현관으로 일단 들어서려다 말고(미스터 방이 노대로 나오는 기척이 들렸기 때문에) 뒤로 서너 걸음 도로 물러나,

"헬로."

부르면서 웃는 얼굴을 쳐드는 순간과 그만 일치가 되었었다.

"에구머니!"

놀라 질겁을 하였으나 이미 배앝아진 양칫물은 퀴퀴한 냄새와 더불어 백절폭포로 내려 쏟혀 웃으면서 쳐드는 S소위의 얼굴 정통에 가 좍르르.

"유 데블!"

이 기급할 자식이라고 S소위는 주먹질을 하면서 고함을 질렀고. 그 주먹이 쳐든 채 그대로 있다가 일변 허둥지둥 버선발로 뛰쳐나와 손바닥을 싹싹 비비는 미스터 방의 턱을,

"상놈의 자식!"

하면서 철컥, 어퍼컷으로 한 대 갈겼더라고.

출전:대조2(1946.7)

쑥국새

왼편은 나무 한 그루 없이 보이느니 무덤들만 다닥다닥 박혀
있는 잔디벌판이 빗밋이 산발을 타고 올라간 공동묘지.

바른편은 누르붉은 사석이 흉하게 드러난 못생긴 왜송이 듬
성듬성 눌어붙은 산비탈.

이 사이를 좁다란 산협 소로가 꼬불꼬불 깔끄막져서 높다랗
게 고개를 넘어갔다. 소복히 자란 길옆의 풀숲으로 입하(立夏)
지난 햇빛이 맑게 드리웠다.

풀포기 군데군데 간드러진 제비꽃이 고개를 들고 섰다. 제비
꽃은 자주빛 눈곱만씩 한 괭이밥꽃은 노랗다. 하얀 무릇꽃도 한
참이다. 대황도 꽃만은 곱다.

할미꽃은 다 늙게야 허리를 펴고 흰 머리털을 날린다.

구름이 지나가느라고 그늘이 한 떼 덮였다가 도로 밝아진다.
솔푸덕에서 놀란 꿩이 잘겁하게 울고 날아간다.

미럭쇠는 이 경사 급한 깔끄막길을 무거운 나뭇짐에 눌려 꿍
꿍 어렵사리 올라가고 있다.

꾀는 없고 욕심만 많아 마침 또 지난 장에 새로 벼려온 곡괭

이가 알심있이 손에 맞겠다. 한데 산림간수한테 오기는 있어, 들키면 경을 치기는 매일반이라서 들이닥치는 대로 철쭉 등걸이야. 진달래 등걸이야 소나무 등걸이야 더러는 멀쩡한 옹근 솔까지 마구 작살을 낸 것이 해 놓고 보니 필경 짐에 넘치는 것을 제 기운만 믿고 짊어진 것까지는 좋았으나 산에 내려오면서는 몇 번이고 앞으로 꼬꾸라질 뻔했고 시방 이 길을 올라가는 데도 여간만 된 게 아니다.

게다가 사월의 긴긴 해에 한낮이 훨씬 겨워 거진 새때나 되었으니 안 먹은 점심이 시장하기까지 하다.

끙끙 힘을 쓰는 소리에 지게가 삐이득삐이득, 지게 밑에 매달린 밥 바구니가 다그락다그락 서로 궁상맞게 대답을 한다.

중간에 한 번이나 두 번은 쉬었어야 할 것이지만 고집이 그대로 떠받고 올라간다. 지게 밑으로 통통하니 알이 밴 새까만 두 다리가 퇴육살이 불끈불끈 터지기라도 할 것 같다.

고개 마루턱에 겨우겨우 올라서자 후유 획 쟁그럽게 숨을 몰아 내쉬면서 한옆으로 나뭇지게를 받쳐놓고 일어선다.

"작것이! 나는 저 때문에 이렇기……"

미럭쇠는 공동묘지께를 흘끔 돌려다 보고는 두런두런, 허리의 수건을 뽑아 땀 흐르는 얼굴을 쓰윽쓰윽 씻는다.

"……존 길루(길로) 편허게 갈 것두 이렇기 고생허는디…… 작것이!"

시원한 바람이 한 아름 고개 너머로 몰려든다. 바라다보이는 고개 밑은 또 하나 산이 가렸고 그놈을 넘어서 오릿길을 가야 집이다.

미럭쇠는 웬만큼 땀을 들인 뒤에 지게 밑에서 밥 바구니를 떼어 뒷짐 져 들고 어슬렁어슬렁 공동묘지로 걸어간다. 할미꽃 터럭이 눈 날리듯 허옇게 덮여 날린다.

공동묘지는 풀도 바스락 소리 않고 대낮이 밤처럼 조용하다.

여새겨 찾지 않아도 저편 산 밑으로 치우쳐 외따로 있는 게 안해의 무덤이다. 아직 잔디가 뿌리를 못 잡아 까칠하고 뗏장 사이로는 검붉은 황토가 비죽비죽 비어져 나온다.

무덤 한옆으로 먹 자죽이 선명하게

密陽[밀양] 朴氏之墓[박씨지묘]

라고 쓴 말뚝이 섰다. 한편짝에는 다시

戊寅[무인] 四月二日[사월이일]

이라는 날짜를 썼다.

미럭쇠는 읽을 줄도 모르면서 말뚝을 한참이나 들여다보다가 그담에는 무덤을 한 바퀴 돈다.

뗏장도 벗겨진 데는 없고 구멍도 나지 않고 별일 없다.

한 바퀴 둘러보고 나서는 무덤 앞에다가 밥 바구니를 열고 숟갈을 꽂아 괴어놓는다. 밥이라야 뉘와 피가 절반이나 섞인 현미(玄米) 싸래기밥, 한옆으로 짠무김치를 몇 쪽 덧들인 것뿐이다.

"처먹어라…… 너 생각허구서 배고푼 것두 안 먹구 애꼈다가 갖구 왔다!"

마치 산 사람한테 이야기하듯 중얼거린다.

밥 바구니를 괴어놓아 주고 운감하기를 기다리면서 멀거니 앞을 바라보고 앉아 한눈을 판다.

앞은 산 밑에서부터 훤하니 퍼져나간 들판, 들판이 다다른 곳에는 암암한 먼 산이 그림 같다. 들 가운데 조그마한 산모퉁이를 지나 기차가 장난감같이 아물아물 기어간다.

미럭쇠는 넋을 잃은 듯 손으로 잔디 풀을 또옥똑 뜯고 앉았는 동안 어느결에 눈에는 눈물이 글썽글썽한다.

"작것이 웨 죽어뻬렸어!…… 가만히 있으면 갠찮을 틴디…… 방정맞게 웨 죽어뻬리여!…… 작것이!"

목멘 소리로 두런두런 주먹을 쥐어다가 눈물을 씻는다.

*

바로 지나간 삼월 초생이었었다.

미럭쇠가 논에 두엄을 져내다가 점심을 먹으러 오는 길인데 동리 우물의 동청나무 울타리 뒤에서 점례가 해뜩해뜩 무슨 말을 하고 싶은 눈치로 웃고 섰다.

"너 이 가시내, 웨 날 보고 웃냐?"

"망할 년의 자식이네! 이년의 자식아, 내 이름이 가시내냐?"

"너 이 가시내, 날만 보머넌 중둥이 시어서 해룽해룽허지?"

"애개개! 참 내 벨 꼴 다 보겠네!……"

말로는 시뻐해도 속으로는 분명 아픈 자리를 건드렸던 것이다.

"……이년의 자식아, 내가 저 화상이 그리 좋아서?…… 아아나옜다!"

"이 가시내야, 너 암만 그리두 네까짓 건 일 없단다!"

"흥! 누구는 일 있다는디? 아이구 귀역질이 마구 나오네!…… 저 꼴에 그리두 새말 납순이한티 반히였다지? 참 똥싼 주제에 매화타령 허네!"

"이년의 가시내, 주둥이를 찢어놀라! 내가 납순이한티 반했으니 네게 무슨 상관이여? 이년의 가시내!"

미럭쇠는 슬그머니 골이 나서 커다란 눈망울을 부라린다. 그러나 점례는 조금도 무서워하질 않는다.

"이년의 자식아, 누가 상관헌다냐?…… 그렇지만 되렌님! 속 좀 채리세유! 납순이한티는 암만 반히서 침을 지일질 흘리구 댕겨두 헛다방입니다요."

"걱정 말어, 이 가시내야……"

"닭 쫓던 강아지는 지붕이나 치어다보지! 종수허구 죽자 살자 허는 납순이한티 저 혼자 반헌 저 화상을 무얼 치어다볼랑고?"

"이 가시내야, 그짓말 허면 호랭이가 물어간다!"

"미안허시겠네! 오늘두 납순이는 취 뜯으러 간다구 건너와서 뒷산으루 올라가구 종수는 나무허러 가는 체 어실렁어실렁 뒤따러 갔답니다요…… 어떠냐? 헤쩍허지? 미이이."

"참말이냐?"

"흥! 인제는 아숩지?…… 몰라 몰라!"

점례는 싹 돌아서서 두레박질을 시이시한다.

"빌어먹을 놈의 가시내! 샘에나 풍당 **빠져** 죽어라!"

미럭쇠는 내뱉으면서 흐느적흐느적 걸어간다. 걸어가면서 생각이다. 점례 가시내가 노상이 거짓말은 아니구 종수 자식이 워너니 눈치가 수상하기는 수상했어!

그러니 그놈의 새끼한테 납순이를 뺏기구 만담?

내가 요만할 적부터 내 걸로 맡아두었는데 다 자란 뒤에 뺏겨!

사람이 화가 나서 살 수가 있나!

하기는 종수 자식이 나보다 얼굴이 밴조고롬하니 이쁘기는 이쁘겠다?

그거 원 참!······

미럭쇠는 귀주머니에서 동강난 거울 조각을 꺼내 들고 제 얼굴을 들여다본다.

죽가래로 푹 찌른 것처럼 가로 째진 입, 길바닥에 떨어진 쇠똥같이 지질펀펀한 코, 왕방울 같은 눈, 좁디좁은 이마, 부룩송아지 대가리처럼 노란 머리터럭이 곱슬곱슬 자지러붙은 대가리······ 등속.

미상불 제가 보아도 그다지 출 수는 없는 인물이다.

제엔장맞을! 워너니 이 화상을 누가 좋아한담! 눈깔이 삔 점례가시내나 건짜로 반해서 그 지랄이지.

원 어쩌면 요렇게 빌어먹게 갖다가 만들어놓더람!

가만있자. 이게 우리 어머니 아버지 잘못이겠다? 옳아! 아버지는 죽었으니 할 수 없고 어머니를 졸라야지.

아 그래도 내가 기운은 세고 또 사내자식이 머 인물 뜯어먹고 사나?

빌어먹을 것, 들이대 본다······ 눈 멀뚱멀뚱 뜨고서 뺏겨?······

미럭쇠는 허둥지둥 집으로 달려들더니 저의 모친더러 시방 얼른 새말 납순네 집에 건너가서 혼인하자는 말을 하라고, 만일 납순이한테 장가를 못 가는 날이면 목을 매달고 죽는다고, 어머니가 나를 이렇게 못나게 낳아놓았으니까 그 대신 꼭 납순이한테 장가를 들여주어야 한다고, 마치 미친놈 날뛰듯 주워섬기고서는 도로 부리나케 뒷산으로 올라간다.

온 산을 다 매고 다니던 끝에 으슥한 골짜구니의 양지바른 언덕 밑에서 둘이 나란히 누워 있는 종수와 납순이를 찾아냈다.

납순이는 질겁하게 놀라 달아나고, 그러나 저만치 가 서서 거취를 보고 있고, 종수는 여느 때 같으면 눈만 부릅떠도 비슬비슬 피하던 것이 오늘은 눈살이 패앵팽해가지고 아기똥하니 버티고 서 있다. 미럭쇠는 그놈에 비위가 더 상했다.

"너 이놈의 새끼!"

미럭쇠는 눈을 불끈불끈 그 잘난 코를 벌씸벌씸 내리 으끄러버릴 듯이 바싹 다가선다.

"그리서?"

말소리며 몸은 떨려도 종수의 대답은 다부지다.

"아, 요것 보게!"

"웨? 어찌서 그리어? 늬가 무슨 상관이여?"

"웨 상관이 없어? 내가 맡어논 지집애를 늬가 웨 건드려? 그리두 상관이 없어?"

"머, 밭두덕의 개똥참외더냐? 맡어놓구 어쩌구 허게? 그녀러 자식, 생긴 것허구 넉살두 좋네!"

"아, 요년의 새끼가! ……"

말로는 암만해야 달리고 미럭쇠는 종수의 멱살을 움켜쥔다. 실상 진작에 그럴 것이었었다.

종수도 마주 멱살을 잡는다.

"그리여? 어찌여?"

"요, 싹둥머리 없는 놈의 새끼! 사알살 돌아댕기면서 남의 집 지집애나 바람맞히구!…… 죽어봐!"

와락 잡아 낚으는데 종수는 허깨비같이 휘둘리면서도

"웬 상관이여? 내가 늬미를 후려냈더냐? 네 할미를 후려냈더냐?"

고 입은 끄은히 놀린다.

그러나 그 말이 떨어지기 전에 둘이는 어우러져 딩군다.

말은 없고 잠시 동안 식식거리면서 엎치락뒤치락했지만 악으로 덤빈 종수는 다 같은 스물한 살박이 장정이라도 미럭쇠의 황소 같은 힘을 당해내는 수가 없었다.

미럭쇠는 종수의 배를 타고 앉아서 주먹으로 가슴패기를 짓찧는다.

"요놈의 새끼, 다시두?"

"오냐, 헐 대루 히여라!"

"요것이 그리두 잔소리여!"

미럭쇠는 종수의 목을 내리누른다. 종수는 캑캑 눈을 헤번덕헤번덕 얼굴에 푸른 핏대가 선다.

그러자 마침 그때다. 등 뒤에서 작대기가 따악하더니 미럭쇠의 정수리를 보기 좋게 후려갈긴다.

"아이쿠!"

미럭쇠는 정신이 아찔해서 앞으로 넘치려고 하는데 재우쳐 한 번 더 따악 내리갈긴다.

미럭쇠는 그대로 정신을 놓고 쓰러지고 납순이는 달려들어 종수의 손목을 잡아 일으켜가지고 달아난다.

*

납순네는 계집애가 못된 종수 녀석과 좋잖은 소문을 퍼뜨리고 다닌대서 걱정을 하던 판이라 미럭쇠네가 청혼을 하니까 얼씨구나 좋다고 납채 삼십 원에 선뜻 혼인을 승낙했다.

미럭쇠네는 작년에 저의 부친이 제 장가 밑천으로 장만해 놓고 죽은 송아지가 중소나 된 것을 오십 원에 팔고 또 양돝 새끼 여섯 마리를 삼십 원에 팔고 해서 납채 삼십 원을 보내고 나머지 오십 원으로 혼인을 치렀다.

혼인을 한 첫날밤.

미럭쇠는 달리느라고 맞은 발바닥이 아파 절름절름 신방으로 들어온다.

생전 처음으로 촛불이 환하니 켜져 있는 신방에는 불보다 더 환하게 연지 찍고 곤지 찍고 분단장한 신부 납순이가 소곳하니 앉아 있다.

미럭쇠는 가뜩이나 큰 입이 귀밑까지 째져 느긋해라고 한참이나 웃고 섰다가 신부 앞에 가서 털썩 주저앉는다.

"히히, 작것, 늬가 작대기루 날 때렸지?"

납순이는 마치 눈이 오려는 겨울날처럼 새촘해서 눈을 아래로 내리깔고 눈썹 한 개도 까땍 않는다.

"그때 혼났다 야!…… 원 그렇기두 사정없이 때린단 말이냐? 히히."

"……"

"그리두 나는 늬가 이뻐서 이렇기 네한티루 장개를 가잖었냐?

그렇지? 히히히히."

"……"

"그러닝개루……"

미럭쇠는 납순이의 두 손을 덤쑥 쥔다.

그 손은 얼음같이 찼다.

"……너두 그전 일을 죄다 잊어뻐리구서 인재버텀은 우리 각시닝개루, 응? 내 말 잘 듣구 그리라, 응?"

이렇게 첫날밤은 지냈다.

미럭쇠는 노염이 다 풀려서 이제는 종수를 죽이지 않는다고 말을 냈고, 그래서 종수는 며칠 만에 도로 동네로 돌아왔고, 납순이는 그대로 까땍없이 눈 오려는 겨울날처럼 새촘한 채 그날그날을 보내고.

그리한 지 보름이 되는 어느 날 석양.

미럭쇠가 등 너머 봄보리밭에 소매〔小便肥料(소변비료)〕를 져내고 있노라니까 난데없이 점례가 미럭쇠, 미럭쇠, 불러대면서 헐레벌떡 달려오고 있었다.

미럭쇠는 웬일인지 가슴이 서늘해서 밭두둑으로 쫓아 나오는데 점례는 가빠하는 체하고 쓰러질 듯 팔에 가 매달린다.

"저어……"

"웨 그리여?"

"저어, 시방 오다가 어머니더러두 일러주었어……"

"무얼?"

"저어, 납순이가아……"

"납순이가! ……"

"내가 망을 보닝개루 우……"

"그리서?"

"종수가 아……?"

"종수가? ……"

"응, 종수허구 우, 납순이허구 우, 방으루우……"

"멋?"

미럭쇠는 점례를 떠다 박지르고 소처럼 내리뛴다.

등을 넘어서자 이녀언 이년, 모친의 게목 지르는 소리가 들린다.

단걸음에 사립문 안으로 들어서는데 모친은 납순이의 머리채를 감아쥐고 마당 가운데서 이리저리 개 끌듯 끌어 동댕이를 치고 있다. 조그마한 보따리가 한편으로 굴러져 있다.

"어서 오니라……"

노파는 더욱 기광이 나서 허덕허덕 들렌다.

"……이년이, 이년이 대낮에 응…… 대낮에 그러구서…… 그러구서두 그놈허구 도망을 갈라구 보따리를 싸구…… 이년! 돈 사백 냥(팔십 원) 내누아라! 이년, 이 찢어 죽일 년!"

미럭쇠는 잡아먹을 듯 험한 얼굴을 휘휘 두르다가 토방으로

우르르 절굿공이를 집어 들고 납순이게로 달려든다.

"이년을!"

방아 찧듯 절굿공이를 번쩍 쳐들어 단번에 골통을 칵 내리 바수려는 순간 납순이와 딱 눈이 마주친다. 그것은 미럭쇠 제가 이뻐하는 납순이의 얼굴! 마주 말끄러미 올려다보는 그 눈이 어떻게도 액색한지 그만 눈물이 날 것 같았다.

"퍽."

내리치는 절굿공이에 애매하게시리 굳은 마당 바닥이 움푹 팬다.

"이년을 이렇게 쳐죽일 참인디…… 가만있자……"

미럭쇠는 절굿공이를 내던지고 허둥지둥 둘러본다.

"이놈은? 이놈허구 한티다가 묶어놓구서 한꺼번에 놈년을 쳐죽여야 헐 틴디이…… 놈을 잡어와야지, 이놈을…… 어머니! 그년 놓치지 말구 꼭 붙들구 있수…… 내 이놈마저 잡어갖구 올 티닝개루……"

이르고는 쭈르르 사립문께로 달려나간다. 사립문 밖에서는 동리 아이들이 진을 치고 구경을 하다가 양편으로 좍 길을 터준다.

점례가 마침 배슥이 웃고 서서 눈을 찌긋째긋한다.

미럭쇠는 짐짓 제 몸뚱이로 점례를 칵 떠받아——그것은 방금 납순이를 절굿공이로 내리찌르려던 그 옹심과 꼭 같았다——그렇게 죽어라고 떠받아 나동그라뜨리고서 휭하니 뛰어간다.

종수를 잡는다고 선불 맞은 범처럼 뛰어나간 미럭쇠는 그 길로 용머리의 술집으로 가서 밤이 늦도록 술을 먹고 그대로 쓰러져 잤다.

이튿날 새벽에야 철럭거리고 집으로 돌아온 미럭쇠는 납순이가 부엌 서까래에 목을 매고 늘어진 시체를 제 손으로 풀어 내려놓아야 했었다.

노파가 밤새도록 붙들고 지키다가 새벽녘에 잠깐 잠이 든 사이에 납순이는 빠져나가서 그 거조를 냈던 것이다.

서방 미럭쇠가 돌아오는 날이면 맞아 죽고 말 것, 가령 죽지 않는다고 하더라도 병신이 될 만큼 얻어맞을 것(아까 내리치던 그 무서운 절굿공이!), 그러고서도 평생을 맘 없이 매달려 살아야 할 테니 차라리 진작 죽는 것만 못하다고 그래 자결을 하고 만 것이다.

"그년을 꼭 내 손으루 쳐죽일랬더니, 에잉 분히여!"

미럭쇠는 동리 사람들이 모여 섰는 데서 이렇게 장담을 하고 못내 분해하는 체했다.

눈물까지 쏟아졌다. 모두들 분해서 그러는 줄만 알았지 미럭쇠의 정말 슬픈 심정은 알아채지 못했다.

*

안해 납순이의 무덤 옆에 넋을 놓고 앉았던 미럭쇠는 이윽고 정신이 들어 무덤으로 고개를 돌린다.

숟갈을 꽂아 괴어 논 밥 바구니에는 어디서 날아왔는지 파리가 서너 마리나 엉기었다.

"쪼깨 먹었냐?"

미럭쇠는 중얼거리면서 밥 바구니를 집어 든다.

"물이 없는디 목 마처서 어쩌꺼나!"

마디지게 한숨을 내쉰다.

"작것이 웨 죽어뻬리여!…… 가만히 있으면 갠찮얼 턴디……
방정맞게 웨 죽어뻬리여!…… 작것이!"

두린두린, 눈물을 찔끔찔끔 밥 바구니를 차고 앉아서 숟갈을
뽑아 든다.

"꼬시레."

조금 떠서 앞으로 던지고 또 한번은 뒤로 던지면서

"꼬시레."

양편 옆으로 한 번씩

"꼬시레."

"꼬시레."

골고루 고사를 한다.

할 때에 마침 등 뒤의 산허리께서

"쑥꾸욱."

"쑥꾸욱."

쑥국새(뻐꾹새) 우는 소리가 들린다.

미럭쇠는 막 밥을 먹으려던 숟갈을 멈추고 끌리듯 고개를 돌
린다.

"쑥꾸욱."

"쑥꾸욱."

형체는 안 보이고 울음소리만 들린다.

"쑥꾸욱."

"쑥 쑥꾸욱."

산을 돌아 넘어가는지 소리가 감감하니 멀어 간다.

미럭쇠는 옛이야기가 생각이 났다.

며느리가 해산을 했는데 야속한 시에미가 미역국을 안 끓여 주고 쑥국만 끓여주었다. 며느리는 피가 걷히지 않고 속이 쓰리다 못해 삼칠일 만에 그만 죽었다.

그 며느리가 죽어 혼이 새가 되었는데 쑥국에 원한이 잦아져 그래서 밤낮 쑥꾸욱 쑥꾸욱 운다고 한다.

"우리 납순이는 죽어서 무엇이 되었으꼬?…… 쑥국새나 되었으며는 우는 소리나 듣지."

미럭쇠는 쑥꾹새 우는 곳을 바라보다가 이윽고 소스라쳐 한숨을 내쉰다.

"쑥꾸욱."

"쑥 쑥꾸욱."

마지막 소리가 아스라이 들리더니 그다음은 잠잠하다.

미럭쇠는 밥 먹기도 잊고 도로 넋이 나가서 우두커니 앉아 있다.

출전:여성(1938.7)

왕치와 소새와 개미와

왕치는 대머리가 훌러덩 벗어지고, 소새는 주둥이가 뚜우 나오고, 개미는 허리가 잘록 부러졌다. 이 왕치의 대머리와 소새의 주둥이 나온 것과 개미의 허리 부러진 것과는 이만저만찮은 내력이 있다.

옛날 옛적 거기 어디서 개미와 소새와 왕치가 한 집에서 함께 살고 있었다.

개미는 시방이나 그때나 다름없이 부지런하고 일을 잘했다. 소새도 소갈찌는 좀 괴팍하고 박절스런 구석은 있으나 본이 재치가 있고 바지런바지런해서 제 앞 하나는 넉넉 꾸려나가고도 남았다.

딱한 건 왕치였다. 파리 한 마리 건드릴 근력도 없는 약질이었다. 펀펀 놀고먹어야 했다. 놀고먹으면서도 양통은 커서 먹기는 남 갑절이나 먹었다.

놀고먹으면서 양통만 커가지고 먹기는 남 갑절이나 먹는 것도 염치 아닌 노릇인데 속이 없고 빙충맞았다. 희떱고 비위가 좋았다.

부모 자식이나 통태 동기간이라도 모를 텐데 타성바지의 아무렇지도 않은 남남끼리 한 집 울 안에 모여 살면서 그 모양이니 눈치는 독판 먹어 두어야 했다. 개미는 그래도 천성이 너그럽고 낙천가가 되어서 과히 허물을 하지 않았지만 성미 까스라운 소새는 영 아주 왕치를 못 볼 상으로 미워했다. 걸핏하면 꽁해가지고는 구박을 하고 눈치를 했다.

어느 가을이었다. 백곡이 풍등한 식욕의 가을이었다.

가을도 되고 했으니 우리 잔치나 한번 차리는 게 어떠냐고 셋이 모여 앉은 자리에서 소새가 발의를 했다.

"거 참, 조오흔 말일세!"

잔치도 잔치지만 일변 저를 끕끕수를 주자는 설도인 줄은 모르고 먹을 속 살가운 왕치가 냉큼 받아서 찬성이었다.

잠자코 있으나 개미가 이의는 없었다.

사흘 잔치를 하기로 했다. 사흘 동안 계속해서 잔치를 하는데 차리기는 하나가 하루씩 독담으로 맡아서 차리기로 했다. 가령 첫날은 소새가 잔치를 차리면 둘째 날은 왕치가, 그리고 마지막 날은 개미가…… 이렇게.

왕치는 그렇게 잔치를 하루씩 독담해서 차린다는 데는 속으로 뜨윽 걱정스러웠으나 그렇다고 체면에 나는 못 합네 할 수는 없는 터라 어물어물 코대답을 해두었다. 둘이가 먼저 차리거든 우선 먹어놓고 볼 일이라는 떡심이었다. 반생을 이런 떡심으로 부지해 왔으니 별로 새삼스러울 것도 없었다.

첫날은 개미가 나섰다.

들로 나갔다.

들에서는 한참 벼를 걷기가 바빴다. 마침 보니 촌 마누라 하나가 샛밥을 내가느라고 한 광주리 목이 오므라들게 해서 이고 들 가운데로 지나고 있었다.

좋을씨구나 개미는 뽀르르 쫓아가서 가랭이 속으로 기어 올라가서는 너벅다리께를 사정없이 꽉 물어떼었다.

"아이구머닛!"

죽는소리를 치면서 촌 마누라는 머리의 밥 광주리를 내동댕이를 치고는 다리야 날 살리라고 도망을 쳤다.

부우연 입쌀밥에, 얼큰한 풋김치에, 구수한 된장찌개에, 짭짤한 자반 갈치토막에, 골콤한 새우젓에……

죄다 집으로 날라다 놓고는 셋이 모여앉아서 맛있게 잘 먹었다. 보기 드문 건 잔치였다.

다음날은 소새가 나섰다.

물가로 갔다.

바닥이 들여다보이게 맑은 물에서 붕어도 뛰고 가물치도 놀고 했다. 여느 때와 달라 소새는 붕어나 가물치나 단치 따위는 눈도 거듭떠보지 않고 말뚝에 가 오도카니 앉아서는 기다렸다.

이윽고 싯누런 잉어가 한 놈 꿈틀거리면서 물 위로 머리를 솟구쳤다.

잔뜩 겨냥을 대고 노리던 소새는 휘익 날면서 주둥이로 잉어의 눈을 꿰어들었다.

집으로 돌아오니 개미와 왕치는 손뼉을 치며 맞이했다.

싱싱한 잉어를 놓고 둘러앉아서 먹는 맛은 또한 자별했다.

소새 차례의 둘째 날의 잔치도 그래서 걸게 지났다.

마지막 셋째 날은 드디어 왔다.

왕치는 무어라고든 핑계를 대고서 뱃심으로 뭉갤 생각이었으나 보니 소새의 패앵팽한 눈살이 안될 말이었다.

잘 먹은 죄가 이렇게 큰 거라고 생각하면서 아무 가량도 없은 채 집을 나섰다.

우선 들로 나가 보았다.

펀한 들에는 벼만 가득히 익고 농군들이 벼를 거두기에 바빴지 보아야 만만히 건들임직한 거라곤 없었다. 설마한들 벼 이삭이나 한 목쟁이 주워 가지고 갈 수는 없고.

막막히 헤매고 다니다가 한 곳을 당도한즉 애꾸눈이 엿장수가 엿목판을 뚜드리면서

"엿들 사려! 호도엿 사려."

하고 멋들어지게 외우고 지나갔다.

덮어놓고 후룩후룩 날아가서 엿목판에 가 앉았다. 한 목판 그득 담긴 엿이 또한 먹음직스러웠다.

이걸 송두리째 집으로 가져만 갔으면 걸기도 하고 한바탕 뽐낼 판인데, 그러나 무슨 재주로!

어떻게 했으면 좋을꼬 하고 요리조리 엿목판을 끼웃거리며 궁리를 한다는 게 무심결에 엿장수의 어깨에 가 앉았던 모양이었다.

"작것, 재수 없네!"

엿장수가 손바닥으로 '탁' 치는 바람에 하마터면 엿장수의 어

깨에서 참혹한 죽음을 할 뻔하고는 혼비백산 질겁을 하여 도망을 쳤다.

들을 지나서 산 밑으로 가보았다.

꿩도 날도 토끼도 기었다. 바위 틈사구니엔 벌집에 있고 그 단꿀 냄새에 회가 동했다. 그러나 모두가 화중지병〔畵中之餠, 그림의 떡이라는 말〕이었다.

잔디밭에서 송아지 데린 암소가 놀고 있었다.

어미는 너무 크고 송아지 등에 가 앉아보았다. 간지럽다고 강종강종 뛰었다.

요놈을 어떻게 사알살 꼬여서 집으로 끌고 갔으면 좋겠는데 그게 도무지 도리가 없었다.

이마빡으로 옮아 앉아서 터럭을 물고 진득이 잡아당겼다. 부룩송아지라니 대가리를 사뭇 내젓는 통에 저만치 가서 떨어졌다.

이 녀석 어디 보자고, 엉덩짝에 가 앉아서는

"이러! 이러!"

하고 간질러 보았다.

하는 것을 송아지는 파린 줄 알고 꼬리를 휙 쳐서 옆구리가 끄먹하도록 얻어맞았다.

하릴없이 물가로 와 보았다.

붕어가 뛰고 메기가 놀고 역시 그럼직한 것이 없는 게 아니나 잡는 재주는 없었다.

그럭저럭 해는 점심 새때도 지나 오래지 않아 날이 저물게 되었다.

그대로 빈손으로 돌아가자니 차마 체모가 아니었다. 그렇다고서 언제까지고 이렇게 헤매기만 할 수도 없었다.

답답했다.

엉엉 앉아서 울었다. 막 그럴 즈음 어저께 소새가 잡아가지고 온 그런 잉어가 한 놈 싯누런 몸뚱이를 굼싯거리면서 물 위로 떠 올랐다.

왕치는 분연히 울기를 그치고 팔을 부르걷었다.

"그래, 사내대장부가 세상에 나서 온 이래야 옳담매?"

그러면서 단연 그 잉어를 잡을 결심으로 후르륵 날아 마침 솟구치는 잉어의 콧등에 가 오똑 앉았다.

잉어야, 그러잖아도 속이 출출한 판인데 이게 웬 떡이냐고 날름 혀로 차서는 씹고 무엇하고 할 것도 없이 그대로 꼴깍 삼켜버렸다.

아침에 일찍 나간 채 한낮이 겨워도 왕치는 돌아오지 않아서 집에서는 소새와 개미는 걱정을 하며 이제나저제나 까맣게 기다렸다.

그러면서 개미는 소새를 자꾸만 탓을 했다. 부질없이 그런 설도를 해서 그 못난이를 갖다가 못 할 노릇을 시켰느니라고 괜히 참, 어디 가서 함부로 넘싯거리다가 몸을 다치든지 아닐 말로 죽든지 하면 저 일을 장차 어떡한단 말이냐고.

소새는 민망하여, 아 작자가 하도 염장을 못 하리고 보기 싫게 굴길래 좀 그래 보았지야고, 그래도 난 못하겠노라고 아랫목에 앉아서 뭉개든지 무어라고 핑계를 대고 꾀로 바워내려니 했지 누가 그렇게 성큼 나설 줄이야 알았더냐고. 아무려나 어서 무사히 돌아오기나 했으면 좋겠다고. 누누이 발명겸 후회하기를 마지않았다.

한낮이 겨우고 다시 새때가 되어오자 참다못해 둘이는 왕치를 찾으러 나섰다.

개미는 들로 나갔다. 그러나 암만 찾고 다녀도 왕치의 종적은 알 길이 없었다.

소새는 물가로 나갔다. 역시 암만 찾고 다녀도(벌써 잉어의 뱃속으로 들어간 뒤라) 왕치는 눈에 뜨이지 않았다.

어느덧 날은 저물어 땅거미가 져서 더 찾을래야 찾을 수도 없고 소새는 마음만 한껏 초조하면서 거듭 뉘우쳐싸면서 하릴없이 집으로 돌아가기로 했다. 혹시 그동안 왕치가 제풀에 돌아와서 있으면 작히 좋으련 하는 일루의 희망을 가지고.

그리하여 마침 수면을 날아 건너는데 잉어가 한 놈 굼싯거리며 물 위로 떠 오르는 게 보였다. 이왕이니 사냥이나 해가지고 갈 생각으로 홱 몸을 떨어뜨리면서 주둥이로 잉어의 눈을 꿰어 챘다.

집에서는 개미가 먼저 돌아와서 까맣게 혼자 기다리고 있었다.

둘이는 필경 일은 저지른 일이라고 걱정에 땅이 꺼졌으나 다시 더 찾아보잔들 날은 이미 저물었고 밝는 다음 날로 미루는 수밖에 없었다.

하나가 빠졌는데 집안이 텅 빈 것같이 섭섭한 집안에서 둘이는 방금 소새가 잡아가지고 온 잉어를 먹기 시작했다. 좋은 음식을 대하니 한결이나 없는 동무가 생각이 나서 목에 걸렸다.

중간쯤 먹었을 때였다.

별안간 후루룩하더니 둘이가 먹고 있는 잉어 배때기 속에서 왕치가 풀쩍 뛰어나오는 것이었었다. 아까 왕치를 산 채로 차 먹은 그 잉어를 공교로이 소새가 잡아 온 것이었다.

소새와 개미는(반가운 것도 반가운 것이지만 깜짝 놀라) 뒤로 나가 자빠지는데 풀쩍 그렇게 잉어 배때기 속에서 뛰어나오면서 왕치의 하는 거동이 과연 절창이었다.

"휘! 더워! 어서들 먹게! 아, 이놈의 걸 내가 잡느라고 어떻게 그만 앨썼던지! 에이 덥다! 어서들 먹게!"

이렇게 너스레를 떨면서 땀 밴 이마를 쓱쓱 손바닥으로 씻으면서.

소새는 반가운 것도 놀란 것도 인제는 어디로 가고 슬그머니 배알이 상했다. 잡기를 번연히 소새 제가 잡아 그 덕에 생선 배때기 속에서 귀신도 모르게 죽을 것을 살려냈어. 한 것을, 넉살 좋게 제가 잡느라고 앨 쓴 건 무어며 숫제 어서들 먹으라고 연성 생색을 내니 세상 그런 비윗장도 있더냐 말이었다.

소새는 그래서 주둥이가 한 자나 되게 뚜우하니 나와 가지고는 샐룩한 눈을 깔아트리고 앉아 말이 없었다.

개미가 비로소 정신을 차려 둘이를 다시금 보니 참 우스워 기절을 하겠었다.

속을 못 차리고 공것을 너무 바치고 하면 이마가 벗어진다더니 정말 왕치는 이마의 땀을 쓱쓱 씻는데 보기 좋게 빈대머리가 홀러덩 단박에 벗어지고 만 것이었다.

소새는 또 주둥이가 한 발이나 쑤욱 나와버렸고.

개미는 하도하도 우습다 못해 대굴대굴 굴다가 그만 허리가
부러지고 말았다.

　이래서 그때부터 왕치는 대머리가 벗어진 것이고, 소새는 주
둥이가 길어진 것이고, 개미는 허리가 부러진 것이고 했다는 것
이다.

　　　　　　　　　　　　　　　　　　출전:문장(1941.4)

이상한 선생님

1

우리 박 선생님은 참 이상한 선생님이었다.

박 선생님은 생긴 것부터가 무척 이상하게 생긴 선생님이었다.

키가 한 뼘밖에 안 되는 박 선생님이라서 뼘생 또는 뼘박이라는 별명이 있는 것처럼 박 선생님의 키는 키 작은 사람 가운데서도 유난히 작은 키였다. 일본 정치 때 혈서로 지원병을 지원했다 체격검사에 키가 제 척수에 차지 못해 낙방이 되었다면, 그래서 땅을 치고 울었다면, 얼마나 작은 키인 것은 알 일이다.

그런 작은 키에 몸집은 그저 한 줌만 하고.

이 한 줌만 한 몸집의, 한 뼘만 한 키 위에 가서, 그런데 이건 깜짝 놀랄 만큼 큰 머리통이 보매 위태위태하게 올라앉아 있다. 그래서 박 선생님의 또 하나의 변명을 대갈장군이라고도 하였다.

머리통이 그렇게 큰 박 선생님의 얼굴은 어떻게 생겼느냐 하면, 또한 여느 사람과는 많이 달랐다.

뒤통수와 앞이마가 툭 내솟고 내솟은 좁은 이마 밑으로 눈썹이 시꺼멓고, 왕방울 같은 두 눈은 부리부리하니 정기가 있고도 사납고, 코는 매부리코요, 입은 메기입으로 귀밑까지 넓죽 째지고 그리고 목소리는 쇠꼬챙이로 찌르는 것처럼 쨍쨍하고.

이런 대갈장군의 뺌생 박 선생님과 아주 정반대로 생긴 이가 강 선생님이었다.

강 선생님은 키가 크고, 몸집도 크고, 얼굴이 너부릇하고, 얼굴이 검기는 하여도 순하지 사남이 든 데가 없고, 눈은 더 순하고, 허허 웃기를 잘하고, 별로 성을 내는 일이 없고, 아무하고나 장난을 잘하고…… 강 선생님은 이런 선생님이었다.

뺌박 박 선생님과 강 선생님은 만나면 싸움이었다.

하학을 하고 나서 우리들이 소제를 한 교실을 둘러보다가든지, 또는 운동장에서든지(그러니까 우리들이 여럿이는 보지 않는 곳에서 말이다) 두 선생님이 만난다치면 강 선생님은 괜히 장난이 하고 싶어 박 선생님을 먼저 건드리곤 하였다.

"뺌박아, 담배 한 대 붙여 올려라."

강 선생님이 그 생긴 것처럼 느릿느릿한 말로 이렇게 장난을 청하고, 그런다치면 박 선생님은 벌써 성이 발끈 나가지고

"까불지 말아, 죽여놀 테니."

"애야, 까불다니, 이 덕집엔 좀 억울하구나…… 아무튼 담배나 한 개 빌리자꾸나."

"나두 뼈젓한 돈 주구 담배 샀어."

"아따 이 사람, 누가 자네더러 담배 도둑질했대나?"

"너두 돈 내구 담배 사 피우란 말야."

"에구 요 재리야! 체가 요렇게 용잔하게 생겼거들랑 속이나 좀 너그럽게써요."

"몸 크구서 속 못 차리는 건 볼 수 없더라."

하나는 커다란 몸집을 해가지고 싱글싱글 웃으면서, 하나는 한 뼘만 한 키에 그 무섭게 큰 머리통을 한 얼굴을 바싹 대들고는 사남이 졸졸 흐르면서 그렇게 마주 서서 싸우는 모양은 마치 큰 수캐와 조그만 고양이가 마주 만난 형국이었다.

2

다른 학교에서도 다 그랬을 테지만 우리 학교에서도 그때 말로 '국어'라던 일본말, 그 일본말로만 말을 하게 하고 엄마 아빠 할 적부터 배운 조선말은 아주 한 마디도 쓰지 못 하게 하였다.

그러나 주재소의 순사, 면의 면서기, 도 평의원을 한 송주사, 또 군이나 도에서 연설하러 온 사람, 이런 사람들이나 조선 사람끼리 만나도 척척 일본말로 인사를 하고 이야기를 하고 하였지, 다른 사람들이야 일본 사람과 만났을 때 말고는 다들 조선말로 말을 하고, 그래서 학교 문밖에만 나가면 만판 조선말로 말을 하는 사람들이요, 더구나 집에 돌아가면 어머니, 아버지, 언니, 누나, 애기, 모두들 조선말로 말을 하고 하였다. 그러니까 우리들도 학교에 가서도, 교실에서 공부를 하고 나와 운동장에서 우리끼리 놀고할 때에는 암만해도 일본말보다 조선말이 더 많이, 그리고 잘 나와지고 하였다.

학교에서고 학교 밖에서고 조선말로 말을 하다 선생님한테 들키는 날이면 경을 치는 판이었다.

선생님들 중에서도 제일 심하게 밝히는 선생님이 뼘박 박 선생님이었다. 교장 선생님이나 다른 일본 선생님은 나무라기만 하고 마는 수가 있어도 뼘박 박 선생님은 절대로 용서가 없었다.

나도 여러 번 혼이 나보았다.

한번은 상준이 녀석과 어떡하다 쌈이 붙어서 둘이 서로 부둥겨 안고 구르면서 이 자식아, 저 자식아, 죽어봐, 때려봐 하면서 한참 시방 때리고 제기고 하는 참이었다.

그러는 참인데 느닷없이

"고랏! 조셍고데 겡까 스루야쓰가 이루까,"(이놈아! 조선말로 쌈하는 녀석이 어딨어.)

하면서 구둣발길로 넓적다리를 걷어차는 건 정신없는 중에도 뼘박 박 선생님이었다.

우리 둘이는 그 자리에서 뺨이 붓도록 따귀를 맞았고, 공부 시간에 들어가지도 못하고서 그 시간 동안 변소 소제를 하였고, 그리고 조행에 점수를 듬뿍 깎이고 하였다.

이렇게 뼘박 박 선생님한테 제일 중한 벌을 받는 것이 무엇이냐 하면 조선말로 지껄이다 들키는 때였다.

강 선생님은 그와 반대로 아무 시비가 없었다.

교실에서 공부를 할 때 외에는 그리고 다른 선생님——그중에서도 교장이하 일본 선생님들과 뼘박 박 선생님이 보지 않는 데서는 강 선생님은 우리들한테 일본말로 말을 하지 아니하였다.

우리들이 일본말로 하여도 강 선생님은 조선말로 하곤 하였다.

우리들이 어쩌다 선생님은 왜 '국어'(일본말)로 아니 하세요?
하고 물으면 강 선생님은 웃으면서 나는 '국어'(일본말)가 서툴
러서 그런다하고 대답하였다.

그렇지만 우리가 보기에도 강 선생님은 일본말이 서투른 선
생님이 아니었다.

3

해방이 되던 바로 그 이튿날이었다. 여름 방학으로 놀던 때라
나는 궁금하여서 학교엘 가보았다.

다른 아이들도 한 오십 명이나 와서 있었다.

우리는 해방이라는 말은 아직 몰랐고 일본이 전쟁에 지고 항
복을 한 것만 알았다.

선생님들이 그중에서도 뻠박 박 선생님이 그렇게도 일본(우
리 대일본 제국)은 결단코 전쟁에 지지 않는다고, 기어코 전쟁
을 이기고 천하에 못된 미국 영국을 거꾸러뜨려 천황폐하의 위
엄을 이 전 세계에 드날릴 날이 멀지않았다고 하루에도 몇 번
씩 그런 말을 해쌓던 그 일본이 도리어 지고 항복을 하다니 도
무지 모를 일이었다.

직원실에는 교장 선생님과 두 일본 선생님과 그리고 뻠박 박
선생님과 이렇게가 모여 앉아서 초상난 집처럼 모두는 코가 쑤
욱 빠져가지고 있었다.

우리들은 운동장 구석으로 혹은 직원실 앞뒤로 패패로 모여

서서 제가끔 아는 대로 일본이 항복한 이야기를 하고 있었다.

그때에 육학년에 다니던 우리 사촌 언니 대석이가 뒤늦게야 몇몇 동무와 함께 떨떨거리고 달려들었다.

똘똘하고, 기운 세고, 싸움 잘하고, 그러느라고 선생님들한테 꾸지람과 매는 도맡아 맞고 반에서 성적은 제일 꼴찌요 한 천하 말썽꾼이었다.

대석 언니네 집은 읍에서 십 리나 되는 곳이었고 그래서 오늘 아침에야 소문을 들었노라고 하였다.

대석 언니는 직원실을 넘싯이 넘겨다보더니 싱긋 웃으면서 처억 직원실 안으로 들어섰다.

직원실 안에 있던 교장 선생님이랑 다른 두 일본 선생님이랑은 못 본 체하고 고개를 숙이고 있는데 뺌박 박 선생님이 눈을 흘기면서 영락없이 일본말로

"난다?"(왜 그래?)

하고 책망을 하였다.

대석 언니는 그러나 무서워하지 않고 한다는 소리가

"선생님, 덴노헤이까가 고오상(천황폐하가 항복)했대죠?"

하고 묻는 것이었었다.

뺌박 박 선생님은 성을 버럭 내어 그 큰 눈방울을 부라리면서 여전히 일본말로

"잠자쿠 있어 잘 알지두 못하면서…… 건방지게시니."

하고 쫓아와서 곧 한 대 갈길 듯이 을러대었다.

대석 언니는 되돌아서서 나오면서 커다랗게

"덴노헤이까 바가!"(천황폐하 망할 자식!)

"……"

만일 다른 때 누구든지 그런 소리를 했단 당장 큰일이 나는
판이었다. 그러나 교장 선생님이랑 두 일본 선생님은 그대로 못
들은 척 코만 빠치고 앉았고 뺌박 박 선생님도 잔뜩 눈만 흘기
고 있을 뿐이지 아무렇지도 않았다. 그런 걸 보면 정녕 일본이
지고, 덴노헤이까가 항복을 하였고, 그리고 그래서 인제는 들
기승을 떨지를 못하는 모양인 것 같았다.

마침 강 선생님이 땀을 뻘뻘 흘리면서 헐떡거리고 뛰어왔다.
강 선생님은 본집이 이웃 고을이었다.

"오오, 느이들두 왔구나. 잘들 왔다. 느이들두 다들 알았지?
조선이, 우리 조선이 해방이 된 줄 알았지? 얘들아, 우리 조선
이 독립이 됐단다, 독립이! 일본은 쫓겨가구…… 그 지질히 우
리 조선 사람을 못살게 굴구, 하시하구, 필 빨아먹구 하던 일본
이, 그 왜놈들이 죄다 쫓겨가구 우리 조선은 독립이 돼서 우리
끼리 잘살게 됐어, 잘살게."

의젓하고 점잖던 강 선생님이 그렇게도 들이 납뛰고 덤비고
하는 것은 처음 보았다.

"자아, 만세 불러야지, 만세. 독립 만세, 독립 만세 불러야지.
태극기 없니? 태극기. 아무두 아니 가졌구나! 느인 참 태극기가
어떻게 생긴 지 구경두 못 했을 게다. 가만있자. 내, 태극기 맨
들어 가지구 나오께.

"그러면서 강 선생님은 직원실로 들어갔다.

강 선생님이 직원실로 들어서는 것을 보고 교장 선생님이랑
두 일본 선생님은 인사를 하려고 풀기 없이 일어섰다.

강 선생님은 교장 선생님더러 말을 하였다.

"당신들은 인제는 일없어. 어서 집으루 가 있다. 당신네 나라루 돌아갈 도리나 허우."

"……"

아무도 대꾸를 못 하는데 뻼박 박 선생님이 주저주저하다가

"아니, 자상히 알아보기나 하구서……"

하는 것을 강 선생님이 버럭 큰 소리로

"무엇이 어째? 자넨 그래, 무어가 미련이 남은 게 있어 왜놈들허구 대가리 맞대구 앉어서 수군덕거리나? 혈서(血書)루 지원병 지원 한번 더해보구퍼 그리나? 아따 그다지 애닯거들랑 왜놈들 쫓겨가는 꽁무니 따라 일본으루 가 살게 그려나. 자네 같은 충신이면 일본서두 괄신 아니하리."

"……"

뻼박 박 선생님은 그만 두말도 못 하고 얼굴이 벌개서 어쩔 줄을 몰라하였다. 뻼박 박 선생님이 남한테 이렇게 꼼짝을 못 하는 것을 보기는 우리는 처음이었다.

강 선생님은 반지를 여러 장 꺼내어놓고 붉은 잉크와 푸른 잉크로 태극기를 몇 장이고 그렸다.

그려 내놓고는 또 그리고, 그려 내놓고 또 그리고, 얼마를 그리면서 그러다 아주 부드럽고 조용한 목소리로

"여보게 박 선생?"

하고 불렀다. 그러고는 잠자코 담배만 피우고 앉았는 뻼박 박선생을 한번 돌려다 보고 나서

"내가 좀 흥분해서 말이 너무 박절했나 보이. 어찌 생각하지

말게…… 그리구 인제는 자네나 나나 그동안 진 죌 우리 조선 동포 앞에 속죄해야 할 때가 아닌가? 물론 이담에 민족이 우리를 심판하구 죄에 따라 벌을 줄 날이 오겠지. 그러나 장차에 받을 민족의 심판과 벌은 장차에 받을 민족의 심판과 벌이고 시방 당장 조선 민족의 한 분자루 할 일이 조옴 많은가. 우리 같이 손목 잡구 건국에 도움 될 일을 하세. 자아, 이리 와서 태극기 그리게. 독립 만세부터 한바탕 부르세."

"……"

뺌박 박 선생님은 아무 소리도 않고 강 선생님의 옆으로 와서 태극기를 그리기 시작하였다.

그 뒤로 강 선생님과 뺌박 박 선생님은 사이가 매우 좋아졌다.

뺌박 박 선생님은 학과 시간마다 여러 가지로 좋은 이야기를 많이 하여 우리한테 들려주었다.

일본이 우리 조선을 뺏어 저의 나라에 속국(屬國)을 삼던 이야기도 하여 주었다.

왜놈들은 천하의 불측한 인종이어서 남의 나라와 전쟁하기를 좋아하는 백성이라고 하였다. 그래서 임진왜란 때에도 우리 조선에 쳐들어왔고 그랬다가 이순신(李舜臣) 장군이랑 권율(權慄) 도원수한테 아주 혼이 나고 쫓기어 간 이야기도 하여 주었다.

우리 조선은 역사가 사천 년이나 오래고 그리고 세계의 어떤 나라보다 못하지 않게 훌륭한 문화가 발달된 나라라고, 이야기도 하여 주었다.

뺌박 박 선생님은 한편으로 열심히 미국말을 공부하였다. 그러면서 우리들 더러도 졸업을 하고 중학교에 가거들랑 미국말

을 제일 무엇보다도 많이 공부하라고, 시방은 미국말을 모르고
는 훌륭한 사람이 되지 못한다고 하였다.

뺨박 박 선생님은 한 일 년 그렇게 미국말 공부를 하더니 그
다음부터는 미국 병정이 오든지 하면 일쑤 통역을 하고 하였다.
중학교에 다닐 때에 조금 배운 것이 있어서 그렇게 쉽게 체득
을 하였다고 하였다.

미국 병정은 벼 공출을 감독하러 와서 우리 뺨박 박 선생님을
그 꼬마 자동차에 태워가지고 동네동네 돌아다녔다.

뺨박 박 선생님은 미국 양복을 얻어 입고, 미국 담배를 얻어
피우고, 미국 통조림이랑 과자를 얻어먹고 하였다.

해방 뒤에 새로 온 김 교장 선생님이 갈려가고 강 선생님이
교장이 되었다.

강 선생님이 교장이 된 다음부터는 뺨박 박 선생님은 강 선생
님과 도로 사이가 나빠졌다.

우리는 한번 뺨박 박 선생님이 미국 담배를 피우고 있는 것
을 교장 선생님이

"자넨 그건 무어라구 주접스럽게 얻어 피우군 하나?"
하고 핀잔을 하는 것을 보았다.

강 선생님은 교장이 된 지 일 년이 못 되어서 파면을 당하였
다.

어른들 말이 강 선생님은 빨갱이라고 하였다. 그리고, 그래서
파면을 당하였느리라고 하였다.

또 누구는 뺨박 박 선생님이 강 선생님을 그렇게 꼬아댄 것이
지 강 선생님은 하나도 빨갱이가 아니라고도 하였다.

강 선생님이 파면을 당한 뒤를 물려 뺌박 박 선생님이 교장 선생님이 되었다.

교장이 된 뺌박 박 선생님은 그 작은 키가 으쓱하였다.

뺌박 박 선생님은 미국을 침이 마르도록 칭찬을 하였다.

이 세상에 미국같이 훌륭한 나라가 없고 미국 사람같이 훌륭한 백성이 없다고 하였다.

우리 조선은 미국 덕분에 해방이 되었으니까 미국을 누구보다도 고맙게 여기고 미국이 시키는 대로 순종을 하여야 하느니라고 하였다.

우리가 혹시 말끝에 '미국놈……' 이라고 하면 뺌박 박 선생님은 단박 붙잡아다 세우고 벌을 키우곤 하였다. 전에 '덴노헤이까 바가'라고 한 것만큼이나 엄한 벌을 주었다.

"이놈아, 아무리 미련한 소견이기로 자아 보아라, 우리 조선을 독립을 시켜주느라구 자기 나라 백성을 많이 죽여가면서 전쟁을 했지. 그래서 그 덕에 우리 조선이 왜놈의 압제에서 벗어나서 독립이 되질 아니했어? 그뿐인감? 독립을 시켜주구 나서두 우리 조선 사람들 배 아니 고프구 편안히 잘 살라구 양식이야, 옷감이야, 기계야, 자동차야, 석유야, 설탕이야, 구두야, 무어 죄다 골고루 가져다 주지 않어? 그런데 그런 고마운 사람들더러 미국놈이 무어야?"

벌을 세우면서 뺌박 박 선생님은 이렇게 꾸짖곤 하였다.

우리는 뺌박 박 선생님더러 미국에도 '덴노헤이까(천황폐하)'가 있느냐고 물었다. 미국에도 덴노헤이까가 있지 않고서야 우리 조선 사람을 그렇게 일본의 '덴노헤이까'처럼 친아들〔赤子(적자)]과 같이 사랑하고 우리 조선 사람들이 잘살도록 근심을 하며 온갖 물건을 가져다 주고 할 이치가 없기 때문이었다(해방 전에 뺌박 박 선생님은 덴노헤이까는 우리 조선 사람들을 일본 사람들과 같이 사랑하고 우리 조선 사람들이 잘살기를 근심하신다고 늘 가르쳐 주고 하였었다).

뺌박 박 선생님은 미국에는 덴노헤이까는 없고 덴노헤이까보다 훌륭한 '돌맹이'라는 양반이 있다고 대답하였다.

우리는 그럼, 이번에는 그 '돌맹이'라는 훌륭한 어른을 위하여 '미국신민노세이시'[미국신민서사]를 부르고 기미가요 대신 돌맹이가요을 부르고 하여야 하나보다고 생각하였다.

아뭏든 뺌박 박 선생님은 참 이상한 선생님이었다.

출전:어린이 나라(1949.1)

민족의 죄인

1

그동안까지는 단순히 나는 하여커나 죄인이거니 하여 면목 없는 마음 반성하는 마음이 골똘할 뿐이더니 그날 김(金) 군의 P사에서 비로소 그 일을 당하고 나서부터는 일종의 자포적인 울분과 그리고 이 구차스런 내 몸뚱이를 도무지 어떻게 주체할 바를 모르겠는 불쾌감이 전면적으로 생각을 덮었다. 그러면서 보름 동안을 머리 싸고 누워 병 아닌 병을 앓았다.

2

항용 문필하는 사람의 마음 한가로움이라고 할까 누그러진 행습이라고 할까, 가까운 친구가 간여하고 있는 잡지사고 출판사고 하면 일이야 있으나마나 달리 소간이 긴급한 때 외에는 그 앞을 그대로 지나치지는 않게 되고 들어가 앉아서는 신문 잡지도 뒤척이고 많이 잡담하고 조금 문담(文談)하고 방담도 싫도록은 하고 하기에 세월을 잊고.

하는 것을 주인편에서는 흔연히 맞이하여 주고 같이 섭쓸려 이야기하고 하되, 한결같이 폐로와하는 법이 없고 출판사나 잡지사의 사무실은 문필하는 사람에게 이런 이를테면 동네 쇠물방처럼 임의롭고 무관함이 있어 김 군이 주간하는 P사도 나의 그런 임의롭고 무관한 자리의 하나였었다.

하루 거리엘 나가면 그래서 출판사나 잡지사를 몇 곳씩은 자연 들르게 되고 그날도 남대문 밖까지 나갔다. 집으로 돌아오는 길에 역시 별 볼일이 있던 것이 아니요 지날녘이고 해서 푸뜩 P사를 들렀던 것인데, 무심코 들르느라고 들렀던 것인데…… 김 군의 말따나 일수가 매우 좋지 못했던 모양이었다.

점심나절부터 그무릇까무릇하던 하늘이 정녕 보슬비라도 내릴 듯 자욱히 다 흐리어 가지고 있는 사월 그믐의 저녁 무렵이었다.

남대문 거리의 잡답한 보도에서 가로수의 나붓나붓한 잎사귀가 거리의 잡답함과는 대조적으로 조용히 무엇인지를 숙명처럼 기다리는 듯싶은 그런 가벼운 침울이 흐르는 시간이었었다.

김 군의 P사는 바로 길옆의 빌딩이었었다.

비둘기장처럼 사층 꼭대기의 한 방에 들어 있는 빌딩의 마흔 몇 개나 되는 층계를 숨차 하면서 올라가다 마침 맨머리로 내려오고 있는 김 군과 마주 만났다.

"장차에 조선 출판계의 왕좌 될 꿈은 꾸면서 사무소가 이게 무어람? 사람이 숨이 차구 대리가 맥이 풀려."

인사 대신 이렇게 구박을 하는 것을 김 군은 그 커다란 눈과

코와 입과 얼굴가에다 한꺼번에 웃음을 흐트리면서

"P사가 사무실이 가난한 것은 자네가 그 흔한 왜놈의 집 한 채 접술 못하구서 쓰러져가는 셋집살이 하는 것허구 내력이 어슷비슷하니 피차 막설하구…… 그리잖어두 기대리던 참인데 잘 왔네. 내 이 아래층에 가서 전화 좀 걸구 오께시니 올라가세나."

P사에는 먼저 온 손이 있었다.

윤(尹)이라고 나이는 나보다 두어 살 아래나 일찌기는 세대를 같이한 사람이었다.

나는 윤과 인사를 하면서 그의 눈치가 먼저 보여졌다.

윤은 내가 어려워하는 사람 가운데 한 사람이었다.

윤과 나는 친구는 아니었다.

길에서 만나든지 하면 서로 한마디씩

"안녕하십니까?"

"안녕하십니까?"

하고 마는 것이 고작이요 그렇지 않으면 아무 소리 없이 모자만 들었다 놓는 시늉하면서 지나쳐버리고 하는 그저 거기 어디 흔히 있는 '아는 사람'의 하나일 따름이었다.

나는 윤이라는 사람을 아는 것이 별로 많지 못하였다. 일찌기 일본 동경서 어느 사립대학의 정경과를 마치었다는 것, 학업을 마치고 돌아와서는 고향에서 잠시 동안 신문지국을 경영한 경력이 있다는 것, 중일전쟁(中日戰爭)이 일기 전후 이삼 년은 서울 어느 신문사의 정치부 기자로 있으면서 논설도 쓰고 하였다는 것, 그리고 그가 잡지에 발표한 당시의 구라파〔유럽〕 정세에 관한 정치 논문을 두 편인가 읽은 일이 있고. 그 문장과 구성이 생경하고 서투른 혐의는 없지 못하나 사상만은 대단히 진보적인 것을 엿볼 수가 있었고. 대강 이런 정도의 것이었었다. 그 밖에 사람이 성질이 어떠하다든가 가정이나 주위 환경이 어떠하다든가 하는 것은 알지를 못하였고 알 기회도 없었다. 공적으로 혹은 사사로이 생활상의 교섭 같은 것도 물론 없었다.

이렇게 나는 윤에게 대하여 아는 것도 많지 못하고 친구로서의 사귐도 없고 하기는 하지만 꼭 한 가지 매우 중대한 것을 잘 안다는 것을 나는 스스로 인정치 않아서는 아니 되었다. 윤은 대일협력(對日協力)을 하지 아니한 사람이라는 것이었다.

일중전쟁이 일던 아마 그 이듬해부터인 듯싶었다. 잡지나 또는 신문의 기명논설(記名論說)에서 윤의 이름은 씻은 듯 없어지고 말았다. 신문기자의 직업도 버려버리고 서울을 떠났는지 거리에서도 통히 볼 수가 없었다.

만일 윤이 무엇을 쓴다면 그의 전문에 좇아 정치와 시사에 관계된 것일 것이요. 정치와 시사에 관계된 것이면 반드시 세계신질서 건설(世界新秩序建設)의 엉뚱한 명목으로 침략전쟁을 일으킨 동서의 전체주의 파시즘을 합리화시킨 논문이 아니고는 용납을 못 하였을 것이었다. 안으로는 내선일체를 승인하는 것이었어야 하고 밖으로는 추축군의 승리와 미영〔미국과 영국〕의 몰락의 필연성을 예단하는 것이어야 할 것이었었다.

또 신문사원으로의 직업을 버리지 아니하였다면 신문이라는 대일협력체(對日協力體)의 수족 노릇을 싫어도 하였어야만 할 것이었다.

윤은 그러나 일체로 붓을 멈추고 신문사원의 직업도 버리고

함으로써 대일협력의 조그마한 귀퉁이에도 참여를 하지 아니하였다. 아니한 것이 분명하였다. 이렇게 대일협력을 하지 아니한, 그래서 지조가 깨끗한 윤에 대하여 많으나 적으나 대일협력을 한 것이 있음으로 해서 민족 반역자 혹은 친일파의 대열(隊列)에 들어야 할 민족의 죄인(民族의 罪人) 나는 그에게 스스로 한팔이 꺾이지 아니할 수가 없고, 따라서 그가 어려운 사람이 아닐 수가 없던 것이었었다. 동시에 죄지은 사람의 약한 마음이라고 할까 섬뻑 그를 만나자니 눈치가 먼저 보여지지 아니할 수가 또한 없던 것이었었다.

과연 내가

"안녕하십니까?"

하는 인사에 같은 말로

"안녕하십니까?"

하고 대답하는 윤의 말 억양과 표정에는 역력히 경멸하는 빛이 머금어 있었다.

한참은 있다 윤이 뒤척이던 신문축을 내려놓으면서 생각잖이 붙일성있게 오래간만입니다.

하여 나도 달가이

"퍽 오래간만입니다."

하였다.

미상불 우리는 퍽 오래간만이었다. 일중전쟁이 일던 그 이듬해 윤은 문필 행동을 정지하고 신문기자의 직업을 버리고 하였을 뿐만 아니라 서울거리에서 자취마저 사라지고 말았기 때문에 근 십 년 만에 오늘 이 자리가 처음이었다.

윤이 그러나 인사상으로만 오래간만이라는 말을 한 것이 아닌 것은 그다음 수작으로써 바로 드러났다.

"시굴루 소개(疏開) 가섰드라구."

"네."

"호박이랑 옥수수랑 많이 수확하셨읍디까?"

그의 독특한 시니칼한 입초리로 빙긋 웃기까지 하면서 하는 아주 노골한 경멸과 조랑이었다. 생각하면 윤으로는 충분한 근거가 있는 경멸과 조롱이었다.

지나간(1945년) 사월에 나는 소개를 하여 고향으로 내려갔었다.

표면의 이유는 지방으로 소개를 하여 스스로 폭격을 피하며 그리함으로써 소위 국토방위에 소극적 협력을 하기 위한 이른바 당국의 방침에의 순응이었지만 실상은 구실이요 소개를 빙자코 도피행(逃避行)을 한 것이었었다.

구라파에서 독일이 연합군의 육중한 공세를 바워내지 못해 연방 뒷걸음질을 치다 어느덧 독 안의 쥐가 되었을 때는 동쪽에 있어서 일본의 패전도 거의 결정적인 것이 된 느낌이었다. 거기에는 물론 일본이 패하였으면 하는 희망적 예측이 다분히 가미되지 아니한 것은 아니었으나 아뭏든 일본이 질 날이 멀지 아니할 것으로 나는 생각하고 있었다.

일본의 패전 그 뒤에 오는 것은?

나는 8·15의 그런 편안한 해방을 우리가 횡재할 것은 전혀 생각지 못하였다. 일본이 눌러서 우리의 지배를 할 것이냐 혹은 새로운 지배자가 나설 것이냐, 또 혹은 우리가 요행 우리의 주인이 될 것이냐 이 판단은 막상 깜깜하였다. 그러나 오직 한가지 일본이 패전을 하는 그날 그 순간부터 그동안까지의 치안과 사회질서는 완전히 무능한 것이 되는 동시에 세상은 걷잡을 수 없는 혼란과 무질서의 구렁이 되고 말리라는 것 이것만은 확실한 것으로 나는 믿고 있었다. 하되 그것은 새로운 주권이 서고 새로운 질서가 생기는 그 기간까지는 제 마음껏 계속이 될 것이었다. 그 기간이라는 것이 한 달일는지 두 달 석 달일는지 반년이나 일 년일는지 그 이상 더 오랠는지 그것은 짐작을 할 수가 없으나. ─

일본이 패전을 하는 그날 그 순간부터 치안과 질서가 무능한 것이 됨을 따라 칼 찬 순사와 기관총 가진 패잔 일병과 주먹심 있는 평민과가 강도와 폭도질을 함부로 하고 일변 필연적인 사태로써 식량 부족으로 인한 대규모의 기근이 오고 하여 거리는 삽시간에 살육과 약탈, 능욕과 방화, 질병과 기아의 구렁으로 변하고 그 죽음과 공포의 거리에서 아무 구원의 능력도 주변도 없는 약비한 아비를 그래도 아비라고 떨면서 울고 매어달리는 나의 어린것들을 데리고 서서 속절없이 죽음을 기다리기나 할 따름일 나 자신의 그림자를 환상할 적마다 나는 등골이 서늘함을 금치 못하였다.

대처〔都市(도시)〕가 그러한 데 비하여 고향은 차라리 안전하였다. 우선 당장은 각다분하겠지만 일을 당한 마당에서는 역시 고향이 나을 터이었다.

누대 살아온 고향이요 일가친척이 여러 집이 있어 생소하지가 않았다.

사람들이 다 아는 사람들이 되어 난세를 당하여 제일 두려운 '사람' 그 '사람'을 두려워 아니하겠으니 좋았다.

박토나마 조금은 있으니 하다못해 감자 포기를 심어 먹어도 주려 죽기는 면할 수가 있으니 더욱 안심이었다.

나는 드디어 고향으로 내려갈 결심을 하였다.

나는 나만 그럴 뿐이 아니라 몇몇 친지들더러도 그런 소견과 실토정을 말하면서 반드시 서울에 머물러 있어야만 할 특별한 사정이 없는 바엔 각기 고향으로 내려가기를 권하기까지 하였었다.

민족해방의 돌발적인 변화를 겪고 난 지금에 이르러, 지금의 심경을 가지고 그때 당시의 나의 그러던 심경이나 행동을 곰곰이 객관을 하자면 지배자의 압력이 약하여진 그 계제에 떨치고 일어나 해방의 투쟁을 꾀할 생각을 적극적으로 하는 것이 아니고서 오직 저 일신의 안전을 도모하는 데까지밖에는 궁리가 뚫리지 못한 것은 적실히 나의 약하고 용렬한 사람 됨됨이의 시킴이었음엔 틀림이 없었다. 그러나 나는 나 혼자만이 유독 그렇게 약하고 용렬하였는지 혹은 대체가 개인적이며 소극적이요 퇴영적이기가 쉬운 망국 민족의 본성의 소치였는지 그 분간은 막시 모르되, 하여커나 그처럼 약하고 용렬하였던 것이 사실이요 겸하여 무가내한 노릇이었었다. 그렇다고 시방은 제법 굳세고 용맹스러워졌다는 자랑이냐 하면 물론 아니었다. 지금도 여전히 나는 약하고 용렬한 지아비였다.

일본의 패전 그다음에 오는 혼란과 무질서에 대한 불안과 공포 이것 말고서 그 이전에 또 한 가지의 절박한 위험이 있었다.

나는 서울 시내에서 동쪽으로 삼십 리나 나간 경충가도(京忠街道)의 한강 기슭 광나루(廣津)에 우거하고 있었다.

　광나루는 서울 시내로부터 소개를 하여 나오는 곳이지, 그래서 소개령이 내리자 집값이 연방 오르던 곳이지, 이곳으로부터 다른 곳으로 소개를 가도록 마련인 곳은 아니었다. 이것만 하여도 나는 실상 소개를 간다고 나설 터무니없는 사람이었다.

　B29가 처음으로 서울 하늘에 나타나던 날이었다.

　이날 나는 마침 시내에 들어가지 않고 집에 있다가 언덕의 솔숲을 거닐던 중에 공습 싸이렌이 울었다.

　산이라고 하기보다는 강가에 가 바로 오똑이 솟은 조그마한 구릉이었다. 그 깎아지른 낭떠러지 바로 아래로는 시퍼런 강물이 바위를 스치고 흘러 흡사 평양의 청류벽을 연상함직한 곳이었다. 그뿐 아니라 강을 건너서는 퍼언한 벌판이요, 벌판이 다한 곳에 먼 산이 암암히 그려져 있는 것이랑은 "대야동두점점산(大野東頭點點山)"이라고 읊어낸 그것과 많이 비슷한 것이 있었다.

　꼭대기에는 당집이 있고 주위로 솔과 참나무가 울창하여 그늘이 짙었다. 잔디도 좋았다. 그런 그늘 아래 앉아서 장강을 굽어보고 먼 산을 바라보면서 혹은 잔디에 누워 창공을 올려다보면서 끝없는 시간을 지우기란 울적하고 삭막한 나의 생활 가운데 만만치 아니한 위안의 하나였었다.

　그때 나는 마침 이조사(李朝史)를 읽다가 병자호란(丙子胡亂)의 대문에 이르렀던 참이라, 병자란 당시에 조선군이 국왕과 함께 최후의 농성을 하던 남한산성(南漢山城)이며, 그러다 국왕이

마침내 청병의 군문에 무릎을 꿇어 항복을 한 삼전도(三田渡)며, 그리고 양방의 수없는 장졸이 화살과 창끝에 고혼으로 스러진 풍납리의 토성(風納里土城)이며를 멀리 바라보기가 이날 따라 감개 저으기 깊은 것이 없지 못하였었다.

그러한 흥폐의 모양을 보았으면서 못 본 체 이날이 한결같이 유유히 흐르기만 하였으며 앞으로도 얼마든지 되풀이할 세상과 인사의 변천을 보면서, 그러나 못 본 체 몇천 년 몇만 년이고 유유히 흐르고만 있을 저 강 무심타고 할까 부럽다고 할까…… 이런 생각에 잠겨 있는 참인데 그 몸서리가 치는 공습 싸이렌이 별안간 울리던 것이었었다.

나는 꿈에서 깨어난 것처럼 퍼뜩 정신이 들었다.

보나마나 안해는 물통을 들고 쫓아 나갔어야 했을 것. 어린 것들이 걱정이 되어 집으로 달려갈 생각은 급하나 가던 중로에서 경방단 서방님네들한테 붙잡혀 부역을 하지 않으면 대피호로 끌려 들어가기가 십상일 판이었다.

초조하다 보니 잠자리보다도 더 적게 비행기〔B29〕한 대가 흰 가스로 꼬리를 길게 쌍으로 끌면서 유유히 까마득한 창공을 날고 있었다.

그 호젓하고 초연함이라니. 그 고요하고 점잖스럼이라니.

좋은 완상(玩賞) 거리일지언정. 그가 털끝만치도 적의(敵意)를 발산하는 것이 있다거나 황차 비행기의 폭격의 전주(前奏)인 바야흐로 강렬한 위협과 공포감 같은 것은 전혀 느낄 수가 없었다.

덕분에 마음을 갈앉히고 기다리는 동안 이윽고 공습경보는 해

제가 되었다. 나는 일종 섭섭한 마음이면서 행길로 내려왔다. 그러자 군용 화물차 한 대가 기운차게 달려오더니 동네 한복판인 행길 가운데에 가 멈추어 서면서 경기관총을 가지고 잔뜩 긴장한 이삼 십 명의 길병이 차로부터 뛰어내렸다.

공습경보를 듣고 강 건너 송파(松坡)의 병영으로부터 이 광나루 지구를 경계하러 온 일대였었다. 그러나 그 경계라는 것은 그들이 가지고 온 무기가 하다못해 고사기관총도 아니요 보통 산병전에 쓰는 경기관총인 것과 그것을 동네 복판에다 맞추어 놓고서 대기를 하는 것과로 미루어 적기를 쏘자는 것이 아니고서 폭격의 혼란을 틈타 폭동이라도 일으킬 염려가 있는 주민——조선 사람을 약차하면 쏘아대자는 것임은 말하지 않아도 번연하였다.

나는 지휘하는 자를 비롯하여 병정들의 눈을 똑똑히 보았다. 곧 사람을 살상하여 마지않겠는 독기가 뻗쳐 나오는 눈들이었다. 나는 소름이 쪽쪽 끼쳤다.

공습을 당하면서 적기를 쏠 방비를 하여주기보다는 센징을 쏘아죽일 채비를 차리는 그들의 앙심과 살기를 머금은 그 눈 눈 눈…… 앞에 B29의 폭격이 있다면 등 뒤에는 일병의 기관총 부리가 있는 그 기관총을 또한 피하기 위하여서도 나는 하루바삐 비교적 안전한 곳으로 자리를 옮아앉아야 하였었다.

나는 1945년 4월 마침내 집을 팔고——게딱지 같은 초가집이었으나 설리 장만한 집이었었다—— 그것을 헐값으로 팔아넘기고 세간도 대부분 팔고서 짐 가벼운 것만 꾸려가지고 고향으로 소개랍시고 하여 오고 말았다. 나에게는 그러나 일본의 패전 그다음에 오는 것의 불안과 공포랄지 눈에 살기를 머금은 일본 병정들의 등덜미를 겨누는 기관총 부리의 위협이랄지 이런 것 외에도 멀찍이 궁벽한 시골로 낙향을 하여야만 할 사정이 따로이 또 있는 것이 있었다.

1943년 2월 황해도로 강연을 간 것이 나로서는 아마 대일협력의 첫걸음이라고도 할 만한 것이었었다.

총독부와 총력연맹이 설도를 하여 경향의 종교·사상·예술·언론·조고·교육 등 각계의 사람 이백여 명을 그러모아 전조선 각군(郡)의 면(面)으로 하여금 제각기 면단위(面單位)로 열게 한 소위 미영격멸 국민 총궐기대회에 몇 개 면씩을 찢어 맞겨 보내어 전쟁 기세를 돋구는. 그중에도 미영에 대한 적개심을 도발하는——강연을 하게 한 그 강사의 하나로 나도 뽑혔던 것이었었다.

대일협력도 첫걸음이려니와 사십 평생에 여러 사람을 모아놓고 강연이라고 하는 것을 하여 본 적이 도대체 없었다.

일어가 서툴러 못 나가겠다고 하였더니 조선말도 무방하다고, 실상은 상대들이 시골 농민들인 만큼 '국어 상용'의 본의에는 어그러지나 조선말이 더 효과적일 것인즉 이번만은 되도록 조선말로 하게 하기로 이미 방침을 세웠노라고 하였다.

생후에 한 번도 연단에 서본 경험이 없어 강연이 하여질 것 같지 않다고 하였더니——경험은 없더라도 열(熱) 하나면 되는 것이라고——생전에 한 번도 연단에 서보지 아니한 사람이 이 기회에 분연히 일어서서 강연을 하게 되었다는 그 사실이 벌써 청중을 감격케 할 사실이 아니냐고, 그러니 너야말로 빠져서는 아니 될 사람이라고 하였다.

그러거나 말거나 누웠고 나아가지 아니하였으면 그만일 것이었다. 나중이야 앙화가 와 닿겠지만 그 당장은 새끼로 목을 얽어 끌어내지는 못하였을 것이었었다. 그러나 나는 내 발로 걸어나갔었다. 영을 어기지 아니하여야만 미움을 받지 않고 일신이 안전하고 한 것을 알기 때문이었다.

개성서 살고 있을 때요 태평양전쟁이 일던 전전 해인 1938년 이었던 듯싶다.

삼월 그믐인데 볼일로 서울을 왔다 삼사일 만에 내려갔더니 가족들이 초상난 집처럼 근심에 싸여 있었다. 조금 전에 개성경찰서의 형사 두 명이 와서 내가 거처하는 방을 수색을 하고 서신과 몇 가지의 원고와 잡지 얼러 몇 가지의 서적을 가져갔고, 그러면서 물어볼 말이 있으니 돌아오는 대로 곧 고등계로 오도록 이르라는 부탁을 하더라는 것이었었다.

그리고 그날 아침 ×××군과 ×××군이 붙들려 갔다는 말을 하였다.

×××군과 ×××군은 나한테를 종종 다니는 이십 안팎의 문학청년들이었다.

신경이 과민한 정비례로 무식하고 그와 반비례로 일거리는 없어 상관 앞이 민망하고 한 시골 경찰의 고등계 형사들이 정히 무료하다 못하면 더러 그런 짓을 하는 행티를 짐작치 못하지 않는 터라 치안유지법에 걸릴 아무 내력이 없는 것은 번연한 노릇이요, 하여 설마 어쩌랴고쯤 심상히 여기고 선길에 경찰서로 가보았다.

보기만 하여도 마치 뱀을 쭈쩍 만난 것처럼 섬찍한 것이 경찰서의 사람들이었다. 들어서기가 무엇인지 모를 무시무시한 것이 경찰서였다. 아무렇지도 않은 신고서 한 장을 들이러 가기에도 들어서면 벌써 눈 부라림과 호통과 따귀가 올라붙거니만 싶어 덮어놓고 공포증과 불안을 주는 것이 경찰서요 그곳의 사람들이었다.

그런지라 비록 치안유지법에 걸릴 아무 내력이 없다고는 하여도, 그래서 심상히 여겼다고는 하여도 노상 태연한 마음일 수가 없었음은 물론이었다.

이윽히 기다리게 한 후에 일인 형사가──빼빼 야윈 몸과 얼굴과 눈과 심지어 수족에서까지 사나움이 졸졸 흐르는 자로 얼굴만은 진작부터 알음이 있었다──그자가 별실로 데리고 들어가더니 ×군과 ×군과 나와의 상종에 대한 것을 묻는 것이었었다. 언제부터 어떤 반연으로 알았으며, 한 달이면 몇 번씩이나 찾아오며, 만나서 하는 이야기와 하는 일은 무엇이며 하냐고.

만나기는 한 반년 전에 그들이 찾아와서 비로소 처음 만났고, 하는 이야기나 하는 일은 문학을 공부하는 초보에 관한 것으로 쓰는 공부는 어떻게 하며, 읽기는 어떠한 책을 읽어야 하며, 어떤 작가는 어떤 작품을 썼고 어찌해서 그것이 좋은 작품인 것이며, 또 그들이 책을 읽다가 이해치 못하는 대문이 있어 가지고 와 묻는 것이 있으면 설명을 하여주기도 하고 하노라고 말썽 아니 될 범위에서 대답을 하였다.

"그것뿐인가?"

마지막 형사는 딱 어르면서 표독한 눈매로 눈을 부라리었다.

나는 속으로는 떨리나 태연히

"대강 그렇습니다."

"더 생각해 봐."

"더 생각하나마나 그렇습니다."

"정녕?"

"네."

"이 자식."

소리와 함께 따귀를 따악 거퍼서 따악 따악 따악……

"꿇어앉어 이 자식아."

걸상으로부터 내려가 꿇어앉았다.

"바른대로 대지 못해?"

"바른대로 댔읍니다."

"너 이번 지나사변에 대해서 이야기두 있잖어?"

"지나사변의 어떤 이야기 말입니까?"

"너 일본이 아무리 무력으루는 한때 지나를 정복을 한다더래
두 결국은 가서 실패를 하구 만다구 그런 말을 했잖었어?"

"그건 일본을 두고 한 말이 아니라 한민족(漢民族)은 이상한
동화력(同化力)을 가진 민족이 되어놔서 그동안 누차 변방 족
속한테 무력 정복을 당했으면서도 그런 족족 정복자를 문화적
으로 사회적으로 동화 · 흡수를 하군 해서 어느 시간이 경과
한 후에 가선 정복자요 지배자였던 변방 족속이 피정복자요 피
지배자였던 한민족한테 먹히어버리고서 존재가 없어지고 존재
가 없어지고 했느니라구 단순히 역사적 사실을 이야기한 일밖
에 없읍니다."

"그러니깐 이번 지나사변두 결국은 일본이 실패를 한다는 그 뜻으루다 한 소리가 아냐?"

"그렇게 억지루 가져다 댄다면 못 못 댈 것은 없지만서두 내 본의는……"

"요 앙뚱스런 자식 같으니로고. 네 따위가 어따 대구 고 따위루…… 이 자식아 대일본제국의 흥망이 달린 앞에서 너이 조선 놈 몇 마리쯤 땅바닥으루 기는 버러지만치나 명색이 있을 줄 알아? 그런 것들이 얻다 대구 감히 그런 발칙한 소릴."

이번에는 구둣발이 내 몸뚱이를 함부로 짓이긴다.

매는 미상불 아픈 것이었었다.

"너 이 자식 좀 곯아봐."

인하여 나는 생후 두 번째로 유치장이라는 것을 들어가 보았다.

집어쳐넣어 놓고는 달포를 아무 소리 없이 저의 말대로 곯리기만 하였다.

그동안 ×군과 ×군과 그리고 또 한 사람 붙잡혀 들어와 있는 ×군과 이 세 사람만은 가끔가다 하나씩 끌어내다가는 노글노글하게 매질을 하여 들여보내곤 하였다.

아무 소리도 없이 처박아 두기만 하는 것은 당하는 사람으로는 무위한 유치장의 하루씩을 지우기의 답답하고 고통스럼과 일이 장차 어찌 되려는가의 불안초조와 이런 것으로 하여 악형이야 당할 값이라도 차라리 자주 끌려 나가기만 못한 노릇이었다.

정복자와 밑 그의 수족 노릇을 하는 일부 원주민으로 이루어진 지배자가 피정복자를 닦달함에 있어서 인간으로서 인간을 학대하기에 경찰서의 유치장 이상 가는 것은 아마도 없을 것이었었다.

물통에다 냉수를 한 통씩 길어다 놓고 국자를 담가놓고 그 물을 떠 간수들이 저희들의 차도 달여 먹고 죄인들이 물을 청하면 한 국자씩 떠주고 하되 죄인들은 방방이 한 개씩 두어둔 양재기에다 물을 받아서 마시도록 마련이었다.

일 전 내기 투전을 하다 붙잡혀 들어온 촌 농부 하나가 있었다. 지극히 가벼운 죄인이요, 또 생김새도 어리숙하게 생긴 젊은 친구였었다.

가벼운 죄인이면 감방으로부터 불러내어 유치장 바닥의 비질도 시키고 죄인들의 잔시중——물을 떠준다거나 휴지를 들여준다거나 하는 심부름을 간수들 저네의 대신 시키기도 하였다.

일 전 내기 투전꾼은 유치장 바닥을 다 쓸고 나서 마침 목이 말랐든지 물통에서 국자로 물을 떠 벌컥벌컥 시원히 마시고 있었다.

그러자 별안간

"고라. 이놈우자식이!"

하고 벽력 같은 고함과 더불어 간수가 저의 자리로부터 쫓아 내려오더니 뺨을 치고 구둣발길로 걷어차고 하였다.

죄인은 국자를 놓치고 회사무리 바닥에 가 쓰러져 미처 다 못 삼킨 물과 볼이 터져 나오는 피를 함께 흘리면서 연방 아이구머니 소리만 질렀다.

간수는 죄인의 몸뚱이를 옆구리고 머리고 상관없이 퍽퍽 걷어 지르기를 그치지 않았다. 그러면서 꾸짖는 것이었었다. 국자에다 왜 더러운 주둥이를 대느냐고. '요보'는 도야지보다 더 더러운 놈들이라고.

도야지보다 더 더러운지 어쩐지 그것은 막시 모르나 정복자란 것이 피정복자의 앞에서는 도야지만큼도 명색이 없는 것만은 이 한 가지로 미루어서도 분명하였다.

나는 유치장에 들어가던 날의 첫 번 식사인 저녁밥을 먹지 않았다. 흥분이 되어 식욕이 없는 것도 없는 것이었지만 그다지 입이 호강스럽지는 못한 나로서도 차마 그것을 밥이라고 입에 떠넣을 뜻이 나지 아니하였다. 찌그러지고 오그라지고 시꺼멓게 때꼽재기가 끼고 한 양은 벤또에다 골싹하게 담은 밥이라는 것은 쌀알갱이는 눈 씻고 잘 보아야 하나씩 둘씩 섞였을 뿐의 노오란 조밥이요 찬이라는 것은 산에 가서 되는 대로 그럴싸한 풀잎을 뜯어다 슬쩍 데쳐서 소금을 뿌려 주물럭주물럭한 두어 저깔의 소위 산나물 한 가지로 하였다. 밥에는 그러나마 만주 좁쌀에 고유한 그 세모지고 얄따란 다갈색의 잔모래가 얼마든지 그대로 섞여 있고.

내 밥이 저깔도 대지 않은 채 그냥 도로 나가게 된 것을 알자 옆에 있던 절도범이 혼잣말처럼

"그럼 내가 먹을까."

하고 슬며시 집어가더니 볼퉁이가 미어지도록 퍼넣는 것이었었다. 그것을 여남은이나 되는 동방(同房)의 죄인 대부분이 너도 나도 하고 덤벼들어 단 한 젓갈이라도 빼앗아 먹으려고 다투고 불뚝거리고 욕질을 하고 거기에 밥에 대한 인간의 동물적인 싸

움이 잠시 동안 벌어지고 있었다.

이튿날도 나는 온종일 먹지 아니하였다.

두툼한 솜바지 저고리에다 솜버선에다 차입한 담요까지 지니고 지내고 사식(私食)을 차입 받아먹고 하는 사기죄인——그가 이 5호 방에서는 제일 고참으로 열여섯 달째 되는 사람이었다. 그가 점심때에는 나더러 간수한테 말을 하면 사식을 들여주니 이따 저녁부터라도 받아먹도록 하라고 권고하였다.

나는 글쎄…… 하고 애매히 대답하고 말았다. 나는 한 끼에 일원 오십 전씩 하루에 사원 오십 전이나 드는 사식을 들여 먹을 형편이 되질 못 했었다.

저녁 역시 나는 관식 벤또를 동방엣 사람들에게 그대로 내주었다.

사기 죄인이 저의 사식에서 부연 쌀밥을 절반이나 덜고 굴비랑 군고기랑 곁들여 내 앞으로 밀어놓으면서

"이거라두 좀 자시우. 보아허니 그렇게 함부로 지나든 아녀시든 분네 같은데, 그렇다구 사뭇 저렇게 굶기로만 들어서야 쓰겠수."

하고 권을 하는 것이었었다.

미상불 나는 현기증이 나도록 시장하였다.

보드라운 흰밥과 맛있는 반찬이 어금니에서 신침이 흐르고 회가 동하였다. 그러나 나는 세 번 네 번 권하여서야 겨우 두어 젓갈 밥을 뜨는 시늉 하고 말았다.

사식은 들여 먹을 터수가 못 되면서 입만 가져가지고 관식을 먹지 않고 앉아서 남이 덜어주는 사식 덩이를 멀쩡히 얻어먹다

니 염치가 아니요 양반 거지의 주접이었지 갈데없는 짓이었다.

"그래두 자셔야지 별수 없읍넨다. 노형두 지끔은 첨이라 다심사두 편안치 않구 해서 그렇겠지만서두 인제 두구 보시우. 배고픈 걱정 외에 더 걱정이 없을 테니. 어서 나가구픈 생각 집안일 죄다 잊어버리구 거저먹을 것 생각밖엔 나는 게 없는걸."

사기 죄인은 이런 말을 하였다.

나는 설마 그러랴 하였으나 이레가 못 가서 그의 말이 옳았음을 나는 깨닫지 아니치 못하였다.

쌀알갱이라야 눈 씻고 보아야 하나씩 둘씩 섞였을 뿐의 불면 알알이 다 날아갈 듯 퍼슬퍼슬한 노란 조밥, 씹으면 모래와 흙이 지금지금하는 그 알뜰한 조밥과 쓰디쓴 산나물이 아니면 시꺼멓게 썩은 세 조각의 짠 무 조각 반찬이 어쩌면 그렇게도 입에 회회 감기고 맛이 나는지 삼십오 년의 반성을 두고 나는 일찌기 그런 맛있는 밥을 먹어본 적이라고는 없었다.

납작한 양은 벤또에다 골싹하니 푼 그 밥이 아무리 양이 적은 나에겔망정 양에 찰 이치가 없었다. 가에 붙은 좁쌀 한 알갱이까지 깨끗이 다 씻어 먹고 나쁜 젓갈을 놓으면 젓갈을 놓으면서 바로 배가 고프고 다음 끼니가 기다려졌다.

아침 일곱 시면 밥 구루마가 떨걱거리면서 온다.

아침을 먹고 나서는 열두 시 점심이 올 때까지 간수의 앉았는 등 뒤에 걸린 시계를 백 번도 더 내어다보면서 떨걱거리는 밥 구루마 소리를 기다린다.

가까스로 점심을 먹고 나서는 이내 또 백 번도 더 시계를 내어다보면서 여섯 시 저녁을 기다린다.

이렇게 오직 밥을 기다리기를 일삼으면서 하루하루를 지우곤 하던 것이었었다.

내가 나를 생각하여도 천박하기 짝이 없었다. 하루 종일 먹을 것만 탐하는 도야지나 다름이 없는 성싶었다.

모처럼의 기회는 기회겠다, 가만히 앉아서 정신을 집중시켜 사색 같은 것이라도 하염직한 것이 아니냐고 스스로를 책망은 하여 보나 첫째는 본시가 그런 유유스런 성격이 되질 못 하였고 겸하여 형(刑)이 결정된 감옥의 죄수가 아니어 놓아서 도저히 안존할 수가 없었다.

아뭏든 조금은 자제력(自制力)이 있다고 할 내가 그러할 제 여느 잡범(雜犯)들이야 말할 나위가 없었다.

누가 밥을 남기든지 통째로 안 먹는 것이 있든지 하면 서로들 먹으려고 다투는 양이란 차마 보기에 민망한 것이었었다.

규칙이 남는 밥은 도로 내보내되 아무도 함부로 먹지 못하도록 마련이었고, 그래서 그 규칙을 범하였다 발각이 나면 죽을 매를 맞고라야 말았다. 그러므로 남는 밥은 몰래 먹어야 하였고 큰 모험이 아닐 수 없었다. 하건만 그들은 감히 모험하기를 주저치 아니하였다.

제3호 방에 밥 하나가 더 들어간 것이 드러났다.

사월이라지만 유치장의 감방은 겨울 진배없이 추웠다. 간수는 제3호 방에다 밥 하나를 더 먹은 벌로 물을 세 통이나 끼얹었다. 그리고 밥을 나눠 먹은 네 사람은 창살 밖으로 손목을 묶어 매달아 놓고 한나절이나 격검채로 두들겨 팼다.

해방 후의 경찰서와 그 유치장의 범절이 어떠한지는 막시 모르나 일본식 경찰은 피의자(被疑者)에서부터 이렇게 잔학하고 동물적인 대우를 하였었다.

저네의 소위 '도야지울'에서 과연 도야지의 대우를 받으면서 나 자신 역시 도야지 이상이질 못하는 채 한 달을 무료히 썩었고 한 달 만에 비로소 취조실로 불리어나갔다.

그 몸과 얼굴과 눈과 심지어 수족까지 사나움이 질질 흐르는 일인 형사였다.

"독서회를 조직한 사실을 ×××이가 자백을 했는데 너는 그래도 모른다고 버틸 테냐?"

형리는 쩡쩡 울리는 목소리로 이렇게 다잡았다.

"독서회를 조직했다구요?"

나는 섬뻑 무어라고 대답할 말이 없어 두릿거리다 반문하였다.

"그래 자백을 했어."

"나는 없읍니다."

사실로 없었다.

모르면 몰라도 ×군이 매에 부대끼다 못해 허위의 자백을 하였거나 그렇지 않으면 그들의 상투 수단인 넘겨짚기일 것이었었다.

이날의 문초에서 나는 그들이 무엇을 꾀하고 있는가를 비로소 알아채었다.

여기에 좀 반지빨라 보이는 녀석이 있어 그 주위에 역시 주의 거리의 젊은 아이놈들이 모여 문학을 공부한답시고서 책도 나눠 읽고 의견도 교환하고 시국에 대하여 방자스런 방담을 더

러 하는 모양이어…… 이만한 건덕지면 혹시 잘만 납뛰면 독서
회쯤 사건 하나를 뚜드려 만들 수가 있을는지도 모르는 것이었
었다. 마치 대장장이의 마치가 뚜드리는 곳에 아무것도 아니던
녹슨 헌 쇳덩이가 뼈젓이 도끼며 식칼이 되어 나오듯이 저 전
라북도 경찰부가 뚜드려 만든 카프 사건도 그런 솜씨의 요술이
었을 것이었었다.

　한 열흘 후에 나는 두 번째 끌려 나갔다. 그동안 ×군은

　"독서회일 건은 절대 부인하시오. 그들은 저더러 선생님이 벌
써 자백을 하였다고 하지만 저는 믿지 않습니다. 일기책을 뺏
겼는데 거기에 더러 선생님한테 불리한 것을 쓴 것이 있어서 저
그것만이 걱정입니다."

하는 쪽지를 연필로 감방 휴지에 적어 보낸 것을 받았고 그것으
로 나의 추측이 한편치가 틀리지 않았음을 알았다.

　이번에는 그는 일인 형사의 짝패인 머리통이 엄청나게 크고
짧은 다리로 여덟팔자걸음을 아기작아기작 걷는 김(金)가라는
조선 형사였다. 사납고 가혹하기로 개성 일판에서 이름이 난 형
리였었다.

　그런 김가가 뜻밖에 부드러운 얼굴로 공대하는 말까지 쓰면
서 문초를 하였다.

　"그 왜 고집을 부리구 생고생을 하슈?"

　"고집이 아니라 없는 사실을 부르라니 어떡합니까."

　"독서회라는 이름은 짓지 아녔드래두 독서회의 행동을 했으
면 사건은 성립이 되게 마련인 법인 줄 알면서 그러슈?"

　"무얼 독서회의 행동을 한 것이 있어야지요?"

"가사 또 사건은 성립이 아니 된다구 치더래두 당신이 시방 미움을 받구 있는 것만은 사실인데 미움을 주기루 들면 한정이 없는 걸 모르슈? 일 년이구 이태 삼 년이구 쳐 가둬 두구서 곯리면 곯았지 별수 있나?"

고문보다도 또는 감옥으로 가서 징역을 살기보다도 가장 두려운 악형은 민두름히 그대로 경찰서 유치장에다 가두어 두고 생으로 사람을 썩히는 것이었었다.

사상 관계자로 붙잡혀 들어갔다 이렇다 할 사건도 없는 사람이면서 몇 해씩을 현재 그렇게 생으로 썩고 있는 사람이 전 조선의 경찰서 유치장을 턴다면 얼마든지 나올 수 있는 사실이었다.

또 사상 관계자만이 아니요 멀리 다른 곳에 실례를 찾을 것이 없이 당장 내가 갇혀 있는 한 방에도 사기횡령으로 몰리어 붙잡혀 들어와 가지고 일 년과 넉 달이 되는 사람이 있지가 않은가.

나는 무쇠의 탈을 쓰지 아니한 '무쇠 탈'을 연상하고 속으로 전율하였다.

김가는 짐짓 부드러운 얼굴과 공손한 말로써 회유를 하는 한편 무형의 '무쇠 탈'로써 은근히 위협을 하자는 심담인 모양이었다.

나는 없는 죄를 자백하고 가서 징역을 사느냐 경찰서 유치장에서 장차 얼마일지를 모를 세월을 썩느냐 두 가지 중에서 하나를 택하여야 하였다.

이때에 나를 구원하여 준 것이 생각지도 아니한 한 장의 엽서였었다.

다시 열 며칠인가 지나서였다.

일인 형사가 끌어내 가더니 어인 셈인지 빈들빈들 웃으면서

"나가구푼가?"

하고 물었다.

나는 섬뻑 무어라도 대답을 못 하고 눈치만 보았고 했더니 재차

"나가구퍼?"

그제서야 나도

"있구퍼서 있나요?"

"음……"

그러고는 한참이나 내 얼굴을 여새겨 보고 나서

"조선문인협회라구 하는 것이 있나?"

"있읍니다."

"무엇하는 단첸구?"

"조선 사람 문인들이 모여서 문학으루 나랏일을 도웁자는 것입니다."

"어떤 반연으로 생긴 단첸가?"

"총독부와 민간의 유력한 내지인들이 서둘러 주었읍니다."

"회원은 전부 센징이겠지?"

"찬조회원이나 명예회원은 내지인이 많습니다."

"조선문인협회에서 북지 방면으루 황군 위문대를 파견한다구?"

"그렇습니다."

"이것이 그 통첩인가?"

그러면서 한 장의 엽서 편지를 내어놓았다.

문인협회로부터 북지 방면으로 황군 위문대를 회원 중에서 파견하고자 하는데 그 구체적 협의회를 아무 날 아무 곳에서 열겠으니 참석하라는 엽서가 지난번 서울을 가기 조금 전에 온 것이 있었다. 바로 그 엽서였었다. 나중 놓여나가서 알았지만 내가 놓여나가던 십여 일 전에 두 번째 와서 수색을 하였고 그때에 잡지 틈사귀에 가 끼었다. 떨어지는 이 엽서를 가져가더라고 집안사람이 말하였다.

"거기 보면 삼월 이십팔 일인가 위문대 파견하는 협의회를 열겠다고 했는데 참석했는가?"

"했읍니다. 실상 지난번에 서울 간 것도 그 때문이었읍니다."

"어떤 결정을 했는가?"

"회원 중에서 명망이 있는 사람으로 몇 사람을 뽑아 파견하기로 했읍니다."

"누구누구가 뽑혔는가?"

"그것은 전형위원에서 맡아 하기로 했읍니다."

"비용은?"

"당국의 보조로 쓰기로 했읍니다."

"음……"

자는 이윽고 얼굴과 음성을 준절히 하여가지고

"이번 사건이 그대들은 암만 그렇게 부인을 해도 증거가 역력히 있고 하니깐 성립을 시키자면 충분히 시킬 수가 있단 말야 응?"

"네."

"그렇지만 첫째는 고의로 그런 것이 아니라 무의식중에 그렇게 된 모양 같고 또 일변 조사를 한 결과 그대는 조선문인협회의 회원으로 대단히 열심이 있는 사람이 판명이 되었고 해서 이번 일은 특별히 용서를 하는 것이니 응?"

"네."

나는 실상 서울에 가 있었으면서도 그 협의회에는 참석을 아니 하였었다. 회의 경과도 그래서 노상에서 우연히 ×××를 만나서 이야기로 들었을 따름이었었다.

또 형리는 조사를 해본 결과 어쩌고 하였지만 내가 그 뒤에 서울로 가서 알아본 것에는 개성경찰서로부터 문인협회서 나에게 대한 신분의 조회 같은 것은 온 것이 전혀 없었던 모양이었다.

"또 다른 세 사람은 나이알라 아직들 어리고 한데 전과자의 신분을 가져서는 정상이 가긍할 뿐 아니라 장차 나라를 위해 일을 할 때에도 상치가 될 것이요 해서 십분 용서를 하는 것이니 응?"

"네."

"이훌랑 각별히 주의를 하고 더욱더욱 나라일에 충성을 해야 해."

"네."

"이다음 만일 무슨 불미한 일이 있으면 그때는 일호 용서 없다?"

"네."

돈의 힘으로 경찰서를 쥐락펴락하고 형사나 순사 나부랑이를 하인 부리듯 하는 개성 제일 갑부의 젊은 자제가 나의 가형과 친구의 청을 받고 그 두 형사를 불러 술을 먹이는 길에 이 꺽지 같은 자식들아 할 일이 없거든 발바닥이나 긁고 앉았지 그 사람이 무슨 죄가 있다고 때려 가두어놓고는 지랄들이냐고 시퍼렇게 지청구를 해주더라는 소식을 놓여나와서 들었었다.

그것이 보람이 있기도 하였겠지만 결정적인 것은 역시 문인협회의 한 장 엽서였던 듯싶었다.

문인협회에 대한 대답 가운데 요긴한 것은 임시로 그 자리에서 나에게 유리하도록 꾸며댄 대문이 많았으나 아뭏든 대일협력이라는 주권(株券)의 이윤(利潤)이 어떠하다는 것을 실지로 배운 것이 이 개성 사건이었다.

나중 가서야 어찌 되었든 우선 당장은 나가지 않더라도 새끼로 목을 얽어 끌어내지는 아니할 것이며 누워서 배길 수가 없잖아 있는 소위 미영격멸 국민 총궐기대회의 강연을 피하려 않고서 내 발로 걸어 나갔던 것은 그처럼 대일협력의 이윤이 어떻다는 것을 안 것이 있었기 때문이었었다.

많은 수효의 영리한 사람들이 저의 이익과 안전을 도모하기 위하여 진심으로 일본 사람을 따랐다.

역시 적지 아니한 수효의 사람이 핍박을 받을 용기가 없어 일본 사람에게 복종을 하였다.

복종이 싫고 용기가 있는 사람은 외국으로 달리어 민족해방의 투쟁을 하였다. 더 용맹한 사람들은 외국으로 망명도 않고 지하로 숨어다니면서 꾸준히 투쟁을 하였다.

용맹하지도 못한 동시에 영리하지도 못한 나는 결국 본심도 아니면서 겉으로 복종이나 하는 용렬하고 나약한 지아비의 부류에 들고 만 것이었다.

눈이 쌓이고, 한참 춘 이월 초생이었다.

송화군(松禾郡)에서 맡은 곳을 다 마치고 마지막 풍천읍(豊川邑)에서의 길이었었다.

강연을 마치고 나니 다음 예정지로 가는 버스가 두 시간 후에 떠나는 것이 있었다.

주인편의 여러 사람과 점심을 먹고 있는데 밖에서 손님이 찾는다는 전갈이 들어왔다.

이 고장에 알 사람이라고는 없는데 하고 의아하면서 나가 보았더니 초면의 두 청년이었다. 하나는 건장하고 하나는 그와 정반대로 얼굴이 병적으로 창백하고 몸이 파리한 대조적인 두 사람이었다.

나는 그들이 모르는 사람인 것을 발견하는 순간 가슴이 더럭하였다. 그러나 한편으로는 반가왔다.

그동안 다섯 차례를 강연을 하였는데 청중 가운데 밀끔밀끔하니 땟물이 벗고 표정이 다부진 청년들이 한패씩 들어와 있지 않은 자리가 없었건만 내가 강연이랍시고 맨 멀쩡한 소리를 지껄이고 섰어도 단 한 번인들

"개수작 집어치워라."

하고 고함치는 사람이 있는 것을 보지 못하였다.

황차, 밤 같은 때 사처로 달려들어 몰매질을 하고 하는 따위는 싹도 볼 수가 없었다.

안전과 무사가 물론 다행치 아니한 것은 아니었다. 그러나 젊

은 사람들까지가 이다지도 기운이 죽었는가 하면 적막하고 슬펐다.

그러던 차라 미지의 젊은 사람네의 찾음을 만나니 가슴 더럭한 것과는 따로이, 여기는 그래도 기개 있는 젊은이가 있는 것이나 아닌가, 노백린(盧伯麟) 씨의 생지가 그래도 다른가보다 싶어 그래 반가운 생각이 들던 것이었었다.

그러나 나는 그들이 너무도 적의가 없어 보이고 말이랑이 공순한 것이며 또 몰매질을 하러 온 것으로는 단둘이라는 것이 과히 단출한 것이며에 이내 도로 안심과 실망을 함께 느꼈다.

건장한 편이 노(盧) 군, 창백하고 파리한 편이 이(李) 군이었다.

수인사가 끝난 후 노 군이 물었다.

"선생님, 언제 떠나시죠?"

"이따, 오후 버스로 떠나기루 했읍니다."

나의 대답에 둘이는 문득 절망을 하면서 다시 노 군이

"웬만하시면 낼 아침 버스로 떠나시게 하시구서 오늘 저녁 저희들허구 좀 만나주셨으면……"

"예정이 있어 놔서 그럽니다."

둘이는 서로 보면서 못내 섭섭하여 하다가 이 군이 이번엔 묻는다.

"정 그시라다면 단 한 시간이나 삼십 분이라두 여기서 점심이 끝나시는 대루 저이허구 좀."

"그럭허십시요."

주먹이 나올지 팥죽이 나올지 그것은 나중 보아야 할 일이요,

나는 나로서 지방의 젊은이들이 이 판국에 바야흐로 무엇을 생각하며 무엇을 바라며 하는지를 아는 것도 일종의 의무처럼 생색 있는 일이었다.

첩경 그러기가 쉽듯이 점심 자리가 술자리로 벌어지는 것을 속히 속히 끝내게 하느라고 하기는 하였지만 워낙 시간의 여유가 많지 못했던 소치로 젊은이들이 기다리는 자리는 가 앉았다 그대로 일어서야 할 만큼 시간은 촉박하였다.

사과와 과실과 차를 준비하여 놓은 자리에 노 군과 이 군 외에 한 또래의 청년이 두어 사람과 하나는 음악을 하나는 문학을 각기 좋아한다는 소녀도 둘이 와서 있었다.

다시 초면 인사를 하고 둘러앉아서 한 잔씩의 차를 마시기가 바쁘게 버스는 떠날 시간이 되었다.

노 군과 이 군이 서로가람, 내일 아침에 떠나도록 하고 하룻밤 자기들과 이야기를 하여주어 달라고, 지방에서는 선배들을 항상 그리워하는데 모처럼 기회를 그냥 놓치기가 여간 섭섭치 않다고 간곡히 만류를 하였다.

나는 그날 풍천읍을 떠나 송화 온천까지 가 거기서 장연(長淵)으로부터 나를 맞으러 오는 사람과 만나 다음날 장연으로 가서 준비를 하여 가지고 그다음 날부터 강연을 하기로 다 배비가 되어 있었다. 그러나 나는 장연편과 연락에 어긋나고, 가사 그래서 장연에서의 예정에 상치가 생기는 한이 있다더라도 이 젊은이들의 만류를 뿌리치고 일어설 수는 없었다.

밤에는 열둘인가로 사람이 더 불었었다.

이십으로부터 이십 사오 세까지의 대개는 중등 이상의 학력을 가진 모두가 준수한 젊은이들이었다.

한 청년이 말하였다.

"우리는 시방 앞날이 깜깜합니다. 자꾸만 비관이 됩니다. 어떻게 하면 좋을지 모르겠어요."

나는 단박에 대답이 막혔다.

그야 대답을 하기로 들면 시원히 하여 줄 말이 없는 것은 아니었다. 그러나 이십여 명 이상이나 모인 사람들이, 그 사람들은 막상 다 미더운 사람들이라고 하더라도 내가 이 자리에서 한 말이 한 집 건너고 두 입 건너 필경엔 경찰의 귀에까지 들어가지 말란 법이 없다는 것을 어떻게 보장할 것인고.

명색이 선배라고 믿고서 그들은 진심의 호소를 하던 것이었다.

모인 전부가 낮에 강연회에도 와서 들었다고 한다. 그러니 낮에 강연회에서 지껄인 소리는 본의가 아니고 할 수 없이 그런 것이요, 진심은 그렇지 않거니 이렇게 나를 믿고서 자기네도 진심을 토로함이었었다.

소문이 퍼질까 저어하여, 경찰의 형벌이 두려워, 이 나를 믿고서 와 안기어 고민을 호소하는 젊은이들의 진심에 대하여 한 가지로 진심이지 못하는 나의 비겁함 그 용렬스럼.

나는 나 자신이 야속하고 또한 슬펐다.

"너무 범위가 막연한데…… 가령 어떤 방면으루 말이지요?"

나는 아무려나 우선 이렇게 반문을 하였다.

"여기 모인 우린 태반이, 징병이나 학병으루 끌려 나가야 할 사람입니다. 끌려 나가서 개주검을 해야 합니까?"

나는 등에 찬물에 끼얹는 것 같았다.

여럿은 먹기를 멈추고 긴장하여 나의 대답을 기다렸다.

"우리가 앞으로 살아나가는 데 일본 사람과 꼭같은 권리를 주장하자면 피도 좀 흘려야 아니할까요? 피를 흘리면 흘린 피의 댓가를 요구할 권리가 생기지 아니합니까?"

"네…… 그렇지만……"

그는 불만한 눈치였다.

그 불만이어 하는 것이 만족하여 하느니보다 얼마나 다행스런지 몰랐다.

이어서 다른 사람이 말을 하였다.

"도무지 차별대우가 아니꺼워서 못 견뎌겠어요."

"차별대우를 받지 않도록 우리두 실력을 가져야 하겠지요. 문화적으로나 경제적으로나 그 사람네보다 떨어지지 않는 수준에 도달해야 하겠지요. 우리 전체가 노력을 해서 그만한 실력을 가지는 다음에야 언감히 우리를 하시하겠읍니까?"

"같은 학교를 같은 해에 일본 아이는 꼴찌루 조선 사람은 첫찌루 졸업을 했는데 한날한시에 들어간 회사에서 월급이 우선 다르지요. 일본 아이는 조금 있으면 승차를 하는데 조선 사람은 만날 그 자리지요. 실력두 별수가 없잖아요?"

"개인으로는 우리가 일본 사람보다 나을 사람이 있다지만 전체로야 어디 그렇습니까? 우리 전체가 일본 사람 전체보다 나은, 적어도 같은 수준에 이르도록 실력을 가져야 하고 그때를 기대려야 하겠지요."

이 실력론이나 먼저 피의 댓가의 주장론, 친일파 가운데서도 제 소위 진보적이라고 하고 내선일체주의자라는 이름으로 불리는 극단파에서 하는 주장이었다. 그렇기 때문에 그들을 친일파는 친일파이면서도 총독부와 군부의 미움과 주목을 받는 패들이었다.

나는 목마른 젊은이들이 바라는 한 그릇의 시원한 냉수를 주는 대신 그런 친일파의 괴설을 빌어 결국 한 숟갈의 쓰디쓴 소태를 주고 만 셈이었다.

뼈다귀가 부러지거나 골병이 들도록 늑신 몰매를 맞느니보다도 더 아픈 마음을 안고 사관으로 돌아가 누웠다.

잠을 이루지 못해 하는데 이 군이 혼자 찾아왔다.

"사람을, 이 사람 저 사람 너무 여럿을 오게 해서 선생님 퍽 거북하셨을 줄 압니다. 그러나 사람들은 다 안심할 수 있는 사람들입니다."

이 군은 두 무릎을 단정히 꿇고 앉아서 사과 겸 변명을 한 후에

"어떡허면 좋겠읍니까 선생님?"

하고 침통히 묻는 것이었었다. 징병이며 학병에 대한 것이었었다.

나는 서슴지 않고 대답하였다.

"되도록 나가지 말라고 권하고 싶습니다. 무슨 수단을 써서든지."

"……"

말없이 나를 보는 이 군의 그 창백한 얼굴은 빛났다. 눈에는 눈물이 괴었다. 괸 눈물이 인하여 넘치어흘렀다.

나도 눈가가 뜨거웠다.

"이왕 한마디 부탁이 있소이다. 꿋꿋한 정신을 길르구 지켜주십시요. 강한 자에게 굽혀 목전의 구차한 안전을 도모하는 타협 생활보다 핍박을 받을지언정 굽히지 않고 도리어 그와 싸워 물리치겠다는 꿋꿋한 정신을 길르구 이겨주십시요. 우리가 과거 수천 년래 내륙 민족의 압제를 받은 것이나, 오늘날 일본의 종노릇을 하게 된 것이나, 우리를 침해하고 우리를 억누르는 외적과 마조 싸워내는 꿋꿋한 정신이 모자랐기 때문입니다. 강한 자에게 굽히고 아첨하여 구차한 일시일시의 안전만을 도모하는 타협주의 이것이 우리 민족성의 큰 결함입니다. 오늘의 우리의 불행은 이 민족성의 결함에서 온 것이요, 그 결함을 고치지 않는 이상 우리는 민족적으로 멸망을 당하거나 내일도 오늘처럼 영원히 불행한 것입니다. 시방 우리한테 특별히 젊은이들한테 절절하게 필요한 것은 굴치 않고 싸워내는 꿋꿋한 정신입니다. 그렇지만 그것도 한 사람 한 사람이 따로따로이만 꿋꿋했자 아모 소용도 닿지 않습니다. 여럿이 모이는 데서 비로소 힘이 생기는 것입니다.

"……"

이 군은 머리를 소곳하고 듣고만 있었다.

나는 음성을 고치어 그다음 말을 하였다.

"그러나, 조심하십시요. 첫째 서로 친하다는 것과 믿고서 속을 줄 수 있는 사람이라는 것과는 다른 것입니다. 둘째 혈기를 삼가시요. 혈기는 경솔과 상거가 항상 가차운 것이니까요."

"……"

"그러고 또 한 가지 내 소견을 말하라면, 시방 이 야만된 폭력주의가 아무래두 인류 역사의 노말한 현상은 아닐 것입니다. 정녕 한때의 변조 같습니다. 과히 암담해하거나 실망은 들 할라 마십시요. 수히 정상상태로 돌아갈 날이 올 듯두 합니다."

"고맙습니다, 선생님. 하신 말씀 명심하겠읍니다. 믿겠읍니다."

이 군은 고개를 들고 아직도 흐르는 눈물을 주먹으로 씻으면서 목멘 소리로 숨 가쁘게 그러던 것이었었다.

이 밤에 나는 조금은 속이 후련하고 짐이 덜리는 것 같았다. 그러나 계속하여 뭇사람을 모아놓고 미국 영국은 나쁜 놈들이요, 일본이 옳고 전쟁은 시방이 한 고패요, 조선 사람은 어서 바삐 증산을 하고 저축을 많이 하고 하여 이 전쟁을 일본의 승리로써 빨리 끝내도록 협력해야 한다는 강연을 하고 다니는 사람──보기 싫은 양서동물(兩棲動物)이 아니 되지 못하였다.

그 뒤 1944년 오월에는 작가 다섯 사람과 화가 다섯 사람을 추려 소설가 하나에다 화가 하나를 껴 다섯 패를 만들어 가지고 전라남도 목포의 목조조선소(木造造船所), 강원도 영월 무연탄광, 평안북도 강계의 무수알콜(無水酒精) 공장, 같은 평안북도 용천의 불이 농장, 역시 평안북도 양시의 알미늄 공장 이 다섯 곳 생산 현장으로 그 한패씩을 파견하는 한패에 뽑히어 나는 양시의 알미늄 공장으로 갔었다. 할 일이라는 것은 가서 한 일주일가량씩 묵으면서 생산 현장의 실지 견문을 얻어가지고 돌아와 화가는 증산하는 그림을, 소설가는 증산소설을 각각 쓰는 것이요, 주최와 발안은 총력연맹 문화과였었다.

나는 다녀와서 이백 자 스무 장인가를 써 내놓았고 일어로 번역을 누구에겐지 맡겨서 시킨다고 하더니 그대로 우물쭈물 발표는 되지 않았었다.

다시 그해 가을에는 강원도 김화(金化)로 전년의 황해도 적과 비슷한 강연을 갔었다.

이보다 조금 앞서 매일신보에다 연재소설을 쓰기 시작한 것이 있었다.

검열이, 신문사의 편집자를 시켜 작자에게 다짐을 요구하였다. 반드시 시국적인 소설이어야 할 것과, 소설의 경개를 미리 제출할 것과, 그 경개대로 충실히 써나갈 것 등속의 다짐이었다.

유일한 생화(生貨)가 그때나 지금이나 매문(賣文)이요, 매문을 아니 하고는 이 합 이 작의 배급 쌀조차 팔 길이 없는 철빈…… 요구대로 다짐을 두고 쓰기를 시작하였다.

쓰면서 가끔 배신(背信)을 하다가 두어 차례나 불려들어가 검열관——퇴직 순검한테 꾸지람도 듣고 문학 강의도 듣고 하였다. 잘하나 못하나 이십 년 소설을 썼다는 자가 늙마에 와서 순검한테 문학 강의의 일석을 듣고……

그러나 일변 생각하면 받아 싼 욕이었다.

바이런인지는 자다가 아침에 깨어보니 제가 그렇게 유명하여져 있더라고 하였다지만 나는 하루아침 잠이 깨어 수렁(無底沼) 가운데에 들어섰는 나 자신을 발견하였다. 한정 없이 술술 자꾸만 미끄러져 들어가는 대일협력자라는 수렁.

정강이까지는 벌써 미끄러져 들어가 있었다. 그러나 시방이라면 빠져나올 수 없는 것도 아니었다.

만일 이때에 빠져나오지 않는다면 정강이에서 그다음 허벅다리로, 허벅다리에서 배꼽으로, 배꼽에서 가슴패기로, 모가지로 이마로, 그러고는 영영 풍덩…… 하고 마는 것이었었다.

몸의 터럭이 있는 대로 죄다 곤두설 노릇이었다.

서울서 떠나 궁벽한 시골로 가 있기만 한다면 강연 같은 것을 하라고 불러내는 '곶감'의 미끼에 반겨 응하고 나설 기회가 태반 봉쇄될 것이었다.

시골로 가서 있으면 한 가락의 호미가 보리밥의 반량이나마 채워주어 창녀(娼女) 못지아니한 그 매문질은 아니할 수가 있을 것이었다.

일본의 패전, 그다음에 오는 것의 불안과 공포랄지, 눈에 살기를 머금은 일본 병정들의 등덜미를 겨누는 기관총 부리의 위협이랄지, 이런 것 외에도 멀찍이 궁벽한 시골로 낙향을 하여야만 할 또 한 가지의 다른 사정이란, 곧이 대일협력의 수렁으로부터의 도피행 그것이었다.

그러고 그렇게 하였다.

그러나 결코 용감히 뿌리치고서 일어서고 하였던 바는 아니었다. 역시 나답게 용렬스런 가만한 도피행일 따름이었다.

새삼스럽게 무슨 지조(志操)가 우러나는 것이 있었음도 아니었다.

후일에 혹시 문죄(問罪)라도 당하는 날이 있을까 보아 그날에 벌을 가볍게 하자는 계책인 것도 아니었다.

지금까지의 행적을 사는 고장을 옮김으로써 남에게 숨기기라도 하자는 것은 더우기 아니었다. 그런 점으로는 차라리 객지인 광나루가 더 유리하였다.

오직 그 대일협력이라는 사실에서 풍기어 나오는 악취 그것이 못 견디게 불쾌하였고 목전에 그것을 면하고 싶은 지극히 당면적인 간단한 욕망으로서일 뿐이었다.

아무리 정강이께서 도피하여 나왔다고 하더라도 한번 살에 묻은 대일협력의 불결한 진흙은 나의 두 다리에 신겨진 불멸의 고무장화였다. 씻어도 깎아도 지워지지 않는 영원한 '죄의 표지(罪의 標識)'이었다. 창녀가 가정으로 돌아왔다고 그의 생리(生理)가 숫처녀로 환원되어지는 법은 절대로 없듯이.

또 정강이께서 미리 도피하여 나왔다고 배꼽이나 가슴패기까지 찼던 이보다 자랑스럴 것도 없는 것이었다. 가사 발목께서 도피하여 나오고 말았다고 하더라도 대일협력이라는 불결한 진흙이 살에 가 묻었기는 일반인 것이었다. 그러므로 정강이까지 들어갔으나 발목까지만 들어갔으나 훨씬 가슴패기까지 들어갔으나 죄상의 양에 다소는 일을지언정 죄의 표지에 농담(濃淡)이 유난히 두드러질 것은 없는 것이었다.

4

소개랍시고 고향으로 내려오기는 하였으나 막막하기 다시없었다.

사월이면 여느 때에도 춘궁이니 보릿고개니 하여 넘기가 어려운 고패인데 지나간 해가 연사가 좋지 못하였었다. 그런데다

거두지도 못한 벼를 공출로 닥닥 긁어갔었다.

그러고는 명색이 배급입네 환원미입네 하고 한 달이면 한 집에 쌀 한두 되에다 썩은 강냉이 몇 되씩을 약 주듯이 주고 있었다.

백성들은 태반이 하루 한때 풀잎 죽으로 아사를 면할락말락하면서 누렇게들 떠가지고 춘경이 돌아왔건만 파종할 기운을 내지 못하고 있었다. 우환 중에 보리가 흉년이었다. 백성들은 장차 시월까지 이 봄과 여름을 살아나갈 방도가 막연했다. 나의 고향 집에는 팔십 넘은 노모와 육십의 장형 내외가 있었다. 거기에다 나에게 딸린 가솔이 넷.

이 여덟 식구를 나는 내가 책임을 저야만 하였다.

쌀은 사기도 어려웠거니와 내가 뭉뚱그려 가지고 내려간 삼천 원의 돈으로 쌀을 사서 먹자면 한 달을 지탱할까 말까 한 것이었다. 그러나마 나는 그 돈 삼천 원으로 농자(農資)를 삼아 금년 농사를 지어야 하였다. 붓을 꺾어버린 이상 서울서처럼 원고료의 수입은 전혀 없을 터이었다. 죽으나 사나 농사 한 가지에다 생도(生途)를 의탁하는 밖에 없고 그리하자면 그 돈 삼천 원을 당장 아쉽다고 먹어 없애는 수는 없었다. 나는 하릴없이 팔십 넘은 노모를 그림자 보이는 나물죽을 드렸다.

배탈이 난 네 살박이 어린놈을 썩은 배급 강냉이밥을 먹였다.

논(水田)농사는 숙련된 기술과 나로서는 감당치 못할 울력이 드는 것이라 부득이 비싼 삯군을 사대어야만 하였지만 밭농사는 안해와 함께 둘이서 하기로 하였다.

가을에 논의 신곡이 날 때까지 보태어 먹을 것으로 서속(黍

粟, 기장과 조)도 심고 감자도 심었다. 밭벼(陸稻)도 심었다. 채마도 가꾸었다.

그런 중에도 제일 빨리 제일 손쉽게 먹을 수 있는 것으로 강냉이와 호박을 구석구석이 돌아가면서 많이 심어놓았다.

안해나 나나 일찍이 하여 보지 못한 노릇이라 대단히 힘에 겨웠다. 일쑤 코피를 쏟았다. 가끔 몸살이 나 앓기도 하였다.

몸 고단한 것보다도 더 어려운 것은 시장이었다.

조반은 뜨는 둥 마는 둥 점심은 없는 날이 많았다. 사오월 기나긴 해를 허리띠 졸라매어 가면서 땅을 파고 풀을 뽑고 하느라면 석양 때에는 깜박 현기증이 나곤 하였다.

그렇지만 편안히 있다 굶어 죽느냐 밭고랑에 쓰러져가면서라도 심고 가꾸어 먹고 살아나느냐 하는 단판씨름인지라 괴로움을 상관할 계제가 아니었다.

오월로 들어 일이 조금 너끔한 틈을 타 서울 걸음을 하였다. 짐을 꾸리어 남의 집에다 맡겨둔 채 내려오지 못한 것을 가 운송편으로 띄우고자 함이었었다.

매일신보에 들렀더니 사회부원이 마침 잘 만났다면서 소개를 가서 지내는 형편을 말하라고 하였다.

무엇보다도 식량 사정이 핍절하노라고 내 손으로 강냉이를 삼사백 포기, 호박을 오륙십 포기 심어놓고 그것이 자라서 열매가 열어서 익어서 마침내 시장한 배를 채워 줄 날을 침 삼키며 기대면서 일심으로 매가꾸노라고 이런 의미의 대답을 하였다.

그다음날 지면엔 '소개의 변(疏開의 辯)' 제2회째든가로 나의 사진과 함께 내가 소개를 가 붓을 드는 여가에 괭이를 들고 땅을 파며 강냉이를 삼사백 포기나, 호박을 오륙십 포기나 심고 하여 시국하 식량 증산 운동에 크게 이바지를 하는 동시에 농민들에게도 모범을 보이고 있다는 요령의 기사가 잘 씌었다. 고마왔다. 그것으로 징용도 면하고 주재소의 주목 대신 '존경'도 받고 하였었다. 윤의 그

"호방이랑 옥수수랑 많이 수확하겠읍디까?"

하고, 빙긋 웃기까지 하면서 하던 노골한 경멸과 조롱은 이 매일신보의 기사 '소개의 변'에다 두고 한 것이었었다.

그러므로 그것은

"이놈아, 이 민족 반역자야."

타매(唾罵)와도 다름이 없는 것이었었다.

5

주인 김 군이 돌아왔다.

그는 출판을 하자면 선전 소용으로도 부득불 잡지를 조그맣게나마 하나 가져야 하겠다는 것과, 그 첫 호를 쉬이 내고자 하니 누구보다도 자네들 두 사람이 편집방침으로든지 원고로든지 적극적으로 도와주어야 하겠다는 것을 간단히 이야기한 후에 나더러 먼저

"우선 자넬랑은 소설을 한 편, 짤막하구두 썩 이쁘장스런 걸루다 한 편. 기한은 이주일 안으루…… 이건 '명령적 성질을 가진' 것야. 위반을 했단 괜히."

"어떻게 생긴 소설이 그 이쁘장스런 소설인구?"

나는 농삼아서라도 이렇게 반문할밖에.

"가령 옐 든다면, 자네가 이번에 ××에다 쓴 '맹순사' 같은 소설은 도저히 이쁘장스런 소설이 아니깐."

"그렇다면 다른 사람더러 부탁하는 게 술걸."

"이왕 말이 났으니 말이지 8·15 이후 여지껏 침묵하구 있다 첫 작품이 그런 거라군 좀 섭섭하데이."

"재조가 그뿐인 걸 어떡허나?"

나는 차라리 그 자리에 윤이 있지 않았다면

"대작을 쓰느라구 침묵했던 줄 알았던감?"

하였을 것이었었다.

"인전 소설두 들 쓰기 편허죠?"

윤이 거들고 묻는 말이었다.

"노상 그렇지두 않은 것 같습다. 검열이 없어지구 보니깐 인력거꾼이 마라송은 잘 못하듯기."

"아, 내선일체 소설들두 썼을랴드냐 지금야."

검열이 없어지기 때문에 긴장이 풀려서 도리어 쓰기가 헛심이 쓰인다는 말에 대한 반박이

"내선일체 소설도 섰을랴드냐."

라니 당치도 아니한 소리였다.

자못 탈선이었다.

나를 욕하고가 싶어 생트집을 잡는 노릇이었다.

나는 속에서 뭉클하고 가슴으로 치닫는 것을 삼키고 참았다. 아니 참고 대들었자 무엇 뀐 놈이 성낸다는 꼴이요, 치소나 더 할 따름이었다.

험하여지는 공기를 눈치채고 김 군이 얼른 말머리를 돌려놓는다.

"소설은 아무턴 그럭허기루 허구. 윤 군 자넬랑은 이걸 좀 써 주겠나? 패전을 통해 본 일본인의 민족 기질."

"내 영역두 아니지만 그런 게 무슨 제목 거리가 되나?"

"삼기루 들면 크지. 난 그래 좌담회라두 열까 했지만 그럴 것 꺼진 없구. 아 학생들이 심지어 중학생꺼지두 십 년 후에 보자면서 요새 여간 긴장과 열심들이 아니래잖아? 그런데 한편으루 재밌는 모순은 딱 전쟁에 지구 나니깐 그 흘개 빠지구 비굴하던 꼬락서닐 좀 보란 말야. 세상 앙칼지구 기승스럽구 도고허구 하던 거, 그거 일조에 다 어디루 가구서, 들그 따위루 비굴하구 반편스럽구 겁 많구 하느냐 말야. 난 사실 일본이 전쟁에 져 항복을 하는 날이면 굉장히 자살들을 하구 나가자빠지려니 했었는데, 웬걸…… 더구나 지도자 놈들 고런 얌체빠지구 뻔뻔스럽다군. 그중에서두 조선 나와 있던 놈들, 그 기강(氣焰), 그 교만 다 어떡허구서…… 무엇이냐 고천(古川) 이놈은 함북지사루 갔다 게서 붙잡힌 채 경찰서 고스까이질을 하구 있더라구?"

"흥, 남 말을 왜 해."

윤은 그러면서 입을 삐쭉

"명색이 지도자 놈들이 얌체빠지구 뻔뻔스런 건 하필 왜놈들뿐이던가? 조선 놈들은 어떻길래?"

"조선 사람 문젠 그 제목엔 관계가 없으니깐 잠깐 보류하구……"

김 군이 나의 낯꽃을 살피면서 그러던 것이나 윤은 묵살하고

그대로 계속하여

"왜놈들의 주구(走狗)가 돼가지구 온갖 아첨 다 하구 비윌 맞추구 하면서 순진한 청년 어리석은 백성을 모아놓군 구린내 나는 아굴찌루다 지껄인닷 소리가, 소위 예술가니 평론가니 하는 놈들은 썩어빠진 붓토막으루 끼적거려 낸닷 소리가, 황국신민이 되라 하기, 내선일체를 하라 하기. 미국 영국은 도독늠이요 불의하구 전쟁에는 반드시 지구 멸망할 운명에 있구, 일본은 위대하구 정의요 전쟁엔 반드시 이기구 영원투룩 번영할 터이구 한다면서. 그러니 지원병에 나가구 학병에 나가구 증병에 나가 일본을 위해 개주검을 하라구 꼬이구 조르기. 굶어 죽더라두 농사한 건 있는 대루 죄다 공출에 바치라구 꼬이구 조르기. 가족은 유리하구 집안은 망하더라두 증용에 나가라구 꼬이구 조르기……"

"너무 과격해. 너무 과격해. 잡지 편집회의룬 탈선야."

"개중에두 제 소위 소설가니 시인이니 하는 놈들……"

그러다 윤은 나를 힐끗 돌려다 보면선——그것은 차마 정시하기 어려운 적의와 증오로 찬 얼굴이었다——그런 얼굴로 나를 돌려다 보면서

"비단 당신 하나를 두구서 하는 말이 아니니 어찌 생각은 마슈."

하고는 도로 김 군더러

"잘하나 못하나 소설이니 시니 해서 예술일 것 같으면 양심의 활동이요, 진리(眞理)의 탐구와 그 표현이 아니냐 말야. 물론 소설가나 시인 두 사람인 이상 입으룬 거짓말을 한다구 하겠지만

붓으룬 거짓말을 하길 싫어하는 법인데, 또 해필 아니 되는 법인데, 그래 멀쩡한 거짓말루다 황국신민 소설, 내선일체 소설을 쓰구 조선 청년이 강제 모병에 끌려 나가 우리의 해방에 방해되는 희생을 하구 한 걸 감격하구 영웅화하는 걸 쓰구 했으니 그게 예술가야? 예술과 예술가의 이름을 똥칠한 놈들이요, 뱃속에 가 진실과 선과 미를 찾아 마지않는 양심 대신 구더기만 움덕거리는 놈들이 아니구 무어야?"

"대관절 이 사람, 패전을 통해 본 일본인의 민족 기질을 써줄 심인가 말심인가?"

"그랬거들랑 저윽히 인간적 양심의 반 조각이라두 남은 놈들이라면 8·15를 당해 조금이라두 뉘우치는 부꾸러하는 무엇이 있어야 할 꺼 아냐? 제법 보꾹에다 목을 매구 늘어지던 못 한다구 할값이라두 죽은 듯이 아무 소리 말구 처박혀 있기나 했어야 할 게 아냐? 그런데 글쎄 그러기는커녕 8·15 소리가 울리기가 무섭게 정말 나서야 할 사람보담두 저이가 먼점 나서가지구——진소위 선가(船價) 없는 놈이 배 먼점 오른다는 격이었다——그래가지군 바루 그 전날꺼지, 그 전날꺼지가 무어야 그날 아침꺼지두 총독부루 군부루 총력연맹으로 쫓어댕기구 일본을 상전처럼 어미 아비처럼 떠받치구 미국 영국을 불공대천지 원수루 저주 공격하구, 백성들더러 어째서 황국신민이 아니 되느냐구, 어째서 증병이며 증용을 꺼려하느냐구, 어째서 공출을 잘 아니 내느냐구 꾸짖구 호령하구 하던 그 아굴찌, 그 붓토막으루다 온 아무리 낯바닥이 쇠가죽같이 두껍기루소니 몇 시간이 못 돼 그 아굴찌 그 붓토막으루다 눌러 그대루 악독한 우리의 원수

왜놈은 굴복했다. 우리들 피 빨아먹던 강도 왜놈은 물러갔다, 우리의 민족정신을 말살하려 황국신민이니 내선일체니 하던 기만의 통치와 지배는 무너졌다. 강제 모병 강제 증용 강제 증발의 온갖 압박과 착취의 쇠사슬은 끊어졌다. 자 해방이다. 사천 년의 유구한 역사와 찬란한 문화와 독자한 전통으로 빚어진 삼천만 겨레의 민족혼은 제국주의 일본과 삼십육 년 꾸준히 싸워왔다. 그리고 지금이야 삼천리강산에 해방이 왔다. 자 건국이다. 너두 나두 다토아 건국에 몸을 바치자. 그러나 친일파와 민족 반역자를 처단하라. 그놈들은 왜놈에게 민족을 팔아먹은 놈들이다. 왜놈들이다. 왜놈보다 더 악독하게 우리를 괴롭힌 놈들이다. 오오, 우리의 해방의 은인이 온다. 위대한 정의의 사도 연합군을 맞이하자. 이런 소리가 아무려면 그래 제 얼굴이 간지라워서라두 제 계집자식이 면괴스러워서라두 차마 지껄여지며 써지느냐 말야. 오늘은 이 가의 내일은 김 가의 품으루 굴러 댕기는 매춘부는 차라리 동정할 여지나 있지. 고 따위루 비루하구 얄체 빠지구 뻔뻔스런 것들이 그게 사람야? 개도야지만두 못한 것들이지. 도독놈의 개두 제 주인은 섬길 줄은 안다구 아니해?"

"자, 인전 엔간치 막설하는 게 어때? 그만하면 자네란 사람이 얼마나 박절한 사람이란 건 넉넉히 설명이 됐으니."

김 군은 조금 아까부터 신문을 오려 스크랩에 붙이고 있었다.

김 군의 음성은 자못 준절하였다. 얼굴도 그러하였다.

김 군은 졸연히 흥분을 하거나 분노를 겉으로 드러내거나 하는 사람이 아니었다. 그러므로 시방 그만 정도의 준절한 음성과 얼굴은 다른 사람의 웬만치 성이 난 것이나 일반으로 보아도 무방하였다.

윤은 상관 않고 하던 말을 최후까지 계속한다.

"난 그러니깐, 그런 개도야지만 못한 것들이 숙청이 되기 전엔 건국 사업이구 무엇이구 나서구 싶질 않아. 도저히 그런 더러운 무리들과 동석은 할 생각이 없어."

"사람이 자네처럼 그렇게 하찮은 자랑을 가지구 분수 이상으루 남한테 가혹해선 자네 일신상두 이롭지가 못하구 세상에두 용납을 못하구……"

"무어? 하찮은 자랑이라구? 분수 이상이라구?"

윤은 퍼르등해서 대든다.

김 군은 일하던 것을 놓고 두 팔로 턱을 괴고 탁자 너머로 윤을 마주보면서 응한다.

"윤 군 자네, 나를 대일협력을 했다구 보나? 아니했다구 보나?"

"했지, 그럼 아니해?"

"적실히 했다구 보지? 그런데 자네 일찌기 조선 사람 지도자나 지식층에 대한 일본의 공세——총독부의 소위 고등정책이라는 거 말일세. 거기 대해서 반격을 해본 일이 있는가?"

"?……"

"손쉽게 총력연맹이나 시굴 경찰서에서 자네더러 시국 강연을 해달라는 교섭 받은 적 있었나?"

"없지."

"원고는?"

"없지. 신문사 고만두면서 이내 시굴루 내려가 있었으니깐."

"몰라 물은 게 아닐세. 그러니 첫째 왈 자넨 자네의 지조의 경도(硬度)를 시험받을 적극적 기횔 가져보지 못한 사람. 합격 품인지 불합격품인지 아직 그 판이 나서지 않은 미시험품. 알 아들어?"

"그래서?"

"남구루 치면 단 한 번이래두 도끼루 찍힘을 당해본 적이 없는 남구야. 한번 찍어 넘어갔을는지 다섯 번 열 번에 넘어갔을는지 혹은 백번 천번을 찍혀두 영영 넘어가지 않았을는지 걸 알 수가 없지 않은가?"

"그래서?"

"그러니깐 자네 지조의 경도(硬度)란 미지수여든. 자네가 혹시 그동안 꾸준히 투쟁을 계속해온 좌익운동의 투사들이나 민족주의 진영의 몇몇 지도자들처럼 백번 천번의 찍음에 넘어가지 않구서 오늘날의 온전을 지탱한 그런 지조란다면 그야 자랑두 하자면 하염즉하겠지. 그러지 못한 남을 나무랠 계제두 있자면 있겠지. 그러나 어린아이한테 맡기기두 조심되는 한 개의 계란일는지, 소가 밟아두 깨지지 않을 자라등일는지, 하옇든 미시험의 지조를 가지구 함부루 자랑을 삼구 남을 멸시하구 한다는 건 매양 분수에 벗는 노릇이 아닐까?"

"내가 무슨 자랑으루 그런대나?"

"의식적이건 무의식적이건…… 그리구 둘째루 자넨 자네의 결백을 횡재한 사람."

"결백을 횡재하다께?"

"자네와 나와 한 신문사의 같은 자리에 있다가 자넨 사직들 하구 나가는데 난 머물러 있지 않았던가?"

"그래서?"

"그것이 난 신문기자의 직업을 버리구 나면 이튿날버틈 목구멍을 보전치 못할 테니깐, 그대루 머물러 있으면서 신문을 맨들어냈구, 그 신문을 맨드는 데에 종사한 것이 자네의 이른바 나의 대일협력이 아닌가?"

"그렇지."

"그런데 자넨 월급봉투에다 목구멍을 틀었지 않드래두 자네 어룬이 부자니깐 먹구 사는 걱정은 없는 사람이라 선뜻 신문기자의 직업을 버리구 말았기 때문에 자넨 신문을 맨든다는 대일협력을 아니 한 사람, 그렇지 않은가?"

"그래서?"

"그렇다면 걸 재산적 운명이라구나 할는지, 내가 결백할 수가 없다는 건 가난했기 때문이요, 자네가 결백할 수가 있었다는 건 부잣집 아들이었기 때문이요 그것밖엔 더 있나? 자네와 나와를 비교 대조해서 볼 땐 적어두 그렇잖아? 물론 가난하다구서 절개를 팔아먹었다는 것이 부꾸런 노릇이야 부꾸런 노릇이지. 또 오늘이라두 민족의 심판을 받는다면 지은 죄만치 복죄(伏罪)할 각오가 없는 배두 아니구. 그렇지만 자네같이 단지 부자 아버질 둔 덕분에 팔아먹지 아니할 수가 있었다는 절개두 와락 자랑거린 아닐 성부르이."

"그건 진부한 형식논리요 결국은 억담. 월급쟁이가 반드시 신문사 밥만 먹어야 한다는 법은 있던가? 신문기자 말구 달리 얼마던지 월급쟁이질을 할 자리가 있지 않아?"

"가령? 은행원?"

"은행이던지 보통 영리회사던지."

"은행은 대일협력 아니하구서 초연했던가?"

"하다못해 땅은 못 파먹어?"

"……"

김 군은 어처구니가 없다고 뻐언히 윤을 바라보다가

"철이 안직 덜 났단 말인가? 일부러 우김질을 하자는 심인가?"

"말을 좀 삼가는 게 어때?"

"진정이라면 나두 묻거니와 나랄지 혹은 그밖에 자네와 가차운 친구루 불쾌한 세상을 버리구 시굴루 가 땅이라두 파먹을까 하구서 자네더러 얼마간의 토지를 빌리라구 했을 경우에 선뜻 그것을 받아줄 마음의 준비가 있었던가?"

"누가 그런 계획은 했으며 나더러 와 토질 달라구 한 사람은 있어?"

"옳아. 달란 말을 아니 했으니깐 주지 아니했다. 그럼 그건 불문에 넘기구. 자네 말대루 시굴루 가 땅을 파…… 농민이 되는 거였다?"

"그렇지."

"신문기자가 신문을 맨드는 건 대일협력이구 농민이 농사해서 별 공출해서 왜놈과 왜놈의 병정이 배불리 먹구 전쟁을 하게 한 건 대일협력이 아닌가?"

"지도자와 피 지도자라는 차이가 있지 않아? 신문은 대일협력을 시키구 농민은 따라가구 한 그 차이가 적은 차일까?"

"농민들이 벼 공출을 한 것이나, 젊은 사람들이 지원병과 학병에 나간 것이나, 완전히 조선 사람 선배랄지 지도자의 말만을 듣구서 비로소 공출을 하구 병정에 나가구 한 거라면 지식칭의 대일 협력자만은 백이면 백 천이면 천 죄다 목을 잘라야지. 그렇지만 여보게 윤 군. 농민 만명더러 일일이 물어본다구 하세. 구장과 면 직원의 등쌀에, 순사들이 들끌어 나와 뒤져가구 숨겨 둔 걸 내놓라구 유치장에다 가두구서 때리구 하는 바람에 공출을 했느냐. 모모한 사람들이 연설루 소설루 신문에서 공출을 해야 한다구 하는 말을 듣구 그런가보다 여기구서 자진해 공출을 했느냐. 아주 곧이곧대루 대답을 하라구 한다면 모르면 모르되 나는 구장이나 면 직원의 등쌀에, 순사와 형벌이 무서워서 억지루 공출을 낸 것이 아니라 어떤 조선 양반의 강연을 듣구 옳게 여겨서, 어떤 소설을 읽구 감동이 돼서, 아모 때의 신문을 보구 좋게 생각이 들어서, 그래 우러나는 마음으루 공출을 했소 대답할 농민은 만 명에 한 명두 어려우리. 지원병이나 학병두 역시 같은 대답일 것이구…… 도대체가 당년의 조선 사람들이, 더우기 청년들이 대일협력을 하구 댕기는 지도자란 위인들이 하는 소릴 신용을 한 줄 아나? 신용은 고사요, 자네 말따나 개도야지 만두 못 알았더라네. 그런 지도자 명색들의 말을 듣구서 공출을 했을 게 어딨으며, 지원병이니 학병이니 나갔을 게 어딨어? 왜 놈이나 공관리들의 강제에 못 이겨 했지. 아니면 저이는 저이대루 호신지책으루 한 거지."

"자네 논법대루 하자면 그럼 친일파나 민족 반역잔 한 놈두 없구 말겠네나그려?"

"지끔 이 방 안에만 해두 사람이 셋이 모인 가운데 둘이 민족 반역잔데 없어?"

"처단할 놈 말야."

"많지. 그렇지만 벌이라는 건 그 범죄가 끼친 영향을 참작하구, 범죄자의 정상을 참작하구, 그리구 범죄 이후의 심리와 행동을 참작하구, 그래가지구 처단에 경중이 있어야 하는 법이지, 자네 같을래서야 삼천만 가운데 장정의 태반은 죽이자구 할 테니 그야말루 뿔을 바루잡으려다가 솔 죽이는 격이 아니겠는가?"

"웬만한 놈은 죄다 쓸어 숙청은 해야지 관대했다간 건국에 큰 방해야. 38 이북에서 하듯기 해야만 해. 그리구 난 누가 무슨 말을 하거나. 그 비루하구 얌체빠지구 뻔뻔스럽구 한 인간성 그게 싫여. 소름이 끼치두룩 싫구 얄미워. 그런 것들과 조선 사람이라는 이름을 같이한다는 것꺼지두 욕스럽고 불쾌해."

김 군은 노상히 김 군 자신의 일제시대에 신문이나 맨들었다는 실상 문제 이하의 대일협력 사실을 구구히 발명하자는 의사라느니 보다도 하도 민망하던 나머지 그의 두루춘풍식의 처세법을 잠시 훼절을 하고 나를 위해 윤에게 싸움을 걸었던 것이었었다.

그러나 김 군의 대일협력자에 대한 변호는 윤의 말이 아니라도 억지 옛 형식논리에 기울어진, 그래서 대체가 모두 옹색스럽고 공극투성이였었다.

가사, 완전히 변호가 되었다고 하더라도 피고 격인 내가 우선

"아니, 검사의 논고가 옳고 변호인의 주장은 아모 소용도 없어."

이런 심리 상태인데야 더욱 말할 나위도 없었다.

또 윤의 지조나 결백 문젠데 이것은 더구나 문제가 아니었다. 윤의 지조가 아무리 미시험의 것이기로니, 결백이 재산의 덕분이기로니, 죄인을 공격할 자격이 없으란 법은 없는 것이었었다.

이윽히 기다려도 윤은 더는 말이 없었다.

나는 이 자리에서의 나의 의무를 다한 것으로 알고 김 군과 윤을 작별한 후 P사를 나왔다.

나의 얼굴의 한 점의 핏기도 없어지고 만 것을 나는 거울은 보지 아니하고도 진작부터 알 수가 있었다.

김 군이 뒤미처 따라 나와 아래층까지 배웅을 하여 주었다.

"일수가 나뺐나 보이."

김 군이 작별로 잡았던 손을 풀고 웃으면서 하는 말이었다.

나도 웃으면서 한마디 하였다. 그러나 김 군에게는 울음같이 보였을는지도 몰랐다.

"죽기만 많이 못한가 보이."

그랬더니 김 군은 고개를 가로 여러 번 저으면서

"이왕 깨끗했을 제 분사(憤死)를 못 했을 바엔 때가 묻어가지구 괴사(愧死)라니 더욱 치사스러이."

듣고 보니 적절하였다. 빈틈없이 적절하였다.

그 빈틈없이 적절한 말을 해버리는 김 군이 나는 문득 원망스럽다.

"자네가 오히려 시어미로세."

거리에 나서니 가벼운 현기가 났다.

흐렸던 하늘에서는 어느덧 심란스런 비가 내리고 있었다.

사람과 건물과 거리로 된 세상이 P사를 들르던 한 시간 전과
는 어딘지 달라져 보였다.

6

집으로 돌아와 병난 사람처럼 오늘까지 꼬박 보름을 누워 있
었다.

조반보다도 점심에 가까운 나 혼자의 밥상을 받고 앉아서 안
해더러 밑도 끝도 없이 말을 내었다.

"도루 시굴루 내려갑시다."

"……"

안해는 놀라지 않는다.

아무렇지도 않게 출입을 나갔던 사람이 별안간 죽을상이 되어
가지고 돌아와 처음엔 병인가 하였으나 보아하니 병은 아니어.
그러면서도 여러 날을 앓는 사람처럼 누워 있어.

정녕 밖에서 무슨 사단이 있었거니 하였었다. 그러자 불쑥 그
런 말을 내어. 일변 해방 후로부터 더럭 동요가 된 심경은 모르
지 않는 터이라 그 사단이라는 것이 어떠한 성질의 것이었음을
짐작할 수 있었을 것이었었다.

안해는 한참 만에야 대답이다. 그는 언제고 나보다는 침착하
고 현실적인 사람이었다.

"내려가얄 사정이면 내려가는 것이지만서두…… 내려가니,
가서 살 도리가 있어야 말이죠."

"……"

"낯모르구 아무 반연 없는 고장으룬 갈 수가 없구, 가자면 매

양 고향 아녜요? 그 벽강궁촌에서 취직 같은 거래두 할 기관
이 있어요? 천생 농사밖엔 없는데, 작년 일 년 지나 본 배, 어
디……"

작년 일 년 가 있으면서 농사라고 하여 본 경험의 결론은 우
리 같은 사람은 도저히 농사를 해먹고 살 수 있는 사람이 아니
라는 것이었었다. 우리의 체력이 우리의 가족을 먹일 만한 농사
를 해내기엔 너무도 빈약한 것이기 때문이었다.

우리 내외가 밭을 기를 쓰고 가꾸어도 밭농사로 오백 평을 벗
지 못한다. 밭농사 오백 평이면 채마와 마늘, 고추, 호박 따위의
울안 농사에 불과한 것이다.

채마 등속의 울안 농사 외에 보리니 콩이니 고구마니 하는 것
은 순전히 농군을 사대어야만 한다.

칠팔 명의 한 가족이 소작농으로서 일 년 계량의 벼를 확보하
자면 적어도 삼천 평의 논을 소작하여야 한다.

이 삼천 평의 논농사와 보리며 콩 같은 밭농사를 하자면 줄잡
아 연인원(延人員) 이백 명의 농군을 사대어야 한다.

바로 최근 시세로 나의 고향에서 농군 한 명에 대하여 점심
저녁 두 때와 술 한 차례 먹이고 품삯이 하루 육칠십 원이다.

먹이는 것과 품삯을 치면 이백 명 삯군을 대는 데 이만오천
원이 든다.

그 이만오천 원이 있어야 나는 시골로 가서 농사를 하고 사는
것이다. 옛날 돈으로 이백오십 원이라고 하지만 나에게는 이만
오천 원이 결코 쉬운 돈이 아니다.

그러나마 금년에 이만오천 원의 농자(農資)를 들여놓으면 언

제까지고 그것이 밑천으로 살아 있느냐 하면 아니다. 명년 가서는 또다시 그만한 농자를 들여야 하는 것이다.

농사란 결국 제 가족이 먹을 것을 제 손발로 농사할 수 있는 사람——농민만이 하기로만 마련인 것이었다.

따스한 햇볕이 드리운 마루에서 다섯 살박이 세 살 박이의 두 어린것이 재깔거리면서 무심히 놀고 있다.

오래도록 어린것들에 가 눈이 멎었던 안해는 한숨을 내쉬면서 말한다.

"정히 서울이 싫구 하시다면 가 살다 못살 값이라두 가기가 어려우리까만 저 어린것들이 가엾잖아요? 젤에 교육을 어떡허겠어요? 내명년이면 우선 하날 소학꼴 보내야 하는데 학교꺼지 십 리 아녜요? 일곱 살박이가 매일 십 리 왕복이 무리두 무리지만 그렇게라두 해서 소학꼴 마쳐준다구. 중학 이상은 가량이 없잖아요? 무슨 수에 학잘 대서 서울루던 공불 보내게 되진 못할 것이구……"

"……"

"시굴서 길러 소학교나 마쳐주구 만다면 천생 농민인데, 농민이 구태라 나쁠 머리야 없지만 그래두 천품을 보아 예술 방면으루던 과학 방면으루던, 재조가 있는 게 있다면 그 방면으루 발전을 시켜주는 것이 어미 아비 도리가 아녜요?"

"……"

"여보?"

"……"

"우린 다 죽은 심 칩시다."

"……"

"죽은 심 치면 못 참을 건 있으며 못 견델 건 있어요?"

"……"

"당신, 죄지셨잖아요? 그 죄, 지신 채 그대루 저생 가시구퍼
요?"

안해가 나를 죄인이라 부르기는 처음이었다. 그는 울면서 그
말을 하였다.

나를 죄인이 아니라 여기려고 아니하는 이 낡아빠진 안해가
나는 존경스럽고 고마왔다.

"당신야 존재가 미미하니깐 이댐에 민족의 심판을 받지두 못
하실는진 몰라두 가사 받아서 벌을 당한다구 하더래두 형벌이
죌 속량해 주는 건 아니잖아요?"

"……"

"이를 악물구 다른 것 다 돌아보랴 말구서 저것들 남매 잘 길
러 잘 교육시키구 잘 지도하구 해서 바른 사람 노릇 하두룩, 남
의 앞에 떠떳한 사람 노릇 하두룩 해줍시다. 아버지루써 자식
한테 대한 애정루나, 죄인으루써 민족의 다음 세대에 다 속
죌 하는 정성루나."

"……"

"어미 애비의 허물루 그 어린 자식한테까지 미쳐가서야 어린
것들을 위해 너무두 슬픈 일이 아녜요?"

"……"

"원고 쓰실랴 마세요. 차라리 영리회사 같은 데 취직이래두
하세요. 것두 싫으시거든 얼마 동안 집안에 들앉어 기세요. 내

가 박물 보퉁이래두 이구나서리다."

"……"

"……"

"그런 것 저런 것을 모르는 배 아니오마는 하두 인생이 구차스러 못하겠구려. 구차스럽구, 울분이 도무지 어따 대구 풀 길이 없는 울분이 가슴 속에 가 뭉쳐가지구 무시루 치달아 오르구."

마악 이러고 있을 즈음에 조카아이가 푸뜩 당도하였다. ××서 중학 상급 학년에 다니는 넷째 형의 아들이었다. 조카라지만 정이 자별하여 친자식이나 다름없는 조카였었다.

일요일도 아닌데 올라온 연유를 물었더니 주저하다가 대답이었다.

"아이들이 동맹휴학을 했대요. 전 그래 거기 들기두 싫구 해서 일 해결될 때꺼정 여기서 공부나 할 영으루……"

"동맹휴학은 어째?"

"선생 배척이래요."

"선생이 어쨌길래?"

"선생 하나가 새루 왔는데 일정시대 서울 어떤 학교에 있을 적 버틈 유명한 친일패였드래요."

"어떻게?"

"창씨 아니한 학생 낙제시키기, 사알살 뒤밟다 조선말 하는 거 붙잡아다 두들겨주기, 저의 학교루 와서두 연성 일본말루다 지껄이구 머 여간만 건방진 거 아녜요."

"그 선생이 적실히 친일파요, 그런 나쁜 짓을 했다는 건 어떻게 알았어?"

"그 학교 댕기던 아이가 몇이 전학을 해왔어요."

"그 애들 말만 듣구?"

"그 애들 말 듣구서 다시 조살 했대나 바요."

"그러면…… 너두 인전 나이 이십이요 중학 졸업반이니 그런 시비곡직은 혼자서 판단할 힘이 있어야 할 거야. 없다면 천치구."

"……"

"그래, 그런 선생을 배척하는 학생편이 옳으냐? 잘못이냐?"

"학생이 옳아요."

"옳은 줄 알면서 어째 넌 빠지구 아니 들어?"

"……"

"응?"

"낼모레가 졸업인데 공불 해야 상급학교 입학시험을 치죠. 조행에두 관계가 될걸요."

"이놈아!"

아이 저는 물론이요, 옆에 앉았던 안해까지도 질겁해 놀라도록 나의 목청은 높았다. 가슴에 뭉친 그 울분의 애꿎은 폭발이었으리라.

"동무들이 동맹휴학이란 비상수단까지 써가면서 옳은 것을 주장하는데 넌 그것이 번연히 옳은 줄 알면서두 빠져? 공부 좀 밑진다구? 조행에 관계된다구?"

"……"

"저 한 사람 조그만한 이익이나 구차한 안전을 얻자구 옳은 일 못 하는 거 그거 사람 아냐. 너 명색이 상급생이지?"

"네."

"반장이지?"

"네."

"아이들이 널 어려워하구 네가 하는 말을 믿구 잘 듣구 그랬드라면서?"

"네."

"그래 더구나 그런 놈이, 네가 나서서 주동을 해야 옳지 뒤루실며서 빠져? 넌 그러니깐 반역행월 한 놈야. 그 따위루 못날테거든 진작 죽어 이놈아."

"……"

"옳은 일을 위해 나서서 싸우는 대신 편안하구 무사하자구 옳지 못한 길루 가는 놈은 공부 아냐 뱃속에 육졸 배포했어두 아무짝에두 못 쓰는 법야."

"……"

"학문은 영웅지여사(學問英雄之餘事)란 말이 있어. 사람이 잘나야 하구 학문은 그 댐이니라. 인격이 제일이요 지식은 둘째니라 이 뜻야. 공부보다두 위선 사람이 돼야 해. 옳은 일을 하기 위해선 불 가운데라두 뛰어 들어갈 용기. 옳지 못한 길에는 칼을 겨누면서 핍박을 하더래두 굽히지 않는 절개. 단체를 위한 일이면 개인을 돌아보지 않는 의협. 그런 것이 인격야. 그러구서야 학문도 필요한 법야. 알았어, 이놈아."

"네."

"당장 가. 가서 겥이 해. 퇴학 맞아두 좋다, 금년에 상급학교 들지 못해두 상관없어."

"네."

"비단 동맹휴학뿐 아니라 어델 가 무슨 일에던지 용렬히 굴진 마라. 알았어?"

"네."

기회가 다른 기회요, 단순히 훈계를 하기 위한 훈계였다면 형식과 방법이 매양 이렇지도 않았을 것이었었다.

내가 생각을 하여도 중뿔난 것이었고 빠안히 속을 아는 안해를 보기가 쑥스럽다.

그러나, 그러면서도 한편으로 무엇인지 모를 속 후련하고 겸하여 안심되는 것 같은 것이 문득 느껴지고 있음을 나는 스스로 거역할 수가 없었다.

(1946. 5. 19. 향촌에서)

출전:백민(1948.10.19)

역로

　차 떠날 시각을 세 시간이나 앞두고 서울역으로 나온 것이 오후 두 시. 차는 다섯 시에 부산으로 가는 급행이었다.

　차표 사기에 드는 시간은 말고 단지 일렬에 가 늘어서기에만 엉뚱한 시간을 여유 두고 서둘지 아니하면 좀처럼 앉아 갈 좌석의 천신 같은 것은 생의(生意)도 못 하는 것이 이즈음의 기차 여행이었다.

　그런데다 본이 사람이 부질없이 다심한 탓에 차 한 번 타는 데도 남처럼 유유히 볼 일 골고루 다 보고 돌아댕기느라고 시간 바싹 임박하여 허둥지둥 정거장으로 달려 나가고 기적이 울고 바퀴가 구르기 시작하는 차를 아슬아슬하게 붙잡아 타고는 조금도 아슬아슬해함이 없이 동지섣달에도 땀이나 뻑뻑 씻고 하는 신경 굵은 짓은 감히 부리지 못하는 담보가 되어 가뜩이나 남보다 많은 시간을 낭비하여야 하였다. 나 보다도 더 성미가 급한 사람들이라고 할까 한가한 사람들이라고 할까 두 줄로 백여 명씩이나가 벌써 늘어서 가지고 있었다.

　인간의 수효보다 보따리의 수효가 서너 갑절은 되는 그리고 부피로도 인간의 부피보다 보따리의 부피가 갑절은 되는 그래서 인간의 열이기보다는 보따리의 열에 더 가까운 그 괴상한 열에 가 하여커나 꼬리 참례를 하고 섰다. 내가 맨 꼬리인 것은 그러나 순간이요 꼬리는 연해연방 뒤로 뒤로 뻗어나간다.

편성이요 무단한 결벽임에는 갈 곳 없되 도대체 나는 거리에서나 정거장이며 찻간에서나 모르는 남에게 담뱃불을 청하기를 즐겨 아니하는 성질이다. 몹시 즐겨 하는 담배였지만 성냥이 떨어졌으면 못 피우고 말았지 생면부지의 남더러 굽실하면서

"불 좀……"

하고 그 침 묻은 담배 토막을 받아다 불을 붙이고 싶은 생각은 아예 나지가 않는다.

내가 남에게 담뱃불을 청하여 붙이기를 유쾌히 여기지 아니함과 일반으로 모르는 남이 나에게 담뱃불을 청하는 것도 나는 유쾌히 여기지를 않는다. 더우기 새파랗게 젊은 계집이나 열칠팔구 세의 젖내나는 어린아이들이 아무 거리낌 없이 담배를 들이밀면서

"불 좀 붙입시다."

하고 대드는 데는 차마 뇌꼴스러 못 하는 것이다.

되도록이면 그래서 잡인이 모이는 처소에서는 담배를 피우지 아니함으로써 그러한 불쾌할 기회를 자초하지 말도록 나는 유의를 한다.

그런 명심이 오늘은 어떡하다 잠깐 해망을 부렸던지 무심코 한 대를 피워 물고 마악 두 모금도 미처 빨기 전인데

"불 좀 붙입세다."

하는 여청[女聲]의 영남 사투리가 바로 귀 옆에서 들린다.

배젊은 계집이다. 하되 남루한 옷 주제꼴이랑 표정 가짐이랑 논다니 계집은 아니어 보인다. 부부인 듯 한 짐 크게 해 젊어지고 같이 섰는 일본 병정 복장 짜리의 촌퉁이로 보아 역시 그러하였다.

한참이나 치어다보다 담배를 코앞에다 내밀어 주었다.

받아 가려고 손이 온다.

그대로 대고 붙이라는 뜻으로 내민 담배를 내어줬더니 알아채고 고개를 숙여 신문지에 침 흥건히 묻혀서 만 것을 가져다 대고 쭉쭉 빤다.

그러느라니 나의 낯 색이랑 태도가 조음 오만하여 보였을까마는 계집은 아무 그런 것을 느껴 하는 내색이 없이 태연무심한 얼굴이면서 담배를 붙이고, 붙이고 나서는

"고맙습네다."

하고 돌아서고 한다.

어느결에 왔는지 김 군이 옆에서 보고 있었던 모양

"남 담뱃불 좀 대어주기가 그렇게두 쓴 약 먹기 같드람?"

하면서 그 커다란 얼굴로 히죽이 웃는다. 젊은 계집이나 어린아이 놈이 맞담배질하자고 대드는 것 발칙해 못 보겠더라고 김 군이랑 여럿이 있는 자리에서 말을 한 적이 있었다.

"어데 가는구?"

"광주…… 자넨?"

"고향."

"이리(裡里)꺼정 동행인가?"

"자네 같은 되놈허구 동행 그대지 반갑지두 않으이."

우리 그룹에서는 김 군을 굼뜨고 배포 유하고 하대서 병자호종(丙子胡種) 혹은 왕서방 혹은 되놈으로 별명 하여 불렀다.

이번에는 웬 영감이 골통대를 가지고 와서 한동안을 힘들여 불을 붙여 간다.

김 군은 구경다웁다고 껄껄 웃더니

"자네두 인전 살두 좀 찌구 수두 좀 하고 싶거들랑 그 결벽 그 편성 교정을 해보는 게 어때?"

"그래서 되놈처럼 무신경해가지구 살이 뒤룩뒤룩 쪄설랑 보기 싫은 세상 한 오백 년 살란 말인가?"

"해방이 되구 독립이 머지 않구 자유가 눈앞에 알찐거리는데 보기 싫은 세상야?"

이 말은 김 군도 물론 반의적(反意的)으로 하는 말이었다.

"대관절 차표나 사놓구서 시방 이 넉장인가?"

"지끔버틈 가 사예지."

"겨우?"

"그럼 자네처럼 한 사흘 전버틈 호둑호둑 튀구 댕길까?"

"제아무리 왕서방이라두 차표 사긴 글렀구 덕분에 성가신 동행 면하게 되니 내가 다행일세."

"차표보담두…… 즘심 어떻게 했나?"

"먹었어."

"난 여태 즘심 전인데…… 가서 차래두 허세나."

"여긴 어떡허구."

"요 졸장부야!"

핀잔을 먹고 팔목을 잡아끌려 정거장 앞의 다방으로 갔다.

한 시간 넘겨 붙잡혀 있다 세 시 반이나 되어 열로 돌아오니 섰던 곳의 앞뒤엣 사람이 두말 아니하고 비켜준다.

"인전 가 차표 마련해 볼까."

그러면서 김 군은 어슬렁어슬렁 가더니 오 분이 못 하여 차표와 급행권을 어엇이 쥐고 온다.

"단단히 무관한 양반이 차표 파는 데 계신 모양일세나? 그러면서두 내가 차표 때문에 그렇게두 앨 쓰구 댕기는 걸 보구두 모른 척했단 말인가?"

"무관은 말구 애비 자식 새라두 요샌 철도경찰이란 따끔 나으리가 지키구 있어서 어림없다네."

"그럼 그 차푠?"

"차표, 야미 몰라?"

"........."

"급행권 껴서 백 원이면 헐지 않아?"

"........."

"자네 차표허구 급행권허구 사기에 며칠 걸렸지?"

"꼬박 이틀."

"애는 애대루 쓰고 이틀이겠다?"

"........."

"그 이틀 동안 시간 손해허구 나 이거 제값보담 한 팔십 원 더 내구 산 심인데 그래 이틀 동안 시간 손해가 돈이나 팔십 원 손해에다 댈 거야?"

"그런 줄 몰랐더니 자네답지두 않게 타산 속은 밝으이그려."

"일을 순리루 해야 순리루 된다 그 말야."

"야미루 차표 사는 게 순리야?"

"허허 경제교란인가 그럼? …… 하여튼 야미 차표 사구 말지 자네처럼 호두둑거리면서 이틀 전 버틈 초조해 납뛰구 댕기는 건 추앙할 수 없는 일야."

고향에서 집안에 병인이 있어 위독하다는 전보를 친 것이 나흘 전. 그 전보를 받은 것이 이틀 전. 떠날 예정은 오늘로 하여 놓고 그날부터 서둘러 차표와 급행권을 도득하기에 오늘 아침까지 꼬바기 이틀. 그러느라고 살이 내리는 초조를 느꼈음은 물론이었다.

김 군의 구박이 아니라도 대륙사람 본으로 만사를 그 만만디, 메이파스로 처리하는 것이 초조하고 근심하고 하느니보다는 차라리 나은 줄을 모르는 바야 아니면서도 사람이 안다는 것과 아는 것을 행한다는 것과는 스스로 다른 것이었었다.

나와 김 군이 섰는 열 옆에서 부자 아니면 형제인 듯싶은 양복 신사와 열댓 살 박이 중학생이 주고받고 하는 이야기였다.

"거스름돈을 안 줘요."

"어째서?"

"거스름돈 안 주느냐구 하니깐 차표 도로 끌어들여 갈 영으루 하면서 잔돈으루 가지구 와, 그리겠죠."

"쯧 야미 차표 산 심 잡지."

"그래두 그런 법이 어딨어요?"

"아따 그 돈이 국가 수입으루 될 테니 건국에 성금 바친 요량만 대면 그만 아니냐?"

"저이가 먹지 웬걸 남는다구 다 그대루 철도국에다 내놓나요?"

"그렇지야 않겠지."

"저이가 먹을 영으로 위정 거스름돈을 내주지 않는다구 거기서 다른 사람들두 수군거리던데요 머."

"아뭏든 사람들이 질(質)이 전보담 되려 떨어졌어. 걱정야."

둘이는 천천히 열 꼬리를 찾아가고 있었기 때문에 그다음 이야기는 들을 수가 없었다.

나는 그들의 가는 뒤를 무연히 바라보았다. 김 군도 바라보고 있었다.

"저 어린 학생이 그런 불의(不義)를 끝끝내 불의로 여기는 강경한 것이 지탱이 된다면 모르거니와 일상생활에서 여러 방면으루 늘 그것을 보아나는 동안 필경 가서 정의감이 마비가 된다면? 송구한 노릇 아닌가?"

"그 양복 신사가 있으니깐 염려할 건 없으이."

"그만침이라두 어진 부형을 둔 가정이 그리 쉬어서?"

"가정이 나쁘면 막나니가 될 것이구."

"난 저런 어린 사람들이 새삼스럽게 불쌍해."

"독립이 되구 전도가 양양하구 한 이판에 건 무슨 청승맞인⋯⋯"

"저 애들한테야 무슨 나랄 망한 책임이 있나? 저이들 조부대(祖父代)의 불찰루 억울하게 망국의 슬픈 자손 노릇을 했지. 또 망한 나랄 가지구 그다음 민족까지 팔아먹은 책임으루 말을 해두 저 애들 바루 전대(前代) 그러니깐 지끔의 부형들한테 있지.

'저 애들이야 부형들이 일본제국주의에 복종하는 대루 허릴없이 따라서 한 것뿐 아냐?"

"그 소위 망한 나랄 가지구 그다음 또 민족까지 팔아먹은 부형들 가운데 자네두 역적놈의 한몫을 했겠다?"

"했지."

"강연 몇 번 갔었지?"

"몇 번을 따질 필요 없어. 세 번 해먹었다구 목잘를 데 한번 해 먹었다구 목 아니 잘르랄 법은 없으니깐."

"그럼 자네 목두 자네 몸뗑이에 붙었을 날이 많지 못 허이그려?"

"요행 그랬으면 고맙겠는데 그렇지가 못할 모양이니 슬프이."

"어째서? 죄가 경하다구 용설 받을까 바서? 어림없다."

"죄가 경하대서가 아니라 존재가 하두 미미하니깐 죄인 값에 두 쳐주지 않는단 말일세."

"인간이 성명 없는 인간이라구 진 죄까지 가벼워지란 법두 있나?"

"그리게 말야."

"그럼 자살을 하지?"

"한 방도는 방도겠지."

"하여간 철두철미 귀족 취미야! 도저히 구제할 길이 없는 인간야."

"아까 그 말 계속인데 망국의 책임두 없구 민족을 팔아먹은 책임두 없구 한 어린 사람들이 망국 자손, 매국 자제의 굴욕, 비애 그런 것만 지질히 부담을 해오다가 명색이 해방이라구 되구 나서는 이번엔 망국 인종의 추하구 천한 행습 머리를 해서 흔건히 퍼지구 있는 해독(害毒)…… 이걸 또 입어야 하다니 불쌍한 건 어린 사람들 아냐?"

"마당 터지는데 솔뿌리 걱정할라 말구서 자네두 어서 속죄나 할 도릴 해요. 아 남들은 팔일오 때에 팔월 십오일 오전 열한 시 오십구 분까지두 흡혈귀 미영을 쳐부셔라. 조선의 자제들아, 부형과 농민들아, 어서 빨리 이 성전(聖戰)을 승리하두룩 지원병에 학병에 증병에 다투어 나가거라. 총후의 협력을 게을리하지 마라. 증용을 기쁘게 나가거라. 그리함으로써 조국 일본의 영광이 그대들의 머리에 빛날지니라. 국어를 상용해라. 생활 전부를 내 지뻔으로 해라. 그리함으로써 한시바삐 내선일체를 체현해라. 곤란을 참아라. 불평을 토하지 마라. 승리는 눈앞에 박두하였느니라. 이렇게 목이 터지두룩 연단에서 웨치구 붓이 닳두룩 써내구 하다가 팔월 십오일 오전 열한 시 오십구 분까지 말야. 그러다가 오정이 땅 치면서 일본이 항복을 하구 조선은 해방이 되었다 이 소리가 들리니깐 이번엔 그 입 그 붓을 그대루 가지구 동포여 왜적은 물러갔다. 동근동조를 꾸며대구 내선일체를 강제하면서 우리의 자질을 끌어다 불의한 침략전쟁에 희생시키구 우리의 쌀을 빼앗어다 저이만 배 불리면서 우리를 굶주리게 하던 포학 왜적은 연합군 정의의 칼날 앞에 무릎을 꿇고 말았다. 우리는 우리의 독자한 문화와 전통 아래 사천 년 빛나는 역사를 기록하면서 살아온 배달민족이다. 왜적이 언감히 이를 말살할 수가 있을까 보냐. 자 건국이다. 친일파를 없애여라. 민족 반역자를 버히라. 이렇게 들입다 목이 터지두룩 웨치구 붓이 닳두룩 쓰구 하질 않는가? 그렇게 날쌔게 땅재줄 들 넘는 바람에 제마다 피 끓는 애국지사로 건국의 역군으루 환신을 해가지군 과거의 죄상은 어물어물 씻겨 넘어가질 않았나? 죄가 씻기구만 만 게 아니라 장차에 무어나 벼슬이라두 제각기 한 자리씩 꿈들을 꾸구 있질 않는가? 자네두 이목구비가 저만치나 번뜻한 위인이 어째 남이 부리는 재준 한바탕 부려보질 못하구서 밤낮 그…… 내 말 듣구서 말야 지끔 부터라두 늦진 아니허니 허다 못 해 북이라두 한 개 사서 구세군매니루 둥둥 치구 댕기면서 한바탕 해봐요."

"그렇게 해서 정말 죄가 씻겨질 테라면야 좋겠네만 서두."

"죄가 당장에 씻겨질 이치야 물론 없겠지. 허지만 그렇게 나서서 납뛰느라면 다소간 건국에 조력한 공로는 생길 게 아닌가? 그 공로허구 전날에 진 죄허굴 맞비겨 때린단 말야. 마이너스 풀러스 이콜 제로 아냐?"

"문제는 소위 군소급(群小級)의 죄인들인데…… 원체 괴수들야 덩치가 크막허구 색채가 유난하니깐 자네 말짝으루 그런 재주를 부려보자구 백성의 면전에 나설 생심을 못 하구서 죽은 듯이 꿇어엎드렸거나 뒷줄루 대구 실금실금 이면공작을 하구 댕기는 모양이니깐 문제 밖이구. 문제는 군소급인데 그래 자네 같은 둔한 신경이 보기에두 서방님네들이 그 요란을 떨어대는 것이 정말 건국의 진정한 정열 같아 보이던가?"

"허허허허. 자네 그다음 할려는 말을 내가 지레 하지. 그건 건국의 열정이 아니라 제각기 제가 나서서 하는 구명운동(救命運動)이니라구."

"그래서?"

"그렇지만 말야. 동기는 가사 그렇게 진심으로 나라와 민족을 위하자는 것이 아니라 단지 제자신의 구명운동이라는 불순하구 앙뚱스런 것이라구 하드래두 결과는? 결과는 그래두 직접 간접으루 많고 적고 간에 건국 과정에 도움 되는 것이 있다는 걸, 즉 객관적 가치만은 일면 부인두 무시두 할 수가 없는 게 아닌가?"

"내가 보기엔 공로보담두 오히려 해독이 은근히 클 상싶으이."

"어째서?"

"남편이 없는 새 장성한 딸자식이 보는 데서 실컷 못된 짓을 하구 댕기던 계집이 있다구 하세. 그래 그 계집이 남편이 돌아오니까는 그 딸자식 앞에서 남편과 마조 앉어 정절(貞節)을 말하구 주장하구 한다면? 첫째 왈 그 딸자식이 에미를 신용을 하며 정절을 배우기보다는 부정(不貞)하고도 숨기기만 하면 고만이라는 것을 배우구 할 것이 아니겠나? 금새 미국 영국을 악당으루 몰구 황국신민이 되라구 소리 지르구 써 대구 하던 그 입그 붓으루다 방금 또 왜놈이 죽일 놈이요 조선 사람은 애국심을 분발해야 한다구 소리 지르구 써 대구 하는 걸 백성들이나 특별히 어린 사람들이 보구 무어라구 하겠나?

'대관절 아까 하던 말허구 지끔 하는 말허구 어는 게 정말인구?'

'미친놈야 미친놈.'

'아냐. 뻔뻔스러 그래.'

'아냐. 사람이란 나처럼 이렇게 변절을 잘해야 하느니라. 그걸

시방 우리한테 배워주는 거야.'

이럴 게 아니냔 말야?"

"무섭게 괴벽스런 천착이로군! 이 사람 지끔 차 타구 가다 전복이나 충돌돼서 죽으면 어떡헐 영으루 태연히 이렇게 차 탈 준빌 하구 섰나?"

"미상불 요새 그 건방지기만 하구 책임 관념이라군 떨끝만치두 없는 조선 되련님들이 찰 운전 하거니 하면 속으루 뜨윽하지 아니한 것두 아냐."

"그럼 이런 건 어때? 소리 아니 나는 건국 운동이랄까 간접 애국 운동이랄까 거 사람이 좀 얼락녹으락 해서 아 성냥이 비싸구 귀한 때니 남이 담뱃불을 청하거들랑 성냥 한 개피라두 절약시키는 걸루다 건국에 이바지한다는 생각으루 제발 그 얼굴 잔뜩 찌푸리질 말구섬 선뜻 옜소 하구 대어주구. 어때? 자네 같은 소심한(小心漢)한텐 꼬옥 알맞인 애국 운동일걸?"

"요새 난 절절히 생각인데 사람이 어떤 사회적인 죄랄지 과오를 범을 했을지면 고즈너기 일정한 형식을 통해서 공공연하게 작죄의 경위를 밝히구 죄에 상당한 증계를 받구 그래야만 떳떳하구 속두 후련한 법이지, 걸 불문(不問)을 당하구서 남의 뒷손꾸락질만 받구 살아야 한다는 것은 견델 수 없는 불쾌요 고통이요 슬픔이요 한 거야. 마치 몸에서 고약한 체취(體臭)가 나는 사람이 늘 마음에 남의 앞에 나가면 남들이 돌려세워 놓구 얼굴을 찡기리구 코를 쥐구 하려니 하여 우울해하구 비관하구 해야 하는 것처럼."

"인민재판 아니하구서두 썩 효과적인 증벌 아닌가? 그러나 내 자네에게 우정의 표시루다 그 고약한 체취라는 걸 말살시킬 방도를 훈수해 주문세. 향수를 흡씬 뿌려요. 향수란 다른 게 아니라 야미 장수도 좋구 모리행위두 무방하니 어쨌던 돈을 산더미만침 잡아가지굴랑 정당이란 정당은 머 깡그리 물 쓰듯기 자금을 대요. 또 신문 잡지두 매수하구 사회단체에두 들입다 기부금을 내구. 그런다 치면 그 고약하던 체취가 담박 그대루 불란서의 고급향수처럼 향그러운 체취루 변하는 동시에 들 코를 벌씸거리면서 머릴 싸구 자네 주위루 모여들어, 아 향그러운 그대의 체취여 하구 찬미를 할 테니."

"흥 백성들두?"

"이지음야 백성들은 무슨 소릴 하건 어디루 가구 있건 위지왈 지도자란 귀먹구 눈멀구 한 신선들만 꺼꾸루 선 피라미트 위에 가 하나 가득히 올라앉아 이리 기우뚱 저리 기우뚱 위태한 씨소 께임을 하면서 백성 없는 정부두 조직하구 나라 없는 건국두 하구 하는 세상이길래 그 양반들만 단골 삼으면 고만일까 해서 하는 말일세."

열 앞에서 별안간 동요가 일면서 뒤로 뒤로 열이 밀려 나온다. 개찰할 시간이 가까와 역원들이 나와서 정리를 하는 것이었었다.

언제 보아도 그러는 것처럼 정통의 열 옆에는 으례 두 줄 석 줄씩 방통이 열이 덧붙어 있다. 그 방통이들과 또 편안히 결상에 가 앉았던 패들이 정리 바람에 모두 정통의 열 속으로 끼여들고 덕분에 나와 김 군은 개찰구로부터 지금까지보다 삼 배나 되는 거리의 뒤로 밀려 나가야 하였다.

"이러구서야 세 시간이나 미리서 나와 다리의 피가 내리두룩 서 기다린 보람이 무어람."

이 말에 김 군이 돌려다 보고 씨익 웃으면서

"그러니깐 부지런허구 게으름허구 맞먹는대지 않어?"

"대관절 이 땅 백성들은 언제나 사람이 돼서 남이 욕하구 떠 다밀구 하면서 정릴 시키구 하기 전에 제풀에 열 같은 것두 얌 전히 좀 짓구 질설 지킬 줄 알게 될 텐구?"

"아따 이 사람, 해방이 날이 얕구 건국이 미처 아니 돼 모든 것이 혼동해서 자연 그런 거 아닌가. 사람으루 치면 어린애 여 든. 국민학교 신입생. 국민학교 신입생의 갓 모집을 해 논다 치 면 마치 이 모양 아냐? 그러니깐 백성이 아직 어리구 철이 아니 나서 그렇거니만 해 둬요."

"어리구 철이 아니 나서 그렇다느니 보다두 나이 너무 많아 늙어빠져서 노망 기운으루다 그러는 거 아냐? 조선 민족의 나 이 자그만치 사천이백일흔아홉 살 아닌가? 사람이 늙으면 노망 이 나서 망녕을 부리듯키 민족두 너무 늙으면 노망이 나구 망녕 을 부리구 하는 모양야."

마침내 개찰이 되어 달음질을 쳐서 겨우 차칸에다 몸을 올리 기까지는 하였다. 그러나 좌석은 이미 없었다. 대개 한 걸상에 셋씩이 앉았고 둘이 앉은 자리도 드물었다.

가까스로 둘씩만 앉은 한 복스를 찾아내었다.

"겉이 좀 앉어 갑시다."

김 군이 그리는 것을 먼저 사람이

"저 있어요. 와요."

한다. 그 어름어름하는 것이 벌써 알 속이다.

"오면 벼주지. 자네두 거기 앉게나."

그러면서 김 군은 걸상 가로 비집고 앉고 나도 마주 앉고 하였다. 그리고 대전까지 가도록 아무도 그 자리의 주인은 나타나지 아니하였었다. 따라서 대전까지 가도록 있어요 와요 한 그 사람은 얼굴이 따가와야 하였다.

"우리 앞으루 한 줄에 삼백 명씩밖엔 섰지 않았지?"

김 군더러 물으니 고개를 저으면서

"삼백 명은 무슨 삼백 명."

"가령 삼백 명 잡구라두 두 줄에 육백 명…… 찰 몇 간 달았지."

"열두어 칸 달았겠지."

"그럼 우리가 차에 오르기까진 한 칸에 오십 명 평균밖엔 타구 있지 않았어야 할 게 아냐?"

나의 이 말에 김 군 편 걸상의 차창 옆으로 앉은 잠바 입은 이십가량의 젊은 사람이

"난 세째루 섰다 나왔는데 그때 벌써 차 칸마다 절반두 더 타구 있던데요."

"그 사람들은 둔갑하는 요술꾼인감?"

"하여커나 앉어가게 됐으니 천행이지 그대두룩 분개할라 말게. 세상이 어즈러울 땔수룩 뇌물이라는 것허구 정실(情實)허구가 득셀 하는 법 아닌가."

김 군의 말이었다.

"그럼 자네 말하던 게으름허구 부지런허구가 맞먹는 게 아니

라 교활허구 부지런허구가 맞먹는 심일세그려?"

"건국되면 다 제대루 들어서요."

"언제 참 우리나라 정부가 되나요."

내 바로 옆의 시골 사람이 묻는다. 한 육십 된 동 저고리 바람에 철 지난 방한모의 늙은 농민이었다.

김 군이 대답을

"되구말구요."

"쉬 곧 되나요?"

"건 저 노서아 사람허구 미국 사람허구더러 물어보아야 알걸요."

"안직두 멀었지요?"

"영감은 무엇 하러 그렇게 우리 정부 되길 기다리죠?"

"우리 정부가 생겨야 두루 다 존 일이 많답디다."

"여보 영감?"

"예?"

"조선 대통령 누가 났으면 좋겠소?"

"이승만 박사가 나야 헐 테지요."

"어째서?"

"그이가 젤 낫다구들 그립디다."

"어떤 놈이 그따위 소릴 해요?"

버럭 소리를 지르고 대드는 건 김 군 걸상의 차창 옆으로 앉는 아까 그 잠바 청년이었다.

그는 얼굴이 시뻘개 가지고 계속하여

"괜히 이승만이가 대통령이 됐단 조선은 또 망허구 말아요."

"그래두 그이가 남이 말하는 것처럼 나뿌이 아니랍디다?"

"거짓말예요."

"쯧 내야 시굴 구석에서 땅이나 파먹구 사는 사람이 무얼 아우. 남들이 그러니깐 그런가 보다 하는 거지."

"시굴루 돌아댄기믄서 그런 소리 하는 놈들이 그게 모두 나라 망쳐놀 놈들예요."

"쯧 내야 사니 며칠 살며…… 나라 있을 적에두 나라 덕 본 것 없이 살았구 나라가 없을 적에두 나라 그린 줄 모르구 살았구."

미소하면서 듣고만 있다가 김 군이 묻는다.

"이다음에 대통령을 뽑을 때 영감더러 대통령 내구푼 사람 이름을 써내라구 하면 누굴 쓰시료?"

"글쎄요."

"아뭏든 누구 하날 쓰긴 써야 할 게 아뇨?"

"쯧 이승만 박사 쓰지요."

"그럼 여보 젊은 친구댁은 누굴 투표하료?"

"여운형 선생님요."

"여운형 씰…… 어째서?"

"아 여운형 선생님허구 이승만이 허구 같아요?"

"이 친구 내게다 그렇게 볼먹은 소릴 할 건 없구. 댁이 여운형 씰 투표하는 건 그만한 이유랄지 신념이 있어서 하는 게 아뇨?"

"민주주의니깐요."

"조선서 이름난 지도자가 여운형 씨만 민주주인가?"

"민주주이라구 다 대통령 자격이 있나요? 인격이 있어예죠."

"옳아!"

"또 공로두 있어야 허구요."

"그럼…… 그럼 박헌영 씬?"

"더 좋죠. 그렇지만."

"그렇지만……?"

"좀 일러요."

"무엇이?"

"공산주이가 조선엔."

"어째서?"

"장찬 몰라두."

"공산당 당수가 대통령이 된다구 우리나라가 그대루 공산주이가 된단 법은 없지 않소?"

"안 되구 어떻게 해요? 당장 되구 말죠."

"거 공산주이가 그리 존 건 아니라구들 합디다?"

내 옆의 영감이 한마디 거드는 것을 잠바 청년이 또 벌컥 성을 내어

"어째서 안 좋아요? 노동자 농민이 뿌르죠아나 지주한테 착췰 아니 당하구 꼭같이 노동하구 꼭같이 분배하구 계급 차별이 없구 평등이구 한 건데 어째 나뻐요?"

"………"

영감은 잠바 청년의 외국말 같은 말을 알아들을 바이 없는 것이라 뻬언히 치어다보기만 한다.

그러는 것을 김 군이

"여보 영감?"

"예?"

"농사 몇 말지기나 지시우?"

"논이나 한 열 말지기하구 밭이라야 댓 말지기하구."

"식구는?"

"우리 내외 큰아들네 내외에 손주가 둘. 둘째 아들 내외 딸 그럼 모두 해 아홉인가?"

"그 아홉 식구가 논이나 열 말지기허구 밭이나 닷 말지기허구 지어가지구 심이 다요?"

"어림없는. 아 열 말지기에서 도합 서른 섬 난 걸 가지구 도지열 섬 치렀지요. 것두 작년버틈이니까 도지가 열 섬이지 전에는 열엿 섬 일곱 섬 그랬드라우. 반년 양식두 못 되는걸."

"아홉 식구에서 농사일할 사람이 몇이나 되죠?"

"큰아들 큰손자 작은아들 다 장정이지. 또 며느리들이랑 딸년이랑 나두 거달아 주구."

"그럼 손이 모자라 농살 못 짓는 건 아니겠다요? 땅이 없어 못 짓지."

"그야 일러 무얼 허우."

"도지 아니 무는 논으루 한 스무 말지기만 지면 질 수두 있구 그걸루다 일 년 계량을 하구 남겨진 팔아서 옷감두 끊구 신발두 사구 담배두 사 자시구 간혹 술잔두 사 자시구 이런 서울 출입두 하구 해가면서 하여간 일 년 가곌(家計) 써나갈 수가 있겠군요?"

"그렇죠. 논 좋은 걸루 스무 말지긴다 치면 예순 섬은 날 테니깐 절반 서른 섬 양식허구 서른 섬 팔면 아모리 백물이 비싼 이때라두 그럭저럭."

"영감님네 식구가 꼬옥 지어낼 만치 논을——도지 없는 논을——주구 그중에서 영감님네 식구 일 년 먹을 것 까구서 남겨질 나라에 바친다 치면 나라에선 영감님네가 일 년 입을 옷감 신발 빨랫비누 석유 그밖에 소용되는 걸 골고루 골고루 마련해 주거든요. 그게 위지 왈 공산주이랍니다."

"나라에서 무슨 땅이 있어 우릴 논을 도지두 아니 밭구섬 주구 허우?"

"지주가 가진 논을 물수해서요."

"남의 걸 뺏어서?"

"네."

"그래서야 쓰우. 남의 가진 걸 강제루 뺏어서 준다면 그런 공평치 못할 데가 있소?"

"그게 공평하잔 노릇인걸요."

"에이 나는 그런 땅 싫여."

"무어 영감님더러 손수 뺏으란 건 아니니깐 글랑 염려 마시지요."

"글쎄 온."

"흐뭇하긴 한 모양이죠?"

아닌 것이 아니라 영감은 싫단 소리는 겸사의 말인 것이 그의 흐물흐물 웃는 얼굴에 선연히 드러난다.

이윽고 영감은

"거 공산주이허면 우리 조선이 이번엔 일본 대신 저기 아라사 속국 된다구들 그립디다."

"잘못 공산주이를 하면 그럴는지두 모르죠. 그렇지만 영감,

아라사 속국야 되거나 말거나 도지 아니 무는 농사지어 일 년 배 안 고프게 먹구 살구 옷감야 신발야 모두 그립잖게 타서 쓰구. 그리구 순사나 면장·구장허구나 상하 귀천 아니 가리구 평등으루 지내구. 조옴 좋아요?"

"에이 그래두 나라가 있어야지. 살기가 차라리 좀 옹색하더라두."

"아니 아까 나라야 있으나 없으나 상관 없다구. 나라 있을 적에두 나라 덕 본 일 없구 나라가 없을 적에두 나라 그린 줄 모르구 살었느니라구 아니하셨소?"

"말이 그렇지 어디……"

"거 지끔 조선서 공산주이를 할려다간……"

지금까지 아무 소리도 없이 영감을 건너 차창 옆으로 앉아서 듣기만 하고 있던 사십가량의 시골 신사가 비로소 말을 거들던 것이다.

"……공산주이 하지두 못하고 나라만 망쳐놓기가 십상이지요. 것보담은 우리는 미국식 민주주이를 해야 할 겝니다."

"어째서 그런가요?"

잠바 청년이 잠자코 있을 리 없어 따들고 나서던 것이다.

"젊은 분은 아마 좌익인 모양인데 노형 삼십팔도 이북 가본 일 있소?"

"가보나 마나 하죠 머."

"공업 기계 말끔 뜯어가구 공출루 식량 뺏어가구 불한당두 공산당원이면 그만이구 부녀들 겁탈하구 태극기 대신 적기 내세우구 그러는 거 다 알구나 지끔 이러우?"

"당신은 가보았나요?"

"꼭 보아야만 허우? 듣구는 모르우?"

"못 가보구서 남이 하는 말만 듣구요? 그거가 모두 떼마예요."

"흥. 떼마거니 하구서 잔뜩들 장 대구 있다 나중 가서 꼴 볼 만 하겠다."

"미국이 구세주거니 하구서 잔뜩들 장 대구 있다가 나중 가서 꼴 볼만 하겠수."

김 군은 웃음을 참다못해 외면을 하고 한참이나 소리 없이 웃더니 나더러 영어로

"Just a reduced drawing!"

한다.

미상불 그 억담의 우김질로 상대편을 엎어누르려는 것까지도 갈데없는 한 폭의 축도(縮圖)였다.

"김 군?"

"?"

"방금 난 이런 공상 하날 해보다가 혼잣속으로 웃었는데."

"무어야?"

"저 이란 있지 않은가?"

"그래서?"

"그게 어느 시간 후에 가서 싸베에트 이란이 됐다구 가정을 하구. 물론 약소 민족국가 이란인 건 변함이 없구."

"그래서."

"그래 약소 민족국 싸베에트 이란이 처억 모스크바에 있는 이

란 공살 시켜 스탈린 수상더러 싸베에트 노서아를 싸베에트 이
란의 한 연방(聯邦)으루 편입을 시키겠으니 생각이 어떠시뇨?
하는 교섭을 한다면 그 자리에서 스탈린 영감의 얼굴이 어떨
꾸?"

"울상을 하겠지."

나는 김 군과 어우러져 한참이나 웃었다. 그러고 나서 다시

"그럼 이번엔 이란이 아니라 불란서나 영국쯤이 싸베에트 불
란서 혹은 싸베에트 영국이 돼가지구 처억 모스크바에 있는 불
란서 공사면 불란서 공사 영국 공사면 영국 공살 시켜 크레물린
으루 스탈린 수상을 찾아가 싸베에트 노서아를 우리 싸베에트
불란서(혹은 싸베에트 영국)의 한 연방으루 편입을 시키겠으니
생각이 어떠시뇨 한다면?"

"원자폭탄을 자네네만 발명한 줄 아나? 우리두 있어요 그리
겠지."

"그보담은 여보 불란서(혹은 영국) 동지, 우리 두 나라가 꼭
같은 권리와 의무를 가지는 한 개 한 개의 연방이 되기루 하세
나 이럴 것 같은데?"

"문제는 그러니깐 조선이 내일 바루 싸베에트 조선이 되어버
리느냐, 내일은 고구려(高句麗) 그리구 나서 모레 싸베에트 고
구려가 되느냐에 달렸겠지."

차는 사람을 태운 것이 아니라 짐차에 물건을 재듯이 재어가
지고 그래도 넘치는 것은 지붕에다 올려 앉혀 가지고 씨근거리
면서 달리다 어느덧 천안에 당도하였다.

그동안 다른 역에서도 그런 것이 없었던 것은 아니나 천안은

쌀이 흔한 관계인지 차가 포옴으로 미끄러져 들어가자 굉장한 아우성과 함께 차창으로 쌀 보퉁이들이 쏟아져 들어왔다.

찻간 안은 물론이요 승강대까지도 짐과 사람이 꽉꽉 들이차서 내리는 사람도 오르는 쌀 보퉁이와 사람도 차창으로밖엔 도리가 없었다.

바로 다음 복스에서 바깥과 싸움이 난다.

"좀 열어 주시요."

"꽉 차서 둘 올 데가 없소이다."

"그래두 좀 열어주시오."

"여깄는 사람두 포개서 가우."

"여보 혼자만 갈 테요?"

"여기만 해두 수백 명이 탔는데 혼자야?"

"옘병해라 이 자식아."

"저런 주리 땔 앵길 자식이."

"이리 나와 이 자식아."

"이리 둘와 이 자식아."

"열어. 들어갈 테니."

"너 좋라구 열어줘?"

"오랄져라 이 자식아."

"땀을 내라 이 자식아."

그러나 이건 선량한 편이다.

여기저기서 유리창이 깨어진다. 안에서 열어주지 아니하면 유리창을 깨뜨리고서 쌀 보퉁이를 들이밀고 기어오르고 한다.

우리 복스의 창이 거절하다 못해 열리면서 쌀 보퉁이가 커다란 것이 들어오고 이어서 양복 짜리 젊은이가 끙끙 기어들어 온다.

"고맙습니다."

그는 창을 열어준 잠바의 좌익 청년더러 치하를 하면서 땀을 씻는다

"온 이럭허구서야 사람이 견데배기는 수가 있어야지."

신객이 혼잣말로 그러는 것을 미국식 민주주의 신사가

"어데서 오셨소?"

"부산서 왔답니다."

"부산서 여기까지?"

"어떡헙니까? 부산선 시방 대두 한 말에 팔백 원이 가는데 월급이나 일천 한 이백 원 받는 사람이 그 쌀 사 먹구 살아요? 한 달 쌀값만 해두 사천 원인데."

"천안선 얼마 합디까?"

"이백 원씩에 두 말 샀습니다."

"부산선 지끔두 쌀이 일본으루 나가나요?"

"부산뿐인가요. 난 누가 피스톨을 한 자루 줬으면 직업두 내던지구 쌀 밀수출하는 놈들만 따라댕기면서 깡그리 쏴 죽이겠드구면."

"군정이 밝히지 아니하나요?"

"밝히니 일일이 손이 미칩니까."

"큰일야. 그게 모두 소수의 모리배 놈들의 짓으루 민족이 전체가 곤란을 당하구 건국에 방해가 되구 하니."

"속 모르는 소리 마슈. 모리배가 한목 어데서 쌀을 사가지구

부산이면 부산으루 여수면 여수루 가 일본에다 팔아먹구 하나
요?”

“? ……”

“한 말 두 말 최고 한 가마니까지 해 짊어지구 일본 가차운 항
구를 매일같이 수천 명씩 몰려가는 게 누구들인데요?”

“야미꾼들일 테죠.”

“농민들예요. 각지에서 농민들이 등으루 져다 파는 쌀을 밀
수꾼들은 가만히 앉어서 사 긁어모아 가지구 일본으루 내는 거
예요.”

“농민들야 시세가 좋니깐 내막은 모르구서.”

“이 양반이…… 이 양반두 아마 서울서 정치하는 양반인가 보
군. 당신네들은 입만 벌리면 농민은 순진하구 불쌍하구 애국적
이구 하다구 떠들지만 그래 가지군 정치 못 합넨다.”

“허허. 그분이 너무 과격하군!”

“번연히 이 쌀을 가지구 가 팔면 배에 실어 일본으루 가는 줄
을 알면서두 그건 다 상관없거든요. 저이 동네서 한 말 일백오
십 원 받을 걸 부산 가서 육백 원이나 칠팔백 원 받으면 같은 동
족이야 굶어 죽거나 나라야 열 번 곤쳐 망하거나 다 아랑곳없어
요. 저이 배부르구 저이 낭탁 두둑하면 고만예요.”

“………”

한번은 글쎄 어떻게두 괘씸허구 분한지. 부산선데 칠백 원 한
단 말을 듣구서 꼭 칠백 원을 구해가지구 나갔더니 팔백 원이라
는군요. 당장 저녁거린 없구 그래 칠백 원에치만 팔라구 하니까
아 절러루 가지고 가면 한 말 다 넘기는데 누가 걸 두 번에 노나

파느냐구 그예 안 주는군요.”

“………”

“당신두 우리 투표 얻을려거던 그 희떠운 민주주이 소리 집어
치구 쌀을 주시우 쌀을…… 시방 조선서 젤 선량하구두 불쌍한
게 누군지 아시우? 우리네 월급장이들예요.”

“………”

“대체 이 짓이 할 짓이요? 부산서 예까지 와 이 무건 걸 가지
구 차창으루 오르내리구. 이것이 모두 누구 죄요?”

“………”

“그러나마 남의 일터에서 월급에 매어 사는 놈이 한 달에두
두세 번씩 이 행보를 해야 하니 당신네들 같으면 마음이 편안
하겠수?”

“………”

“당신넨 장차 대신의 자리두 천신할 욕심에 정당 싸움두 깨가
쏟아지구 머리통이 터져두 고소오한가 봅디다만 서두 그 사품
에 죽어나는 건 우리예요. 팔일오 이전 일본한테는 좌익이구 우
익이구 민족주이구 공산주이구 다들 합치해서 대항하구 했다면
서 어째 시방은 아니 하는 거예요? 장차 완전히 독립되구 나서
노동자허구 자본가허구 대가리가 깨지구 대리 뼉다구가 부러지
구 하두룩 싸움할 값이라두 대외적으룬 노동자나 자본가나 이
해가 일치하니깐 아쉰 대루 우선 합치를 시켜야 옳지, 떼 놓으
려구 들어야 옳아요?”

“………”

“어떤 입으루들 민족을 사랑합네, 자주독립을 합시다, 국민이

여 각성을 해라 이 소리가 나와요? 나 같으면 입이 꽝우리 구멍 같아두 할 말이 없겠드라."

"⋯⋯⋯"

"우린 인전 당신네들은 하나두 신용두 아니하구 존경두 아니 해요. 영영 들 그 모양일려거든 다들 죽어버리시우."
하도 그의 음성이며 표정의 핍절함에는 압기가 되는 듯 우익신 사는 물론이요 깃을 달고 나서서 한마디나 책을 잡음 직한 잠바의 좌익 청년도 오히려 심각한 얼굴이면서 잠잠히 듣기만 한다.

호남선으로 갈아타는 대전서 내리니 밤이 열 시나 되었다.

삼월 열이레요 내일이 춘분이라는데 그 춘분 추위를 하느라곤지 하늘은 음산히 흐리고 빗방울이 빠지면서 바람결이 몹시 찼다.

역의 대합실은 낮과 아침부터 서울과 부산과 호남선이 실어다 붙인 승객으로 콩나물 동이를 이루었다. 보퉁이를 깔고 앉아 혹은 가마니 폭을 자리 삼아 앉았는 사람, 자는 사람, 그중에도 절창(絕唱)은 투전판이 벌어져 있는 것이었다.

"저런 걸 보면 조선 사람두 제법 대륙적인 풍모가 있단 말야. 정거장 대합실에서 지리 한 차 시간을 투전을 뽑으면서 밤을 드새구."

김 군의 감상이었다.

호남선은 새벽 다섯 시 반에 있었다.

나는 말할 것도 없지만 김 군도 한 번의 경험이 있노라면서 그의 굵은 신경으로도 일찌기 일제시대의 유치장 잠자리를 방불케 하는 대전 거리의 여관에만은 생의도 아니 하였다.

이튿날 새벽 다섯 시.

비는 옷을 적시고도 과할 만큼 내렸다. 밤새껏 떨며 기다리던 이리행의 혼합열차를 꾸며다 포옴에 대어놓기는 하였으나 객차 세 칸에 곳간차 열 개가 사람이 열리듯 하였다. 그러고도 태반은 타지를 못하였다.

내남없이 곳간차 꼭대기나마 타지 못한 사람들은 내리는 굿은 비처럼 우울한 얼굴들이었다.

조금 있다 기관차가 무슨 생각으론지 혼자 달려가더니 난데없이 좋은 객차를 한목 다섯 칸이나 달아가지고 온다.

처진 승객들은 희색이 얼굴에 넘치면서 다투어 그리로 돌진을 한다.

그러나 허망한지고. 찻간에는 미국 병정이 칸마다 삼사 인 혹은 사오 인씩 한가로이 타고 있었다.

열려 있기로서니 거기를 침노할 용감한 사람도 없으려니와 도시에 승강대의 문들이 굳게 잠기어 감불생심이었다. 차 옆댕이의 '미군 전용차' 다섯 자는 누구의 서투른 분필 글씬지.

사람들은 그래도 행여 하는 생각에 이리 닫고 저리 닫고 앞뒤로 끼웃거리면서 그 옆을 분주히 맴돌이하기를 마지않는다.

아마 구경이 하염직하여서리라. 미국 병정 하나가 닫긴 승강대의 문을 열고 서서 고요히 완상을 하고 있다.

그러자 촌 반늙은이가 하나가 그 앞으로 징검거리고 가더니 예전 같으면

'여보 영감상 우리 좀 탑시다.'

하는 쩨렸다. 손으로 자기를 가리키고 다시 찻간을 가리키고 하

면서 근천스런 미소와 굽실거리기를 거듭한다.

그에 대하여 미국 병정의 대답은 털 숭얼숭얼한 손가락을 들어 차 꼭대기를 가리키는 것이었었다.

김 군과 나는 무심코 발길을 멈추고 서서 보다 문득 아니 볼 것을 본 것 같은 회오에 얼른 얼굴을 돌렸다.

"옛날 상해 공동조계의 공원 문 앞에다 '지나인과 개는 들어오지 마라' 쓴 푯말을 세운 것허구 상거가 어떨꾸?"

김 군의 중얼거리는 말이고 나는 나대로 중얼거렸다.

"마마 손님은 떡시루나 쪄놓구 배송을 한다지만 이 프렌드나 저 북쪽 따와라시 치들은 어떡허면 쉽사리 배송을 시키누?"

"찰 저렇게들 타지 못해 등쌀을 댈 것이 아니라 한때 인도 사람들 뻔으로 기관차 앞으루 찻길에 가 늘비하니 드러눴어요."

"한 파가 기관차 앞에 가 누웠다 치면 한 파는 차에 가 올라앉군 할 텐데?"

"사회진화의 노선이 적실히 유물 변증법적 방향인 바엔 협조가 헤게모니의 영원한 상실을 의미하는 건 아닐 텐데. 독일의 나치즘이 영원한 승리가 아닌 것처럼. 결국 문제는 협조하는 기간 동안 임금을 조금 덜 받아야 하구 소작료를 조금 더 물어야 하구 한다는 문제루 귀착하는 것이니깐. 사세가 차차 더 절박해가니 돈 몇천 원이나 벼 몇 섬씩을 애끼다간 민족 천년의 대계를 그르칠 염려가 있다는 걸 깨달아야 할 텐데. 새로운 역사의 주인 노릇을 할 긍지와 도량으루다 말이지."

"사람이 없나 봐. 한 정당 한 정당의 두령 재목은 있어두 민족의 두령 재목은 안직 없는 모양야."

"낙심 말게. 이 김 주사 어른이 기시질 않은가."

비는 오고.

다음 차가 언제 있을지 모르는 차를 우리는 음산한 정거장에 서 민망히 기다려야 하였다.

(1946. 4. 24)

출전:신문학 6월호(1946)

|연보|

1902년(1세)

• 6월 17일 전라북도 옥구군 임피면 읍내리 동상마을(現 군산시 임피면 읍내리)에서 부농인 아버지 채규판과 어머니 조우섭 사이에서 육 남매 중 다섯째 아들로 태어남.

1910년(9세)

• 임피공립보통학교 입학.

1914년(13세)

• 임피공립보통학교 4학년 졸업. 이후 향리에서 서당을 다니며 한문을 배움.

1918년(17세)

• 중앙고등보통학교 입학.

1920년(19세)

• 중앙고등보통학교 3학년 재학 중 집안에서 정한 스무 살의 규수 은선흥과 혼인함.

1922년(21세)

• 중앙고등보통학교 4학년 졸업.

• 일본 와세다 대학 부속 제1 와세다 고등학원 문과 입학.

1923년(22세)

• 관동 대지진 후 여름방학 때 귀국한 후 가세가 기울자 복교하지 않고 학업을 중단함.

• 최초의 작품 중편 〈과도기〉를 탈고하지만 검열로 발표하지 못함.

1924년(23세)

• 강화 사립학교 교원으로 취업.

• 춘원 이광수의 추천으로 〈조선문단〉에 〈세 길로〉를 발표함.

1925년(24세)

• 동아일보 정치부 기자로 활동함.

1926년(25세)

• 은선흥과의 사이에서 첫째 아들 무열이 태어남.

• 동아일보를 사직하고 낙향 후 무정부주의와 사회주의에 심취하고 문학에 몰두함.

1928년(27세)

• 둘째 아들 계열 태어남.

1931년(30세)

• 개벽사 입사.

• 평론가 함일돈, 현인 이갑기와 동반자 작가 논쟁을 벌임.

1933년(32세)

• 개벽사를 그만두고 조선일보로 직장을 옮김.

• 조선일보에 장편《인형의 집을 나와서》를 연재함.

1934년(33세)

• 단편 〈레디메이드 인생〉과 희곡 〈인테리와 빈대떡〉을 발표 후 활발히 문예활동을 펼치다 카프 2차 사건 발생으로 일시적 작품활동을 중지함.

1936년(35세)

• 조선일보를 그만두고 개성으로 이사 후 본격적인 전업 작가의 길로 뛰어들어 〈문장〉에 〈심봉사〉를 연재하려 했지만 전문을 삭제당함.

1937년(36세)

• 조선일보에 장편 〈탁류〉를 연재하고 희곡 〈제향날〉을 발표함.

1938년(37세)

• 〈태평천하〉를 조광에 연재하고 단편 〈치숙〉 〈소망〉 〈이런처지〉 등을 발표함.

1939년(38세)

• 〈금(金)의 정열〉을 〈매일신보〉에 연재하고 〈패배자의 무덤〉 〈흥보씨〉 등을 발표함.

• 《탁류》가 박문서관에서 단행본으로 출간함.

1940년(39세)

• 개성에서 안양으로 이주 후 단편 〈냉동어〉 〈회(懷)〉와 희곡 〈당랑의 전설〉 등을 발표함.

1941년(40세)

• 《탁류》 재판 발행 후 조선총독부로부터 재판 금지처분을 받음.

• 시나리오 〈무장삼동〉 탈고.

1942년(41세)

• 〈아름다운 새벽〉을 〈매일신보〉에 연재하고 단편 〈집〉을 상재함.

• 안양에서 서울 광나루로 이주하고 동거 중인 신여성 김씨영과의 사이에서 아들 병훈이 태어남.

1944년(43세)

• 친일적 작품 〈여인전기〉를 〈매일신보〉에 연재함.

1945년(44세)

• 서울을 떠나 고향 임피로 일시 낙향하였다가 해방 후 서울 충정로로 거처를 옮김.

• 전처인 은선흥과의 사이에서 태어난 첫아들 무열과 부친 채규판 사망.

1946년(45세)

• 〈미스터 방〉〈논 이야기〉〈맹순사〉〈허생전〉 등 해방 후 세태를 풍자한 그의 주옥같은 작품들을 발표함.

1947년(46세)

• 전북 익산시 고현동으로 낙향 후 희곡 〈심봉사〉를 발표함.

• 모친 조규섭 사망. 아들 영훈 출생.

1948년(47세)

• 장편 〈옥랑사〉를 탈고하고 〈낙조〉〈도야지〉〈민족의 죄인〉 등을 발표함.

1949년(48세)

• 단편 〈소년은 자란다〉를 탈고하고 〈역사〉를 발표함.

1950년(49세)

• 6월 11일, 무리한 창작 활동과 무절제한 생활로 지병인 폐결핵이 심해져 전라북도 익산시 마동에서 숨을 거둔 후 가족들의 장례로 군산시 임피면 축산리 선영에 안장됨.

국어과선생님이 뽑은
채만식 단편선 레디메이드 인생 외

1판 1쇄 발행 | 2025년 11월 15일

지은이 | 채만식
엮은이 | dskimp2000
펴낸이 | 이경자

편집 김대석 | 디자인 인지숙

펴낸곳 | 북앤북
출판등록 | 제 2016-000182호

경기도 고양시 일산동구 산두로 128(정발산동) 909동 202호
TEL 031-902-9948 | FAX 031-903-4315
email : dskimp2000@naver.com

ISBN 979-11-86649-95-4 43810